JOYEUSES FÊTES, RYAN LOCK

UNE AVENTURE DE RYAN LOCK

TOME 1

SEAN BLACK

Traduction par
LAURE VALENTIN

À PROPOS DU LIVRE

C'est peut-être la veille de Noël à New York, mais pour Ryan Lock, ancien garde du corps de l'armée, tout se passe comme d'habitude.

Sa mission : protéger le PDG de la plus grande entreprise de biotechnologie du monde contre un groupe d'activistes radicaux et très déterminés.

Mais lorsqu'une tentative d'assassinat ratée laisse les rues de Midtown jonchées de cadavres et que, quelques heures plus tard, le fils du chercheur en chef de la société est enlevé dans son école préparatoire de l'Upper West Side, la traque de Lock pour retrouver le garçon se transforme en un jeu explosif du chat et de la souris.

ÉLOGE DE SEAN BLACK

Lauréat de l'International Thriller Writers Award 2018 à New York
pour *Second Chance*

"Ryan Lock est un héros dur à cuire pour une nouvelle ère."
Gregg Hurwitz, auteur de Orphelin X, best-seller du New York
Times

"Cette série est géniale. Les comparaisons avec Lee Child sont
légitimes, car l'auteur est britannique (écossais), ses romans sont
basés aux États-Unis, ses personnages sont attachants et son
éditeur est le même. "
Sarah Broadhurst, *The Bookseller*

"Sean Black écrit avec le rythme de Lee Child et le cœur de Harlan
Coben. "
Joseph Finder, auteur de *Buried Secrets,* best-seller du New York
Times

PROLOGUE

ersonne ne garde les morts. Une fois que Cody s'en est
rendu compte, le plan s'est mis en place en un rien de
temps. Conduire jusqu'au cimetière, la déterrer, mettre le
cercueil à l'arrière du camion et disparaître dans la nuit. Facile. À
part un petit problème.

Ce sol est comme du béton.

Cody jeta un coup d'œil à son compagnon, la lumière de la
lune divisant son visage en deux. Arrête de râler.

D'habitude, il aime travailler seul. Mais déplacer un corps,
c'est un travail à deux. Il n'y a pas d'autre solution.

Je ne râle pas. Je fais une observation.

Les observations n'aboutiront pas.

"Ni l'un ni l'autre ne creuse. Il va falloir de la dynamite pour
faire sortir cette vieille sorcière de terre".

Don avait raison. Ils avaient choisi la pire période de l'année.
Novembre sur la côte Est. Un hiver glacial avec un vent venant de
l'Atlantique gris ardoise. Il gèle les vivants et les morts.

Le printemps aurait été meilleur. Les nuits auraient encore été longues, mais le sol aurait été plus doux. Mais ils n'avaient pas le choix. Pas en ce qui concerne Cody.

Pour lui, l'heure tourne. Chaque jour, des vies sont perdues. Des centaines, peut-être même des milliers. Personne ne le savait vraiment. Et ces morts ne sont pas paisibles. Pas comme celle qu'a vécue cette femme : elle s'est éteinte progressivement, la douleur ardente a été atténuée par les médicaments, ses proches l'ont entourée pour lui dire au revoir.

Non, ces morts étaient torturantes et solitaires. Un dernier crachat au visage pour couronner une existence misérable.

La colère qu'il ressentait en y pensant monta en lui. Il frappa du talon de sa botte droite sur le rebord de la lame et trouva enfin un point d'appui. L'herbe gelée céda la place à la terre gelée. Il donna un nouveau coup de poing. La lame s'enfonça encore un peu plus. Son souffle se troubla dans l'air glacial de la nuit alors qu'il aspirait de l'oxygène et répétait le processus.

Une heure plus tard, Don est le premier à toucher quelque chose de solide qui n'est pas de la terre. Les deux hommes sont épuisés, mais le fracas du métal contre le bois les stimule.

Trente minutes plus tard, ils chargeaient les restes à l'arrière du camion. Cody fait mine d'épousseter ses gants tandis que Don rabat la porte arrière du camion qu'ils ont braqué quelques heures plus tôt dans une rue tranquille de Brooklyn.

Don ouvre la porte du taxi et commence à monter. À mi-chemin, il s'est arrêté et s'est retourné vers Cody. Nous avons réussi", dit-il.

Cody sourit. Tu es sérieux, mon frère ? C'était la partie la plus facile.

1

Ryan Lock a jeté un coup d'œil à travers les fenêtres allant du sol au plafond qui bordent la réception du bâtiment Meditech. À l'extérieur, une pluie glaciale balayait la Sixième Avenue, coinçant la douzaine de manifestants pour les droits des animaux en un nœud serré sur le trottoir d'en face.

Qui diable organise une manifestation la veille de Noël ? demande la réceptionniste.

Vous voulez dire à part les dindes ? dit Lock en remontant sa veste autour de ses épaules, en franchissant les portes tournantes et en sortant dans un climat presque arctique.

Après trois mois passés à la tête de la sécurité de la plus grande entreprise pharmaceutique et biotechnologique d'Amérique, Lock n'avait plus beaucoup de patience pour les défenseurs des animaux, quelle que soit la sincérité de leur cause.

Une nouvelle rafale de vent pique le visage de Lock. Il remonta le col de sa veste et scruta les manifestants. Gray Stokes, le leader de facto des manifestants, était au premier plan. Âgé d'une cinquantaine d'années et doté d'une charpente osseuse de végétalien, Stokes se tenait debout avec son habituelle expression de suffisance, un haut-parleur dans une main, l'autre reposant sur la poignée d'un fauteuil roulant.

Dans le fauteuil était assise Janice, la fille de Stokes, une jolie brune d'une vingtaine d'années, dont la jambe gauche est devenue inutilisable en raison d'une forme rare de sclérose en plaques progressive. La pancarte qu'elle tenait entre deux mains gantées de rouge portait quatre mots gravés en épaisses lettres majuscules noires : PAS EN MON NOM.

Lock regarda Stokes lever son haut-parleur et commencer à haranguer la demi-douzaine de flics en uniforme qui étaient là pour assurer le bon ordre. Au plus près de Stokes, l'un des meilleurs policiers de la ville, un sergent corpulent du nom de Caffrey, se donnait en spectacle en mangeant un Big Mac, ponctuant chaque bouchée de bruits de miam-miam.

Lock enregistre la réaction de Stokes avec intérêt.

Hé, le cochon, tu t'es déjà demandé ce qu'il y avait dans ces trucs ? Stokes hurle à Caffrey. Peut-être que le FLA a laissé un peu de Grand-mère avec le reste de la viande chez Mickey D's".

Quiconque a pris un exemplaire du New York Post ou regardé une chaîne d'information au cours des six dernières semaines aurait compris la référence. Le gérant d'un fast-food de Times Square avait trouvé le corps désincarcéré d'Eleanor Van Straten, soixante-douze ans, matriarche de la société Meditech, sur le trottoir devant son établissement.

Le lien entre l'apparition imprévue de Mme Van Straten, si peu de temps après ses funérailles, et le mouvement de défense des droits des animaux était évident. Le lendemain, Lock avait été invité à diriger l'équipe de protection rapprochée des Van Straten.

Lock regarda Caffrey glisser le dernier morceau de son hamburger dans son récipient en polystyrène et reporta son attention sur Stokes.

Alors comment se fait-il que si Dieu ne voulait pas que nous mangions des vaches, il les a fabriquées avec de la viande ? raille Caffrey.

Ce retour a provoqué quelques ricanements de la part des autres policiers, et Stokes est sorti de derrière la barrière et a quitté le trottoir.

C'est ça, mon pote, tu continues à venir", hurle Caffrey. Tu peux aller te rafraîchir à Rikers pendant quelques heures. Il y a plein d'animaux avec qui tu pourras traîner".

Lock a regardé Stokes regarder Caffrey dans les yeux, calculant son prochain mouvement. Les manifestants considéraient l'arrestation comme un insigne d'honneur. Lock y voyait un bon moyen de faire parler de l'entreprise pour les mauvaises raisons. Marchant à vive allure vers la barrière, Lock porte sa main droite au SIG 9 mm rangé dans son étui. Le geste ne passe pas inaperçu auprès des manifestants. Stokes recule docilement derrière la barrière.

Lock consulta à nouveau sa montre. Zéro huit heures cinquante. S'il respectait l'horaire prévu, Nicholas Van Straten, le veuf d'Eleanor et le nouveau PDG de la société, ne tarderait pas à arriver. Lock porta la main à son col et appuya sur le bouton de conversation de sa radio. Toutes les unités mobiles de Lock.

L'écouteur de Lock émet un grésillement statique, puis s'efface.

Un instant plus tard, la voix du commandant en second de Lock, Ty Johnson, revient, calme et maîtresse de la situation. Allez-y, Ryan".

Vous avez une heure d'arrivée prévue pour moi ?

Je serai là dans deux heures environ. Quel accueil avons-nous reçu ?

Statique habituelle du trottoir".

Le directeur veut venir à l'avant.

Je vais m'assurer que tout est clair.

Lock revint vers Caffrey, qui avait entre-temps battu en retraite diplomatique jusqu'à son croiseur. Il tapa sur la vitre et prit un moment pour apprécier l'expression irritée de Caffrey lorsqu'il ouvrit la fenêtre et que l'air froid s'engouffra à l'intérieur.

Nous l'emmenons à l'avant.

Caffrey roule des yeux. N'est-ce pas déjà assez pénible d'avoir une demi-douzaine d'officiers attachés ici tous les matins ?

Un demi-milliard de dollars et une ligne directe avec le maire, sans parler de la Constitution américaine, disent qu'il peut entrer dans l'entrée principale de son propre bureau s'il le souhaite", dit Lock, tournant les talons avant que Caffrey n'ait eu le temps de répondre.

Caffrey haussa les *épaules dans* le dos de Lock et remonta la vitre alors qu'à quatre rues de là, trois GMC Yukons noircis, équipés d'un blindage de classe B-7 et de patins à roulettes, se frayaient un chemin dans les embouteillages de la matinée, lourds de menace.

2

Dans le Yukon de tête, Ty Johnson vérifie son arme, puis la position des deux autres véhicules dans le rétroviseur latéral. Tout va bien.

Ty donna le signal à son chauffeur de se déplacer sur le terre-plein gauche et d'occuper une voie de circulation en sens inverse, momentanément arrêtée à un feu. Le fait de bloquer la jonction a permis aux deux autres SUV de se placer sans problème à l'intérieur, de sorte que le véhicule de Ty se trouvait maintenant à l'arrière et qu'il pouvait avoir une vue dégagée lorsque les passagers sont sortis du véhicule.

Ty sortit la tête par la fenêtre et jeta un coup d'œil derrière lui. Environ un demi-pâté de maisons plus loin, ce qui dans ce trafic équivalait à vingt bonnes secondes, un Hummer rouge pompier et blindé arriva.

À l'intérieur du Hummer se trouvait l'équipe de contre-attaque, dirigée par Vic Brand, un ancien colonel des Marines américains. Ty savait que Lock s'était opposé à leur nomination. Normalement, une équipe CA était réservée aux militaires dans les environnements à très haute menace, et Lock avait estimé que c'était exagéré. Cependant, Stafford Van Straten, héritier présomptif de l'empire familial et éternelle épine dans le pied de Lock, avait confondu un passage dans le Reserve Officer Training Corps lorsqu'il était à Dartmouth avec une véritable expertise en matière de sécurité, et avait insisté pour les recruter, convainquant d'une manière ou d'une autre son père qu'ils seraient un ajout utile à sa garde rapprochée.

Lock n'avait pas de temps à consacrer à Stafford, pas plus que Ty. Et ils avaient encore moins de temps pour Brand, un homme qui se plaisait à régaler les plus jeunes de l'équipe de l'AC de ses exploits en Irak, dont beaucoup, avait dit Lock à Ty, étaient fictifs. Ty, après avoir vérifié auprès de quelques-uns de ses anciens camarades des Marines, n'en était pas si sûr.

Le monde de la protection rapprochée était plein de types comme Brand, des fantaisistes en série qui confondaient les paroles et les actes. Pour Ty, un bon garde du corps était comme Lock, l'archétype de l'homme gris qui se fondait dans le décor, n'émergeant que lorsqu'une menace se présentait. Pour Ty, Brand se fondait dans la masse comme Marilyn Manson à un concert des Jonas Brothers.

Lock regarda les manifestants dans la rue se faire dégager par les flics quinze mètres plus loin. Si l'un d'entre eux se précipitait, Lock aurait installé Nicholas Van Straten dans la salle de réunion avec son café au lait décaféiné et un exemplaire du Wall Street Journal avant qu'ils n'atteignent la porte d'entrée. Inconsciemment, sa main droite tomba sur son côté, cherchant la poignée de son SIG Sauer 226, lorsque la première Yukon s'arrêta à l'entrée.

La porte du passager avant du véhicule arrière s'ouvrit en premier. Lock regarda Ty faire le tour pour ouvrir le côté passager avant du Yukon central pour le garde du corps désigné. Alors que le reste de la section d'escorte personnelle se déployait, se répartissant de manière à avoir des yeux sur trois cent soixante degrés, la clameur des activistes s'amplifia.

Assassin !

Hé, Van Straten, combien d'animaux as-tu l'intention de tuer aujourd'hui ? Le garde du corps, un homme maigre d'un mètre quatre-vingt-dix du nom de Croft, ouvrit la porte de Nicholas Van Straten, qui sortit. Pour un homme qui recevait des menaces de mort comme la plupart des gens reçoivent du courrier indésirable, il avait l'air remarquablement calme. Son escorte personnelle, composée de quatre hommes, s'était déjà placée en formation fermée autour de lui, prête à le faire entrer dans le bâtiment. Mais Van Straten avait manifestement d'autres idées.

Prenant un virage à droite derrière le Yukon, il commença à marcher vers la source des obscénités émanant de l'autre côté de la route. Lock sentait l'adrénaline monter au fur et à mesure que Van Straten s'embarquait dans cette promenade imprévue.

Où est Stafford ? demande Nicholas Van Straten à l'un de ses assistants, qui semble avoir du mal à suivre le rythme de son patron qui se dirige vers les manifestants.

Je n'en ai aucune idée, monsieur.

Il était censé être ici", dit Van Straten, avec un air de déception qui ne va pas jusqu'à la surprise. De toute évidence, il était habitué à ce que son fils le laisse tomber.

Lock regarde Van Straten affronter Stokes à la barrière. Anxieux, il actionne son micro. Où diable va-t-il ?

Une seconde s'écoula avant que Ty ne réponde. Pour rencontrer son public ?

Le PES, composé de quatre hommes, se resserre autour de Van Straten. Croft jeta un coup d'œil à Lock, comme s'il voulait dire : "Qu'est-ce que je fais maintenant ?

Lock ne put que hausser les épaules en retour. Cela ne figurait nulle part dans le manuel de jeu, et il n'aimait pas ça.

Monsieur, si cela ne vous dérange pas...". La demande de Croft s'interrompt.

Si cela ne me dérange pas, qu'est-ce que c'est ?

Van Straten semble s'amuser de la panique qui émane des hommes autour de lui.

Quelques mètres plus loin, le Hummer rouge se rapprochait. Lock pouvait voir l'un des hommes de Brand sur le siège avant brandir un fusil, un M-16, en guise de dissuasion. Soupirant, Lock enclencha à nouveau sa radio, attendant un instant pour s'assurer que le début de sa transmission ne serait pas coupé.

Marque "Lock". Dites à l'abruti assis devant vous de ranger ce bouchon. Au cas où il ne l'aurait pas remarqué, nous sommes à Midtown, pas à Mossoul. Si je le revois, il s'apercevra qu'il fait double emploi avec un butt plug".

Lock poussa un soupir de soulagement en voyant le M-16 réapparaître sous le tableau de bord.

Que fait votre patron ? Faites-le entrer dans ce putain de bâtiment avant qu'on ait une émeute sur les bras". Caffrey avait traversé la rue en marchant et parlait à Lock.

Statique dans l'oreille de Lock, puis un message de Ty : "Il veut leur parler".

Lock la transmet et l'expression de Caffrey passe du mécontentement à l'apoplexie.

Le temps que Van Straten atteigne la barrière, Stokes n'est plus qu'à un mètre cinquante. Le silence s'installe alors que les railleries et les menaces s'estompent, les manifestants étant décontenancés par la proximité de leur principale figure de haine. Un caméraman de CNN tente de se frayer un chemin devant Lock.

Si cela ne vous dérange pas de reculer, s'il vous plaît, monsieur, dit Lock, en essayant de garder une voix égale.

Qui êtes-vous pour me dire ce que je dois faire ?

Lock lève les mains, paumes ouvertes en signe de placidité. Monsieur, j'apprécierais vraiment que vous reculiez", ajoute-t-il, tout en passant l'intérieur de sa botte droite sur le tibia de l'homme.

Alors que le caméraman bat en retraite en jurant, Lock se retourne pour voir Van Straten affronter Stokes à la barrière.

J'ai pensé qu'une délégation de votre groupe souhaiterait me rencontrer ce matin", dit Van Straten.

Stokes sourit. Vous avez compris mon message, hein ?

Les médias ont commencé à se regrouper. Une journaliste blonde, Carrie Delaney, est la première à se faire entendre au-dessus de la salve de questions. M. Van Straten, de quoi avez-vous l'intention de parler à l'intérieur ?

La serrure a attiré son attention pendant une fraction de seconde. Elle s'est efforcée de détourner le regard.

Un correspondant à l'allure BCBG, avec des traits d'étudiant et un physique de footballeur, intervient avant que Van Straten n'ait eu le temps de répondre. Est-ce un signe que vous cédez aux extrémistes ?

Carrie lui lance un regard. *Connard.* Lock a remarqué que le type lui rendait son sourire. Moi aussi, *bébé.*

Van Straten lève les mains. Mesdames et Messieurs, je me ferai un plaisir de répondre à vos questions après ma rencontre avec M. Stokes.

D'autres corps se pressent. Un homme derrière Lock est poussé vers l'avant par une vague de la foule grandissante. Lock le repousse.

Lock jeta un coup d'œil autour de lui. Cela ressemblait à toutes les tentatives d'assassinat dont on a été témoin, cinq secondes avant qu'elles ne se déclenchent. Une mêlée chaotique de corps, une sécurité prise au dépourvu, puis, venu de nulle part, quelqu'un qui se mettait en mouvement.

3

Le garde du corps de Van Straten, Croft, était posté à la porte qui menait à la salle de conférence lorsque Lock est sorti de l'ascenseur.

Qui est à l'intérieur ?

Juste le vieil homme et Stokes.

Vous les surveillez ?

Croft secoue la tête. Le vieil homme ne voulait pas être dérangé. Ne vous inquiétez pas, j'ai veillé à ce qu'il s'assoie en haut de la table avant de partir. Lock se détendit un peu. Il y avait un bouton d'alarme directement sous cette section. Il ne pensait pas que même Stokes serait assez stupide pour tenter quelque chose ici.

Une idée de la raison pour laquelle le patron voulait une réunion ? Croft haussa les épaules. Aucune.

Il n'a rien dit dans la voiture ce matin ?

Pas un mot. Il s'est juste assis à l'arrière pour fouiller dans ses papiers, comme d'habitude".

Pour être juste envers Croft, Lock avait trouvé que Nicholas Van Straten était un homme difficile à lire. Non pas qu'il soit taciturne ou impoli. Loin de là, en fait. Contrairement à son fils, Nicholas Van Straten semblait toujours se faire un devoir d'être excessivement poli avec ceux qui travaillaient pour lui, parfois de manière presque inversement proportionnelle à leur ancienneté dans l'entreprise.

Personne ne sait donc de quoi il s'agit ? Croft secoue la tête.

Lock se retourne vers l'ascenseur lorsque la porte de la salle de réunion s'ouvre et que Van Straten en sort.

Ah, Ryan, c'est l'homme qu'il vous faut", dit Van Straten en reportant son attention sur Lock.

Monsieur ?

Tout d'abord, je vous dois des excuses, ainsi qu'au reste de vos hommes. J'aurais dû vous avertir de mes projets".

Lock retint son irritation. C'est très bien, monsieur.

La décision d'entamer des discussions directes avec M. Stokes et son groupe a été prise en quelque sorte à la dernière minute.

Oui, monsieur.

Maintenant, dans une dizaine de minutes, M. Stokes et moi-même retournerons à l'extérieur pour faire une annonce commune.

Monsieur, permettez-moi de faire une suggestion.

Bien sûr. S'il vous plaît, faites-le.

Peut-être que si nous trouvions un endroit à l'intérieur du bâtiment où vous pourriez...

Van Straten lui coupe la parole. J'y ai déjà pensé, mais Missy a pensé qu'il serait plus visuel d'être sur les marches. Oh, et pourriez-vous faire venir du café ? Pas de lait. M. Stokes ne prend pas de lait. C'est parce que les vaches trouvent le processus émotionnellement déstabilisant".

Tout de suite, monsieur.

Van Straten retourne à l'intérieur et ferme la porte, laissant Lock seul avec Croft. Qui est cette Missy ? demande Lock.

Une fille du bureau des relations publiques. Le vieux lui a

passé un coup de fil environ deux minutes avant que vous n'arriviez.

C'est formidable", dit Lock, en s'efforçant de ne pas laisser transparaître l'exaspération dans sa voix. La stratégie de sécurité était désormais dictée par quelqu'un qui pensait probablement qu'une bombe artisanale était une forme de contraception.

Détendez-vous, mon vieux, dit Croft. On dirait que la guerre est finie.

Lock s'approcha de Croft. *Mec*, n'utilise plus jamais ce genre de langage en ma présence.

Croft est perplexe. Quoi ? Je n'ai pas juré.

Dans mon livre, le mot "relax" l'emporte sur n'importe quel juron.

À L'EXTÉRIEUR, la nouvelle de la rencontre entre Gray Stokes et Nicholas Van Straten s'est répandue, attirant encore plus d'équipes de journalistes sur les lieux. Les badauds et les manifestants remplissaient les vides, poissons pilotes attendant de saisir la moindre parcelle d'information qui leur parviendrait.

Lock finit de briefer son équipe postée sur les marches au moment où Gray Stokes sort de l'entrée, le poing serré levé en imitation du salut du Black Power. À côté de lui, Nicholas Van Straten regardait fixement ses pieds. Un Croft châtié reste à portée de main de son directeur.

Nous avons réussi", hurle Stokes, la voix rauque dans l'air glacial. Nous avons gagné !

Deux manifestants poussèrent des cris de joie tandis que la meute de journalistes s'avançait. Lock remarqua que Croft et Ty, qui encadraient Van Straten, avaient l'air nerveux alors que les journalistes se poussaient contre eux, se disputant la position.

Lock s'est interposé entre Janice en fauteuil roulant et un journaliste qui se pressait à ses côtés, craignant qu'elle ne soit renversée par la cohue. Les amis, si vous pouviez laisser un peu d'espace à tout le monde ici", a-t-il crié.

Sachant ce que Lock avait fait au caméraman, les personnes les plus proches de lui se sont empressées de faire de la place.

Van Straten se racle la gorge. J'aimerais faire une brève déclaration si vous le permettez. À partir de minuit ce soir, Meditech et toutes ses filiales, ainsi que les entreprises avec lesquelles nous travaillons en partenariat, ne pratiqueront plus de tests sur les animaux. Une déclaration plus complète sera communiquée ultérieurement à tous les médias.

Avant que Stokes n'ait eu le temps de s'exprimer, une volée de questions s'abat sur Van Straten. Même dans la victoire, Van Straten lui vole la vedette, et Stokes ne semble pas l'apprécier du tout. Il se déplace d'un pied sur l'autre. J'ai aussi une déclaration à faire", s'écrie-t-il. Mais les journalistes l'ignorent et continuent de poser des questions à Van Straten.

Qu'est-ce qui motive votre changement de politique, M. Van Straten ?

Les extrémistes qui ont profané la mémoire de votre mère ont-ils gagné ici ?

Une autre question, plus pertinente cette fois-ci pour une grande partie de l'auditoire à la maison : Quel sera, selon vous, l'impact sur le cours de l'action de votre entreprise ?

Van Straten tend les bras. Mesdames et Messieurs, je vous en prie. Je pense qu'il serait impoli de ne pas au moins écouter ce que M. Stokes a à dire à ce sujet".

S'efforçant de garder son sang-froid, Stokes fait un pas vers la droite. Il se tenait désormais en face du PDG de Meditech. Maintenant, c'est son visage qui remplit les écrans situés juste derrière lui, et les millions d'autres dans tout le pays.

Il porte une main droite crispée à sa bouche, se racle théâtralement la gorge et attend que le silence s'installe.

Il a commencé par dire : "Aujourd'hui est un jour mémorable pour le mouvement de défense des droits des animaux.

Mais avant qu'il n'ait pu terminer sa phrase, son cou s'est brisé en arrière. Une seule balle de calibre 50 lui a vaporisé la tête.

4

Lock se plaça devant Croft et dégaina son arme, laissant à Croft le temps de tourner et d'élancer Van Straten pour qu'ils soient dos à dos. De sa main gauche, Croft saisit le col de la chemise de Van Straten, ce qui lui permit de riposter avec sa main droite, tout en reculant aussi vite qu'il le pouvait. Lock resta inébranlable dans la mêlée des corps, tandis que Ty et Croft faisaient reculer Van Straten à l'intérieur du bâtiment.

Lock regarde autour de lui à la recherche de Brand et du reste de l'équipe de l'AC, mais il ne les voit nulle part. Il recula et cria à Ty,

Montez-le à l'étage !

Devant lui, les gens s'éparpillaient dans toutes les directions, la foule se séparant en un V juste devant le bâtiment lorsqu'un nouveau coup de feu fut tiré, celui-ci atteignant un manifestant masculin à la poitrine. Il est tombé, face contre terre, et n'a pas bougé.

Lock est soulagé car, du coin de l'œil, il aperçoit la journaliste Carrie Delaney qui se dirige à toute allure vers une camionnette garée à l'angle de la rue.

En se tournant vers sa droite, Lock aperçoit Janice Stokes assise dans son fauteuil roulant, sa mère luttant pour le faire bouger. Dans le même temps, il voit une raison supplémentaire à la panique collective.

Un Hummer rouge fonçait à toute allure vers l'avant du bâtiment, sa trajectoire étant une diagonale inébranlable vers la seule personne incapable de s'écarter de son chemin. Même si les freins étaient actionnés à cet instant, l'élan du véhicule le porterait sur au moins deux cents pieds supplémentaires. Janice se trouvait bien à cette distance.

Lock s'élança, son pied gauche se dérobant sous lui alors qu'il luttait pour l'adhérence sur les marches glacées. Une autre balle vola, détruisant ce qui restait de la façade en verre. Désespéré, il plaqua Janice sur la chaise, son élan les faisant tous deux déraper sur la pierre polie.

Derrière eux, le Hummer avait commencé à freiner, les roues se bloquant, son poids l'entraînant inexorablement vers l'avant du bâtiment et vers les marches. La mère de Janice est restée immobile lorsque le Hummer a roulé sur le corps de Stoke et l'a percutée de plein fouet. Elle bascula dans les airs, un enchevêtrement de membres tournoyant, et atterrit avec un bruit sourd entre les roues avant du Hummer.

Janice ouvrit la bouche pour crier lorsque le Hummer s'engouffra dans la salle de réception. Maman ! cria-t-elle, tandis que Lock la tirait sous lui, son corps recouvrant le sien.

Il tourna la tête pour voir l'une des portes du Hummer s'ouvrir et Brand en sortir. Brand tient le M-16 dans sa main droite. Il regarda autour de lui la dévastation causée par le véhicule et se dirigea calmement vers Lock, le verre crissant sous ses bottes, le fusil levé.

Lock s'éloigne de Janice tandis qu'un secouriste court vers eux et s'agenouille à côté de Janice. Les membres de l'équipe d'intervention descendent un à un du Hummer et prennent position dans le hall d'entrée, armes au poing.

Brand tend la main à Lock. Je m'en occupe à partir d'ici, mon pote.

Lock sentit une poussée de colère se manifester sous forme de bile au fond de sa gorge. Une jeune femme venait de voir son père se faire exploser la tête et sa mère se faire écraser par Brand.

Brand sourit. Détends-toi, Lock, c'était une putain d'adepte de la protection des arbres. Lock recula son bras droit et s'avança.

Avant que Brand n'ait eu le temps d'esquiver, le coude droit de Lock touche directement le côté de la bouche de Brand. Il y a un craquement satisfaisant lorsque la tête de Brand bascule en arrière et que du sang jaillit du côté de sa bouche.

C'était un être humain", dit Lock en se dépêchant de passer.

5

Soudain conscient de sa respiration difficile, Lock se mit à l'abri derrière une Crown Vic garée à une cinquantaine de mètres de l'entrée du bâtiment, en veillant à rester à un bon mètre derrière la carrosserie pour que les fragments d'obus qui en jailliraient aient moins de chances de le trouver. S'approcher trop près, c'est se mettre à couvert. Se mettre à l'abri, c'est se faire tuer.

Quatre-vingt-dix secondes seulement se sont écoulées entre le moment où Stokes a été frappé et celui où il est arrivé ici. Dans un contact unilatéral comme celui-ci, cela a semblé une éternité.

Que lui avait dit son père lorsqu'il avait dix ans et qu'il lui avait expliqué le métier de garde du corps ? *Des heures d'ennui, des moments de terreur.*

Il jeta un coup d'œil pour voir le sergent Caffrey accroupi à côté de lui, serré contre la voiture de patrouille. Lock l'attrapa par l'épaule et le fit reculer de quelques mètres.

Qu'est-ce que vous faites ?

Vous êtes trop près.

Qu'est-ce que tu veux dire ?

Vous voulez un cours sur l'utilisation appropriée de la couverture ? Faites ce que je vous dis et restez là".

Caffrey grimace, son teint pâteux rougi par le vent glacial et l'effort soudain. Je travaillerais dans le Bronx si j'avais voulu m'engager dans ce genre d'activités".

Je crois qu'ils sont là-haut", dit Lock, en faisant un signe de tête vers un immeuble de trois étages en briques rouges avec un traiteur coréen au rez-de-chaussée, qui squatte parmi ses voisins plus raffinés de l'immeuble de bureaux.

Ils ? Comment sais-tu qu'il y en a plus d'un ? demande Caffrey en jetant un coup d'œil à l'extérieur.

Lock l'a ramené à l'intérieur. Un tireur d'élite solitaire est soit un étudiant qui a perdu la boule et qui ne sait pas tirer, soit quelqu'un qui fait du cinéma. Un professionnel travaille avec un observateur. Et ces types sont des professionnels.

Vous les avez vus ? demande Caffrey.

Lock secoue la tête. Croyez-moi sur parole. C'est à peu près le seul endroit où ils peuvent se trouver. L'angle du premier tir lui aurait donné la bonne élévation pour abattre Stokes au-dessus de la foule.

Lock actionne sa radio. Ty ?

Allez-y.

Où est Van Straten ?

'Enchaîné avec du lait et des biscuits. Quel est le compte ?

Trois à terre.

Un homme d'âge moyen en costume se met à couvert à la gauche de Lock. Serrant sa mallette, il s'est esquivé de derrière une voiture garée, ne faisant que quelques mètres avant d'être soufflé par le tireur d'élite.

Correction. Quatre".

Des balles automatiques retentissent à l'intérieur du hall, tandis que Brand et son équipe de CA ripostent.

OK, donc, Ty. Tu laisses Croft avec Van Straten et tu descends.

Assure-toi que Brand et le reste de ses copains n'allument pas d'autres citoyens".

Je le ferai.

Lock se retourne vers Caffrey. Quelle est l'heure d'arrivée prévue de l'équipe du SWAT ?

Ils seront là dans cinq minutes. Ne bougeons pas d'ici là".

Quand ils arriveront, n'oubliez pas de leur dire que je suis de votre côté.

Où allez-vous, bon sang ?

Pour annoncer la bonne nouvelle à ces connards", dit Lock en se dirigeant vers la porte la plus proche.

Il s'est collé à l'entrée de l'immeuble situé juste en face du siège de Meditech. Maintenant qu'il se trouvait du même côté de la rue que les tireurs, il pouvait se frayer un chemin, bâtiment par bâtiment, tout en réduisant les angles possibles. Sa seule véritable crainte était d'être abattu par un tir ami de la cohorte de Brand, qui avait la gâchette facile.

Le panneau sur la porte de l'épicerie fine avait été remplacé par "Closed For Business" (fermé pour affaires). Ce magasin ne fermait même pas pour Thanksgiving. Lock savait maintenant avec certitude qu'il était au bon endroit. Il essaya la poignée. Elle était verrouillée. Avec la crosse de la SIG, il défonça la porte vitrée et la franchit.

À l'intérieur, il n'y a aucun signe de vie. Le calme relatif était troublant alors que les sirènes hurlaient dans la rue. Il se dirige lentement vers le comptoir, les doigts de sa main droite entourant la poignée de la SIG, sa main gauche en saisissant le fond.

Derrière le comptoir, une jeune femme était accroupie sous la caisse, les mains menottées par des liens en plastique, la bouche scellée par du ruban adhésif. L'espace était étroit : ces endroits essayaient d'utiliser chaque centimètre disponible pour les produits. Alors qu'il s'agenouillait, sa main effleura l'épaule de la jeune femme, la faisant sursauter.

C'est bon, tu vas t'en sortir", a-t-il chuchoté.

Il trouve le bord du ruban avec l'ongle de son pouce.

Cela va faire un peu mal mais, s'il vous plaît, essayez de ne pas crier, d'accord ? Elle acquiesce, les pupilles encore dilatées par la terreur.

Je vais l'enlever très vite, comme un pansement. Un, deux, trois...'

Il a déchiré la bande de haut en bas et à droite, ce qui a provoqué un glapissement dans la gorge de la femme.

Mon père est par là", dit-elle, en haletant brièvement. Elle fit un signe de tête en direction du couloir qui serpentait de l'avant du magasin jusqu'à l'arrière. Il a des problèmes cardiaques.

Qui d'autre est ici ?

Deux hommes. A l'étage".

Vous êtes sûr ?

Oui, ils ne sont pas encore descendus.

Où sont les escaliers ?

Elle a secoué la tête vers le fond du couloir, en direction d'une porte en bois marron.

Lock attrapa son Gerber, et d'un seul geste, il fit basculer le couteau dans une position verrouillée. La femme grimace.

Je vais vous libérer les mains.

Elle sembla comprendre, mais son corps resta tendu et raide lorsqu'il passa la main derrière elle pour couper les menottes en plastique. Il avait d'abord pensé que ceux qui l'avaient attachée avaient dû improviser en utilisant des liens en plastique qu'ils avaient trouvés dans les environs, mais il voyait maintenant qu'il s'agissait de vraies menottes. Des liens militaires du type de ceux utilisés dans des endroits comme l'Irak où l'on peut être amené à détenir un grand nombre de personnes pendant une courte période. Néanmoins, le tranchant fin de la lame du Gerber permet de couper rapidement l'épaisse bande de plastique blanc.

Tu t'occupes de ton père. Si vous entendez des coups de feu, sortez, mais restez de ce côté de la rue.

Lock se leva et se dirigea vers la porte menant à l'escalier. Il l'ouvrit, la franchit et jeta un coup d'œil vers le haut. De la poussière s'accumula au fond de sa gorge tandis qu'il montait les marches, veillant à garder son poids égal sur chaque marche. Il se concentra sur le ralentissement de sa respiration tandis que son champ de vision, qui s'était inconsciemment obscurci, commençait à se dégager à nouveau. Lorsqu'il atteignit le deuxième étage, son rythme cardiaque avait baissé de vingt battements par minute.

Des bruits de pas résonnèrent au-dessus de lui. Qui que ce soit, il était pressé. Il s'accroupit, dos au mur, le 226 pointé vers un interstice entre les fers de la balustrade du troisième étage.

Il y eut un mouvement soudain lorsque quelqu'un se mit à couvert au-dessus de lui, la personne étant floue. Avant que Lock ne puisse l'avoir en ligne de mire, il avait disparu.

Lentement, il se dirigea vers la dernière volée de marches, le SIG devant lui, l'index légèrement appuyé sur la gâchette. En haut de l'escalier, il y avait une seule porte, décalée d'un mètre sur la gauche. À droite, une autre porte, entrouverte celle-là.

Il se dirigea d'abord vers la droite, au fond du couloir, et poussa la porte avec le bout de sa botte. La pièce sentait le renfermé et l'humidité. À l'intérieur se trouvait un bureau. À côté, il y avait un classeur solitaire. La fenêtre était ouverte. Elle donnait sur la ruelle. Une broche métallique était enfoncée dans le cadre ; une corde d'escalade bleue y passait en boucle et s'échappait dans l'air. Lock s'en approcha et se pencha à l'extérieur, apercevant ce qu'il soupçonnait être le dos de l'équipe de tireurs d'élite en train de courir.

Il appuie sur la touche de sa radio. Ty ?" chuchote-t-il.

Je suis là.

Délicatesse coréenne à un demi-pâté de maisons. Deuxième étage.

OK, mec, je le transmettrai.

Avec un peu de chance, l'équipe du SWAT pourrait établir un périmètre de quatre pâtés de maisons et les trouver avant qu'ils n'aient la chance de s'enfuir. New York est peut-être l'environnement urbain de camouflage par excellence pour les fous, mais même ici, un assassin transpirant abondamment et portant les outils de son métier pourrait se faire remarquer.

Lock retourna dans le couloir et s'arrêta devant la porte fermée qu'il avait vue. Il recula d'un pas et leva la jambe droite. La porte s'ouvrit sous l'impact de sa botte.

Un boum assourdissant retentit lorsqu'un fusil de chasse, attaché à la poignée de la porte par un fil de pêche, explose. La force de l'impact projeta Lock par-dessus la balustrade. Il atterrit lourdement sur le dos, sa tête heurtant le mur, laissant une bosse dans le plâtre. Puis tout devint noir.

6

Un groupe de voitures de ville traînait à l'extérieur de l'immeuble d'appartements haut de gamme. Moteurs en marche, elles s'échappent d'un mini-bloc de smog qui traverse la FDR Driveway jusqu'au bord de l'East River.

Près de l'entrée couverte de verdure, Natalya Verovsky s'abrite sous un parapluie de golf orné du logo Four Seasons. À l'écart des autres jeunes filles au pair et nounous qui attendent de récupérer leurs enfants à la soirée de Noël, elle jette un coup d'œil à sa montre. Ils devraient sortir d'une minute à l'autre.

Après ce qui a semblé être une éternité, un groupe d'enfants excités a commencé à émerger, serrant des sacs de cadeaux. Le dernier, comme d'habitude, était Josh, un enfant de sept ans aux membres souples et à la chevelure brune. Il semblait engagé dans une conversation comiquement sérieuse sur l'existence du Père Noël avec l'un de ses amis.

Repérant Natalya, Josh a interrompu sa conversation avec un fugace "Je dois y aller" et s'est précipité vers elle.

Normalement, c'était le signal pour Natalya de prendre Josh dans ses bras, de le soulever de ses pieds et d'accompagner l'étreinte d'un baiser négligé, que Josh faisait semblant de trouver dégoûtant, mais qu'elle savait qu'il appréciait secrètement. Aujourd'hui, cependant, elle lui a pris la main sans un mot, même si elle savait qu'il n'aimait pas plus qu'on lui prenne la main qu'on l'embrasse.

Hé, je ne suis pas un bébé", a-t-il protesté.

Natalya ne dit rien, ce qui incite Josh à lever les yeux vers elle, la plus petite des blips sur son radar s'enregistrant immédiatement. Qu'est-ce qu'il y a, Natalya ?

La voix de Natalya s'aiguise. Rien. Maintenant, viens". Elle le précipite vers une voiture de ville garée de l'autre côté de la rue.

Lorsque la porte arrière s'est ouverte, Josh s'est retenu. Pourquoi ne marchons-nous pas ?

Il fait trop froid pour marcher.

Un mensonge. Il faisait froid. En fait, il gelait. Mais ils étaient rentrés à pied par un froid plus intense.

Mais j'aime le froid.

La poigne de Natalya se resserre autour de la main de Josh. Vite, vite.

On peut avoir du chocolat chaud quand on rentre à la maison ?

Bien sûr. *Un autre mensonge.*

Josh sourit, une victoire semblant avoir été remportée. Natalya savait que son père détestait qu'il mange quelque chose de sucré avant le dîner et, en général, elle se rangeait à son avis, n'autorisant Josh à manger quelques bonbons en cachette que le vendredi après-midi, lorsqu'il avait fini tous ses devoirs.

Il monte à l'arrière de la voiture. Avec des marshmallows ?

Bien sûr, dit Natalya.

À l'intérieur de la voiture, le conducteur, le visage masqué par la cloison, a appuyé sur le klaxon avec la paume de la main avant de laisser la Mercedes s'engager dans la circulation. Au bout du pâté de maisons, il a immédiatement tourné à droite sur la 84e rue en direction de la 1re avenue.

Natalya regarde droit devant elle.

Josh la regarde, son visage est un pastiche d'inquiétude adulte. Il y a quelque chose qui ne va pas, n'est-ce pas ?

Un bruit sourd retentit lorsque les portes se verrouillent de part et d'autre. Natalya pouvait voir le début de la panique dans les yeux de Josh. C'est juste pour que tu ne tombes pas. Un troisième mensonge.

Mais je ne vais pas tomber".

Les feux à l'avant sont passés au vert. Natalya tendit la main pour attacher la ceinture de Josh tandis que la voiture avançait à toute allure pour franchir le prochain feu. Le parc était à leur droite, les arbres dénudés et dépouillés de leurs feuilles. Ils passèrent devant un joggeur solitaire, le visage figé, penché sur le vent mordant.

À la 97e, ils ont tourné dans Central Park, coupant en direction de l'Upper West Side. Ils n'ont plus l'impression de rentrer chez eux.

Josh détache sa ceinture de sécurité et se hisse sur le siège pour regarder par la vitre arrière. Ce n'est pas le chemin", proteste-t-il, sa voix s'élevant avec inquiétude. Où allons-nous ?

Natalya fait de son mieux pour le faire taire. Ce n'est que pour un petit moment.

On lui avait promis que cette partie était vraie.

Pourquoi seulement pour un petit moment ? Où allons-nous ?" Il fait une pause et prend une respiration tremblante. Si nous ne rentrons pas à la maison tout de suite, je le dis à papa et il te renverra.

La vitre de séparation s'est abaissée et le chauffeur s'est retourné. Ses cheveux sont coupés court comme ceux des militaires et s'écaillent de gris sur les tempes. Le costume noir dans lequel on l'avait engoncé pour lui donner l'apparence d'un chauffeur semblait menacé de se déchirer sous ses bras.

Ramenez-nous à la maison ! lui hurle Josh. 'Maintenant!'

Le chauffeur l'ignore. Soit vous faites asseoir ce petit morveux, soit je le fais", dit-il à Natalya, en écartant sa veste pour révéler un étui d'épaule dans lequel est glissé un pistolet Glock 9 mm, dont la poignée se détache en noir sur sa chemise blanche.

Josh le fixe, la vue de l'arme le calme, réduisant la panique à une rage silencieuse.

Au-delà du conducteur, à travers la vitre transparente du pare-brise, il pouvait voir une voiture de police bleue et blanche de la police de New York qui se dirigeait vers eux. Dans quelques secondes, elle sera parallèle à eux. Une seconde plus tard, elle aura disparu.

Sentant que c'était sa seule chance, Josh s'élança soudainement vers le siège avant. Le coude droit du conducteur s'est levé, lui heurtant le haut du front avec un craquement et l'envoyant valser dans l'espace réservé aux pieds. Asseyez-vous", dit-il en appuyant sur un bouton de la console, la cloison se remettant en place en glissant.

Natalya a remonté Josh sur le siège. Une plaie commençait déjà à se former à l'endroit où le chauffeur l'avait attrapé. Un ou deux centimètres plus bas et il se serait écrasé l'arête du nez. Il était inutile de lutter contre les larmes.

Ses yeux brûlent ceux de Natalya. Pourquoi faites-vous cela ?

Alors que les sanglots de Josh arrivaient, bruts et essoufflés, Natalya ferma les yeux, le nœud d'effroi silencieux qui avait grandi dans son estomac au cours des dernières semaines se solidifiant. Elle savait maintenant ce qu'elle s'était refusé à elle-même pendant tout ce temps. Qu'elle avait fait une terrible erreur.

À quelques mètres d'eux, la voiture de police passe en trombe. Aucun des deux flics n'a jeté un coup d'œil à la voiture de ville.

7

Dix minutes après que le chauffeur a frappé Josh, la cloison s'abaisse à nouveau et il lance un sac à dos dans la direction générale de Natalya. Elle l'ouvrit avec appréhension, même si on lui avait dit ce qu'il contenait.

Elle sort d'abord un sac en plastique portant le logo bleu et rouge de Duane Read. En creusant un peu, elle a récupéré un ensemble de vêtements pour enfants, neufs et à la taille de Josh : un jean bleu, un T-shirt blanc et un sweat-shirt bleu marine. Pas de personnages de dessins animés, pas de marques, pas de slogans, pas de signes distinctifs d'aucune sorte. Uniforme. Générique. Anonymes. Choisis précisément pour ces qualités.

Regarde, de nouveaux vêtements", dit Natalya, faisant de son mieux pour attirer Josh depuis le coin le plus éloigné de la banquette arrière.

Josh tourne son visage vers Natalya, des larmes à moitié séchées comme de la glycérine sur ses joues. Ils sont nuls.

On va te changer, d'accord ?

Pourquoi ?

S'il te plaît, Josh.

Josh jette un coup d'œil vers la cloison. Oublie ça.

Natalya se penche plus près de lui. Nous ne voulons pas le mettre à nouveau en colère, n'est-ce pas ?

Qui est-il d'ailleurs ? demande Josh. Ton petit ami ? Natalya se mord la lèvre.

Il l'est, n'est-ce pas ?

Peu importe qui il est.

Pourquoi me faites-vous cela ?

Natalya baisse la voix. Ecoutez, j'ai fait une erreur. Je vais essayer de vous sortir de là. Mais pour l'instant, j'ai besoin que vous coopériez.

Pourquoi devrais-je vous croire ?

Parce que vous n'avez pas le choix.

Finalement, après quelques tergiversations, Josh se change. Natalya a coincé ses vêtements de fête dans le sac à dos, la partie la plus facile. Ensuite, elle a ramassé le sac de la pharmacie, en s'armant de courage, puis l'a reposé. A moins de plaquer Josh au sol pour faire ce qu'elle avait à faire, et de risquer de le blesser au passage, il allait falloir être prudent.

Tu as l'air bien avec ça", dit Natalya.

Non, je ne sais pas.

Ils ont l'air bien.

Rien de tout cela n'est satisfaisant et Natalya voit bien que Josh est de nouveau nerveux.

Il change de position sur le siège arrière. On peut rentrer à la maison ? S'il vous plaît ? Si vous voulez de l'argent, mon père peut vous en donner, mais je veux rentrer chez moi.

Ce n'est pas si simple.

Pourquoi pas ?

Natalya sort une paire de ciseaux de coiffeur du sac de la pharmacie.

La main de Josh se porte à son cuir chevelu. Non, pas mes cheveux.

La voiture ralentit et se range sur le côté de la route, tandis qu'une voiture derrière elle klaxonne. La cloison tombe. Cette fois, le conducteur tenait son arme à la main. Il le pointe directement sur Josh. Si je dois m'arrêter encore une fois, tu le regretteras".

En tremblant, Josh tourna le dos à Natalya. Jambes croisées, elle s'est assise derrière lui et s'est mise au travail.

À peine cinq minutes plus tard, la banquette arrière était ornée de longues mèches de cheveux brun foncé. Josh tendit la main vers l'arrière et la passa dans les épis irréguliers.

Natalya prend la main de Josh et la serre. Tu pourras toujours les faire repousser. Maintenant, laisse-moi la ranger".

Elle procède à d'autres petits ajustements, se laissant momentanément absorber par sa tâche.

Voilà. Maintenant, vous savez ce qui conviendrait vraiment à ce style ?

Quoi ?

Une couleur différente.

Je pense que oui", dit Josh, l'air complètement défait.

Natalya fouilla à nouveau dans le sac, soupirant lorsqu'elle en sortit une bouteille en plastique de teinture pour cheveux. Après avoir parcouru rapidement le mode d'emploi au dos de la bouteille, elle a poussé un grand cri, puis s'est penchée en avant et a tapé sur la cloison. Je ne peux pas l'utiliser maintenant".

Le chauffeur la fixe dans le rétroviseur. Pourquoi pas ?

Il a besoin d'eau. Il devra attendre".

Vous êtes sûr ?

Vous pensez que je suis stupide ?

Elle a poussé le flacon à travers la cloison, deux doigts couvrant la partie de l'étiquette indiquant "application unique à sec". Le chauffeur grogne, range le flacon dans sa veste et redémarre la voiture.

Ne t'inquiète pas, je ne laisserai rien de mal t'arriver", chuchote Natalya en passant son bras autour de Josh.

Ce n'est pas grave ?", a-t-il demandé.

Natalya le rapprocha et il finit par céder, se blottissant contre elle. Quinze minutes plus tard, il commençait à s'assoupir, sa tête reposant sur l'épaule de Natalya, lorsque la voiture s'arrêta et que le conducteur ouvrit la portière, les faisant sortir tous les deux dans le froid.

Alors qu'ils grelottaient sous une pluie glaciale, le chauffeur a sorti un aspirateur de voiture sans fil flambant neuf et l'a utilisé pour aspirer les cheveux de Josh sur le siège arrière. Quelqu'un d'autre viendrait plus tard récupérer la voiture.

La zone était désolée et semi-industrielle, avec une route sur la gauche. Ils avancèrent péniblement dans une couche de neige poudreuse en direction d'un portail métallique surdimensionné, situé en plein milieu d'une clôture à mailles losangées qui semblait interminable. Des voitures passaient au loin. À part cela, ils étaient seuls. Un homme armé, Natalya et l'enfant qu'elle était chargée de surveiller et qu'elle venait de trahir si cruellement.

Natalya regarda autour d'elle, essayant de trouver un point sur lequel se fixer - un panneau de signalisation, peut-être, ou un magasin - mais tout ce qu'elle voyait, c'était le front de mer. Tout près d'elle, elle entendait le clapotis des vagues contre un quai.

Tout a changé pour elle à partir du moment où Josh a été frappé. Quel que soit l'enjeu pour elle, elle était déterminée à réparer son erreur. Et cela signifiait que Josh devait rentrer sain et sauf chez son père.

Elle devra cependant choisir son moment avec soin. Il n'y aura pas de deuxième chance de s'échapper.

Comme ils n'avaient traversé aucun tunnel ni aucun pont, elle était sûre qu'ils se trouvaient toujours à Manhattan, mais il n'était pas nécessaire d'être un génie pour comprendre que ce quartier était très éloigné de l'Upper East Side.

Le chauffeur pousse Natalya vers le portail métallique avec le talon de sa main. Bougez", a-t-il grogné.

À la porte, une caméra de sécurité solitaire fait un tour panoramique, accompagné d'un léger tourbillon hydraulique. La grille a cliqué et le chauffeur l'a poussée, faisant passer Natalya et Josh.

Perchée au bout d'une jetée, une vedette monomoteur est amarrée, sans personne à bord. Peint en gris foncé, il repose au ras de l'eau. Ils s'en approchèrent, le conducteur y grimpant en premier, manquant de perdre pied lorsqu'une houle soudaine s'éleva sous la coque. Pendant une fraction de seconde, Natalya envisagea de s'enfuir, mais comme le quai s'étendait sur trente pieds dans l'eau, elle savait qu'ils n'arriveraient jamais à temps.

Natalya aide Josh à monter dans le bateau.

Le chauffeur lui dit : "Prends la corde pour moi", et pousse Josh vers le bas pour qu'il soit hors de vue des passants sur la rivière.

Natalya décroche la ligne de poupe de l'amarre et la lui lance. C'est l'occasion ou jamais.

Le conducteur lui fait signe de la main d'avancer, tandis que le bateau commence à s'éloigner du quai. Vite !

Elle hésite, puis croise le regard terrifié de Josh. Il était hors de question qu'elle le quitte. D'un pas rapide, elle sauta à terre, le chauffeur lui attrapa la main et la hissa à moitié dans le bateau.

Le chauffeur a mis le moteur en marche et ils sont partis dans une vague d'embruns et de gasoil. Bientôt, le quai est hors de vue, une ligne d'horizon noire se découpant sur le gris.

Natalya a compté les bâtiments qu'elle reconnaissait. La tour du Chrysler building. L'Empire State. La gueule béante d'une brèche où se trouvaient autrefois les tours jumelles, remplacées aujourd'hui par le premier noyau de la Freedom Tower.

Le chauffeur fouille dans son sac et en sort un flacon de teinture pour cheveux. Il louche sur les instructions au dos, comme si elles étaient écrites en sanskrit. Finalement, il a levé les yeux vers Natalya. Application à sec. Foutaises". Il a jeté la bouteille à Josh. Assure-toi de bien l'appliquer.

8

Lock s'est réveillé dans un lit, dans une petite pièce, relié à un moniteur et à une sorte d'intraveineuse. Il prie pour de la morphine, mais soupçonne une solution saline. S'il souffrait encore autant, il devait s'agir d'une morphine faiblarde.

Il remua les orteils et les doigts, soulagé de constater qu'ils semblaient réagir. Pour s'assurer qu'il ne s'agissait pas d'une sensation fantôme, il retourna le drap, surpris de pouvoir bouger si facilement, et amusé de constater qu'il avait une érection. Peut-être s'agissait-il d'une réaction évolutive à une expérience de mort imminente. Soit ça, soit une vessie pleine.

Il attendit que son excitation retombe, évoquant les images les moins érotiques pour accélérer sa chute. Rien à faire. Même une madone émaciée par le yoga n'y parviendrait pas. Les stores n'étaient pas fermés à fond, et il pouvait apercevoir les lumières de la ville qui ne dormait pas au-delà de la fenêtre, et qui se débrouillait très bien sans lui.

Tentativement, il passa ses jambes sur le côté du lit et, une main sur la barre du lit, se leva. Pendant une seconde ou deux, la pièce se mit à bouger brusquement, mais la sensation s'estompa rapidement et il réussit à marcher avec précaution jusqu'à la petite salle de bains.

L'homme qui le regarde dans le miroir avec une expression impassible porte une barbe de trois jours et un crâne rasé de près. En passant ses doigts sur le sommet du crâne, il découvrit une série de points de suture. Il n'était pas certain qu'il s'agisse d'une blessure ou du résultat d'une incision. Il y toucha du bout des doigts. Pas de réelle douleur, mais des points de suture.

Son visage est bouffi, surtout autour des yeux. Ses yeux étaient bleus au milieu de la pâleur mortelle du reste de sa peau, ses pupilles comme des points.

Il prit un moment pour se remémorer comment il était arrivé ici. Soulagement. Tout était là. Les manifestants, la promenade inattendue de Van Straten, Lock debout sur les marches devant Meditech et la balle. Correction : les balles. Son aperçu de Carrie courant pour se mettre à l'abri. Encore plus de soulagement à s'en souvenir. Ensuite, il s'est attaqué à la menace, le jeune commerçant coréen a été ligoté, puis il a monté l'escalier, il y a eu une détonation et le noir s'est soudainement installé.

Un rappel total. Il se permit un sourire.

Il remplit l'évier et commença à s'asperger le visage d'eau froide, se figeant au milieu de l'aspersion lorsque la porte s'ouvrit sur la pièce principale. Appuyant son dos contre le mur, il jeta un coup d'œil à l'extérieur.

Dans la chambre, un homme vêtu d'un coupe-vent bleu regardait autour de lui, comme si le lit vide était la preuve d'un quelconque tour de magie. Pendant une seconde, Lock s'est à moitié attendu à ce que le type commence à faire briller sa lampe Mag sous les couvertures.

Il est sorti de la salle de bains et le visage du type s'est détendu en un sourire. Vous voilà.

Tout ce que Lock a trouvé à dire en guise de réponse, c'est "Me voici".

Pris d'une soudaine vague d'épuisement, Lock recula d'un pas vers le lit et trébucha. L'homme lui tendit la main, le soutenant. Doucement.

Lock lui fit signe de s'éloigner, désireux de mettre quelques draps entre lui et son visiteur. Laissez-moi deviner, JTTF ?

Le bureau local de la Joint Terrorism Task Force à Manhattan était basé au centre-ville, sur la Federal Plaza. Composé de membres du FBI, de l'ATF et de la police de New York, il est chargé de traiter tous les incidents de terrorisme intérieur dans les cinq arrondissements et au-delà. La campagne contre Meditech relevait de sa compétence, car les défenseurs des droits des animaux avaient intensifié leurs actions. Lock avait été en contact avec un certain nombre d'agents de leur bureau, mais l'homme qui se tenait devant lui n'était pas l'un d'entre eux, pour autant qu'il s'en souvienne.

John Frisk. Il vient d'être transféré.

Ryan Lock.

Au moins, vous vous souvenez de votre nom, c'est un début.

Où t'ont-ils transféré ?

FBI".

Lock s'assit sur le lit. Frisk prit une chaise et s'assit à côté de lui.

Vous avez de la chance. Si vous aviez été touché à quelques centimètres de part et d'autre de vos plaques, vous auriez été grillé".

Lock portait quatre plaques. Deux à l'avant et deux à l'arrière, elles se glissaient dans des pochettes de part et d'autre de son gilet balistique pour offrir une protection supplémentaire.

Lock sourit. Peut-être que je devrais aller à Vegas, pendant que je suis encore en pleine forme.

Emmenez-moi avec vous. Les vacances ne me feront pas de mal.

Lock reposa sa tête sur les oreillers et fixa un point fixe au plafond. Avec quoi m'ont-ils frappé ?

Un calibre 12 fixé à la porte, dit Frisk.

C'est mieux que l'alternative, je suppose. Tu as trouvé quelqu'un ?

Nous espérions que vous pourriez nous aider sur ce point.

Lock se mordit le côté de la bouche. Professionnels. Tous deux de sexe masculin. Tous deux plus d'un mètre quatre-vingt-dix. Je n'ai pas pu voir grand-chose d'autre que l'arrière de leurs talons. Qu'est-ce que l'équipe chargée de la scène de crime a trouvé ?

Je ne peux pas vraiment le dire.

Autant de pistes, hein ?

C'est au tour de Frisk de réprimer un sourire. Je croyais que j'étais l'enquêteur et que vous étiez le témoin.

Les vieilles habitudes ont la vie dure".

Frisk hésite un instant. OK, d'après ce que nous pouvons en déduire, comme vous l'avez dit, il s'agissait d'un travail de pro. Un fusil de sniper de haut calibre - nous travaillons encore sur le type exact, mais un calibre cinquante.

Cinquante ?

Oui, c'est ça. S'ils avaient fixé cela à la porte, nous n'aurions pas cette conversation", a déclaré Frisk, très décontracté.

J'ai bien compris, dit Lock. Ayant vu ce que le calibre 50 avait fait à la tête de Stokes, Lock savait qu'aucun gilet pare-balles n'aurait pu le sauver.

Ils avaient repéré l'itinéraire de fuite à l'avance, il ne reste pas grand-chose pour la police scientifique. Aucune douille n'a été trouvée, ce qui ne nous aurait pas donné grand-chose de toute façon. De plus, la pièce a été blanchie avant qu'ils ne sortent par la fenêtre.

Et le fusil de chasse ? demanda Lock en se penchant pour attraper un verre d'eau posé sur le casier à côté de son lit.

Frisk l'a devancé et lui a passé la main. Je pense qu'ils cherchent à gagner quelques secondes supplémentaires.

Lock grogne en signe d'approbation.

Nous sommes remontés jusqu'au propriétaire d'une maison à Long Island. L'endroit est inoccupé depuis l'été, le type ne savait même pas qu'il avait été cambriolé".

La fille s'en est sortie ?

La fille en fauteuil roulant ?

Lock acquiesce et boit une gorgée d'eau.

Elle n'en a plus que quatre.

Elle va bien ?

"Plutôt choqué. Il en sait à peu près autant que vous".

Vous avez de bons témoins, à ce qu'il paraît. Quel a été le décompte final ?

Cinq morts au total.

Cinq ?

Trois blessés par balle, un écrasé et une crise cardiaque.

On frappe à la porte. Une jeune médecin afro-américaine d'une vingtaine d'années, qui avait l'air d'être réveillée depuis aussi longtemps que Lock était inconscient, passa la tête. Je pensais avoir été assez claire sur le fait que je ne voulais pas que mon patient soit dérangé avant qu'il ne soit prêt.

C'est ma faute, doc, dit Lock. Je posais des questions à l'agent Frisk, et non l'inverse.

Si vous avez des questions, vous pouvez toujours m'en parler. Lock jette un coup d'œil à Frisk. Je n'ai jamais eu l'occasion de demander à l'agent Frisk ce que

mon pronostic fédéral".

Votre arme était détenue légalement, même si je ne comprends pas comment vous avez pu obtenir un port dissimulé en ville de nos jours.

Lock regarda le plafond. Des amis haut placés".

Et votre chance ne s'arrête pas là, poursuit Frisk. Comme vous n'avez jamais tiré, il n'y aura pas de charges. Mais la prochaine fois, laissez la charge de la cavalerie à la cavalerie, d'accord ?

Lock se hérissa. Il avait été le seul à s'attaquer à la menace et voilà que Frisk le traitait comme un flic débutant. Je serais heureux de le faire, s'ils parviennent à se montrer avant la dernière bobine. À ce propos, qu'arrive-t-il à Brand ?

Les services de police sont prêts à se battre pour l'homicide involontaire. Mais le procureur subit de fortes pressions pour obtenir une inculpation moins lourde, ou pour laisser tomber l'affaire".

Si vous parlez à quelqu'un dans leur bureau, vous pouvez lui dire que je serais heureux de prendre la défense de l'accusation sur ce point.

Frisk hausse un sourcil. Toi et lui, vous n'êtes pas trop proches, hein ?

Des approches différentes, c'est tout.

Ah oui, et quelle est la différence ?

Le mien est correct, dit sèchement Lock.

M. Lock a vraiment besoin de se reposer", dit le médecin. Je suis sûr que vous aurez tout le temps de lui parler demain.

Quel jour sommes-nous d'ailleurs ?

Jeudi", dit Frisk.

J'ai raté Noël ?

Le médecin arque un sourcil. Vous avez reçu le don de la vie". Frisk sourit. Bien sûr, le Père Noël vous rattrapera l'année prochaine.

OK, il a vraiment besoin de se reposer maintenant", a insisté le médecin.

Frisk saisit l'allusion et sortit doucement de la pièce. N'allez nulle part", dit-il depuis la porte.

Une fois qu'il fut parti, la main de Lock s'approcha de sa blessure à la tête. Il passa le bout de ses doigts dessus, comme un enfant qui s'inquiète d'une croûte sur son genou.

C'est une belle cicatrice que vous avez là", dit le médecin en s'installant à côté de lui sur le lit.

Vous pensez que cela me rendra plus attirant pour les femmes ?

Je n'avais pas réalisé que c'était un problème pour vous.

Je prendrai toute l'aide que je pourrai obtenir.

Cela vous dérange si je jette un autre coup d'œil ?

Je vous en prie.

Il incline la tête pour qu'elle ait une meilleure vue.

Vous avez eu de la chance de vous en sortir.

C'est ce que tout le monde dit.

Vous avez subi une légère hémorragie. Nous avons dû percer votre crâne pour en extraire du liquide. Il y a un risque que vous ayez d'autres trous de mémoire. Oh, et il y a eu des cas où le traumatisme de cette zone particulière du cerveau peut entraîner un niveau élevé de...

Vous pouvez vous arrêter là, doc. Je crois que je sais où vous allez. Quand est-ce que je peux sortir d'ici ?

Elle se lève. Le traumatisme crânien est une affaire sérieuse. Il vaudrait mieux que vous restiez ici au moins pour les prochains jours".

Bien sûr", dit-il en préparant déjà son évasion.

9

Vous n'avez pas de maison où aller ?

Le médecin était de retour au pied du lit de Lock, occupé à consulter son dossier tandis qu'il s'allongeait en regardant le tube. Même à ce stade précoce de sa convalescence, il avait fait un certain nombre de découvertes intéressantes, la plus surprenante étant qu'avec une dose suffisamment élevée de morphine, les feuilletons diurnes étaient sacrément captivants.

Je n'aurais pas cru que vous étiez un grand amateur de feuilletons diurnes", dit-elle en pensant que Lock avait mis la télévision en sourdine, laissant un aspirant Clooney au menton fendu gifler une actrice dont le visage vierge de Botox présentait toute la gamme des émotions humaines, de A à B et inversement.

J'attendais le journal télévisé.

Bien sûr que oui. Encore ce sourire de tueur.

Vous flirtez avec moi, docteur ?

Elle a ignoré la question, notant plutôt une note supplémentaire sur son dossier.

Qu'est-ce que tu écris ? demanda-t-il en faisant de son mieux pour ne pas se faire remarquer.

Elle a incliné le dossier pour qu'il ne puisse pas voir. Ne pas réanimer". Lock a ri. Ça fait mal.

Elle esquisse un sourire. Désolée, mais je me fais souvent draguer et je ne suis pas rentrée chez moi depuis deux jours.

Qui a dit que je te draguais ?

Vous ne l'étiez pas ? OK, maintenant je me sens insulté. De toute façon, tout cela n'est-il pas une discussion inutile ? Tu as une petite amie.

Est-ce que je le fais ?

Eh bien, il y a certainement une femme qui a passé beaucoup d'appels depuis que vous avez été admis. Carrie Delaney, ça vous dit quelque chose ?

Beaucoup, mais malheureusement nous ne sommes que de bons amis.

Malheureux pour vous ou pour elle ?

Probablement les deux.

Je vois.

Lock se redressa pour s'asseoir. Vous savez, je n'y avais jamais vraiment pensé jusqu'à présent, mais nos métiers ont pas mal de choses en commun.

Sauver la vie des gens ?

Je pensais plutôt à des horaires décalés et au fait de ne recevoir une véritable attention que lorsque l'on se plante".

Elle lui demande : "Qu'est-ce que tu as fait de mal ? Janice Stokes ne serait pas là si vous n'aviez pas fait ce que vous avez fait.

Et moi non plus.

Elle le fixait maintenant. Alors pourquoi l'as-tu fait ?

Cela va ressembler à une réplique d'un mauvais film.

J'en reçois beaucoup aussi.

Je l'ai fait parce que c'est ce que j'ai appris à faire.

Vous avez donc l'habitude de sauver des demoiselles en détresse ?

Lock secoue la tête. Non, j'ai juste l'habitude de franchir des portes que je ne devrais pas. Ecoutez, je n'ai même pas saisi votre nom.'

Dr Robbins.

Je parlais de votre prénom.

Je sais que vous l'avez fait.

Par-dessus son épaule, Lock aperçoit Carrie à la une des journaux télévisés. La voir faisait plus mal que de se faire tirer dessus. Elle se tenait à l'extérieur d'un immeuble à toit vert, un portier ganté de blanc entrait et sortait du cadre derrière elle, apparemment indécis entre la discrétion et le fait de montrer sa tête à la télévision.

C'est votre amie ? demande le Dr Robbins, en suivant le regard de Lock vers la télévision et en lisant le bas de l'écran.

Elle l'était. Pendant un certain temps en tout cas.

Il a l'air trop classe pour vous.

On me le dit souvent. Cela vous dérange si je... ?'

Allez-y, dit le Dr Robbins en s'écartant de son chemin. Lock augmenta le volume, surprenant Carrie au milieu de sa phrase.

'. ... le FBI reste très discret sur ce nouveau rebondissement dans l'affaire du massacre de Meditech qui a bouleversé l'Amérique. Mais jusqu'à présent, un seul fait reste clair : trois jours après sa disparition, Josh Hulme, âgé de sept ans, n'a toujours pas été retrouvé".

L'écran se coupe sur la photo d'un jeune garçon blanc aux cheveux bruns épais et aux yeux bleus, souriant d'un air gêné pour un portrait de famille.

Lock s'éloigne du Dr Robbins en essayant de jeter un nouveau coup d'œil à l'arrière de sa tête. Quel est le rapport avec Meditech ?

Son père travaille pour eux ou quelque chose comme ça.

Lock ressent une poussée d'adrénaline. Il commence à sortir du lit, ce qui lui vaut un regard de reproche de la part du Dr Robbins.

Je dois passer un coup de fil.

Très bien, mais rendez service à tout le monde.

Qu'est-ce que c'est, docteur ?

Mettez d'abord un peignoir. Tu as les fesses à l'air.

10

Habillé, avec une casquette de base-ball couvrant ce qu'il avait fini par appeler son look de patient lobotomisé, Lock sortit dans le hall. Il se sentait encore un peu incertain sur ses pieds et restait délibérément mal rasé. En se regardant dans le miroir alors qu'il se lavait le visage, il s'était dit qu'une légère modification de son apparence n'était pas une mauvaise chose dans les circonstances actuelles. Manifestement, le "massacre de Midtown", comme l'avait surnommé la presse en dénichant avec jubilation une allitération parmi les morts, était un premier coup plutôt qu'un dernier.

Trouver un moyen d'appeler Ty s'avéra délicat. Le téléphone portable de Lock était malencontreusement rangé dans le tiroir du bas de son bureau à Meditech et les téléphones publics semblaient peu nombreux. Le Dr Robbins lui avait dit qu'elle pouvait s'arranger pour qu'un téléphone soit apporté dans sa chambre pour une somme modique, mais il n'avait pas envie d'attendre. Finalement, il en a trouvé un au rez-de-chaussée, à côté de la boutique de souvenirs.

Ty a répondu à la première sonnerie.

Où est ma corbeille de fruits ?

Si ce n'est pas Rip Van Winkle. Je me demandais quand vous alliez remonter à la surface".

Le sommeil des justes".

Je vous entends. C'est bien que tu sois de retour.

Lock était reconnaissant du soulagement dans la voix de Ty. Il était réconfortant de savoir que quelqu'un dans l'entreprise se souciait de sa mortalité.

Tu veux me donner des nouvelles ?

Nous sommes bien enfermés. Pas d'autres incidents. Tout semble normal.

Cool ?

Et moi qui croyais que c'était moi qui devais prendre un coup sur la tête. Comment les choses se passent-elles quand les enfants d'un de nos employés sont portés disparus ?

Vous en avez entendu parler ?

Lock éloigna le téléphone de sa bouche et compta jusqu'à trois. Lentement.

Ty sembla lire dans son silence. Écoute, Ryan, dit-il, les choses sont un peu plus compliquées que tu ne le penses. Le FBI est impliqué, c'est à lui de s'en occuper.

Alors pourquoi diable avons-nous payé une assurance contre les enlèvements et les rançons pendant tout ce temps si c'est pour tout remettre aux autorités fédérales ?

Richard Hulme, le père du garçon disparu, a démissionné de son poste dans l'entreprise il y a deux semaines, ce qui signifie que ni lui ni son fils ne sont plus notre problème. Désolé Ryan, j'ai eu exactement la même conversation quand j'ai appris la nouvelle, mais le mot est venu d'en haut. Nous ne nous en mêlons pas.

Mais le FBI ne paiera pas de rançon.

Ils ont leur politique et nous avons la nôtre.

Et neuf fois sur dix, notre méthode permet à la victime de rentrer chez elle saine et sauve, le seul dommage étant une entaille dans le bilan d'une compagnie d'assurance et un petit ajustement actuariel pour la prime de l'année suivante".

Je sais, mec, je sais.

Juste à temps, une petite fille a été amenée devant lui, un plâtre orné d'un marqueur magique recouvrant sa jambe. Elle sourit à Lock.

Écoute, Ty, je vais sortir d'ici, mais je dois d'abord vérifier quelque chose.

OK, mec. Hey ...'

Quoi ?

Soyez prudents.

Lock raccrocha et se dirigea vers la boutique de souvenirs. Il prit un bouquet de fleurs qui offrait une garantie de sept jours "sans flétrissure" (Lock pouvait s'en douter) et une boîte de bonbons. Tout en payant la dame derrière le comptoir, il jeta un coup d'œil aux journaux sur le présentoir. Le visage de Josh apparaissait en première page de tous les journaux, à l'exception du New York Times, qui traitait de sujets plus importants au Moyen-Orient : une attaque biologique présumée avait été perpétrée contre des troupes de la coalition à la frontière entre l'Afghanistan et le Pakistan.

Il a pris un exemplaire du *Post* et l'a feuilleté en revenant dans le hall. Sur une double page, il y avait une photo de lui en train d'écarter Janice de la trajectoire du Hummer. Il n'aimait pas cela : un bon agent de protection rapprochée reste à l'écart des feux de la rampe. Une double page dans un tabloïd n'était pas vraiment un moyen de rester sous les feux de la rampe.

Dans l'ascenseur, Lock est serré à l'arrière par deux aides-soignants qui transportent un vieil homme sur un brancard. L'un d'eux le regarda avec méfiance. Soudain, il regretta de ne pas s'être passé un rasoir sur le visage quand il en avait eu l'occasion.

Lock tendit à l'aide-soignant le billet plié à sa photo.

Détendez-vous, je fais partie des gentils.

Le vieil homme sur le brancard tend la main pour prendre le papier. Tenez, laissez-moi voir ça. Ses yeux passent de Lock à la photo. C'est bien lui.

La curiosité de tout le monde satisfaite, Lock sortit au quatrième étage, reconnaissant qu'on ne lui avait pas demandé de signer un autographe ou de poser pour une photo. La chambre de Janice était assez facile à repérer. C'était celle où un flic se tenait à l'extérieur, sirotant un gobelet en polystyrène.

Une fois que Lock a refait toute la procédure avec le journal et que l'uniforme a parlé à quelqu'un de son commissariat, qui a ensuite dû parler à quelqu'un de Federal Plaza, il a été autorisé à franchir la porte.

Les stores étaient fermés mais Janice était réveillée, le visage tourné vers la porte. La pièce est remplie de fleurs et de cartes. Quelques cartes de deuil étaient éparpillées parmi celles qui lui souhaitaient un prompt rétablissement. L'étude de marché d'Hallmark n'avait manifestement pas encore découvert le créneau du marché des cartes de vœux "Heureux d'avoir survécu et bonne chance avec la maladie en phase terminale".

Lock déposa les fleurs au pied du lit et s'assit sur une chaise. Ils s'assirent en silence pendant un moment.

Comment vous sentez-vous ? demanda enfin Lock.

Terrible. Et vous ? La question est posée avec une pointe de sourire.

Je me sens... Lock s'interrompit, mal à l'aise. Je vais bien. Elle tendit sa main vers la sienne. Merci.

La simple humanité du geste l'a un peu déstabilisé. Parce qu'il travaillait pour Nicholas Van Straten, Janice et son père étaient ennemis depuis des mois.

Je suis content que tu aies réussi, dit-il doucement.

Elle jette un coup d'œil vers le bas. Pour l'instant.

Vous n'en savez rien. Il pourrait y avoir une avancée, un nouveau médicament ou un nouveau traitement pour votre maladie".

Aussitôt les mots sortis de sa bouche, il les regretta. Même si c'était le cas, il y avait plus de chances qu'un témoin de Jéhovah accepte une transfusion sanguine que Janice prenne quelque chose qui, selon toute vraisemblance, aurait d'abord été testé sur des animaux.

À sa décharge, elle laissa passer l'occasion. Au lieu de cela, elle étudia le visage de Lock suffisamment longtemps pour qu'il se mette mal à l'aise sur son siège, avant de demander,

Avez-vous déjà visité un abattoir ?

Pendant une seconde, il a pensé lui parler des six mois qu'il avait passés en Sierra Leone, où Charles Taylor et le Front révolutionnaire uni s'étaient lancés dans une campagne systématique d'amputation des membres de la population civile, y compris des bébés. Au moins, tuer des animaux pour les manger servait à quelque chose, pensait-il maintenant. Une grande partie de ce dont Lock avait été témoin au fil des ans était le fruit d'une pulsion humaine plus sombre.

Il soupire, se frotte l'arrière de la tête, trouve des points de suture. J'ai vu beaucoup de morts.

Mais la mort est inévitable, n'est-ce pas ? dit Janice en haussant le ton.

Je parle de meurtre. Les animaux savent qu'ils vont être tués. Quand ils sont dans les camions, ils le savent. On peut le voir dans leurs yeux, l'entendre dans le bruit qu'ils font".

Lock se pencha en avant et lui toucha le bras. Janice, j'ai quelques questions à te poser. Vous n'êtes pas obligée d'y répondre, mais je dois tout de même vous les poser.

Gandhi a dit que l'on pouvait juger de la moralité d'une nation à la façon dont elle traite ses animaux", poursuit Janice, sans se décourager.

Elle divaguait à présent, son esprit tournant en boucle, du moins c'est ce que semblait dire Lock. Elle s'agrippa aux barreaux du lit et se redressa pour s'asseoir. Il essaya de l'aider, mais elle le repoussa.

Janice, c'est important. Je ne pense pas que celui qui a tué ton père l'ait fait par accident. Ce que je veux dire, c'est que plus j'y pense, plus je ne peux m'empêcher de penser que ce n'est pas quelqu'un qui a essayé d'assassiner Nicholas Van Straten et qui s'est trompé. C'est quelqu'un qui a essayé de tuer ton père et qui l'a fait correctement".

Tu crois que je ne le sais pas ? demande Janice, soudainement concentrée.

Nous avions déjà reçu des menaces de votre part.

Qu'est-ce que tu veux dire ?

Des appels téléphoniques, des lettres, disant que si nous n'arrêtions pas de protester, nous serions tués.

Vous en avez parlé à quelqu'un ?

Et à qui allions-nous le dire ? Au FBI ? C'est probablement eux qui l'ont fait.

Allez, on y va.

Ma mère et mon père sauvaient les animaux vingt ans avant qu'une bande de bimbos anorexiques ne se déshabillent pour une séance photo parce que c'était à la mode. J'ai grandi avec un téléphone sur écoute et un courrier ouvert. Il n'y a pas eu un seul Noël sans que je sache ce que ma grand-mère m'avait offert parce que ces connards ouvraient tout. Qu'est-ce qui a changé ? À part le fait qu'aujourd'hui, il y a beaucoup plus d'argent en jeu. Pour ce que j'en sais, c'est peut-être toi qui as passé ces coups de fil".

OK, tu m'as eu. C'est sûrement la culpabilité refoulée qui m'a poussé à risquer ma peau pour te sortir de là ", réplique Lock, en colère maintenant.

Les cadeaux de grand-mère, ça suffit. C'est du lavage de cerveau. Papa et maman Stokes avaient fait du si bon travail que leur fille unique était prête à mourir en martyr pour la cause, plutôt que de compromettre ses principes et de vivre, alors qu'ils n'étaient que trop heureux de rester là à regarder. Et pour quoi faire ? Pour prouver leur supériorité morale sur le reste d'entre nous.

Merci pour les fleurs, mais vous devriez peut-être partir maintenant", dit Janice en se détournant de lui.

Lock s'est levé. Il prit quelques respirations. OK, j'y vais. Mais j'ai une dernière chose à vous demander".

D'accord, mais faites vite, je commence à être fatigué.

Ton père a dit quelque chose à Van Straten quand ils étaient dehors. Quelque chose à propos du fait qu'il avait reçu son message.

Janice a eu un regard noir. Je vous l'ai déjà dit, nous n'avons pas proféré de menaces.

Je ne dis pas qu'il s'agissait d'une menace. Mais s'il y avait eu des discussions en coulisse...

Avec Meditech ? C'est impossible.

Quel était le message ?

La voix de Janice tremble d'émotion. Je ne sais pas. Et maintenant, je ne le saurai jamais. Mes parents sont morts, tu te souviens ?

Lock se leva, l'irritation remplacée par le remords. Je suis désolé, je n'aurais pas dû...

Mais ses yeux s'étaient déjà fermés et, le temps qu'il atteigne la porte, elle s'était endormie profondément. L'agent en uniforme l'a examinée avant d'autoriser Lock à partir. Elle leva les yeux vers Lock tandis qu'elle procédait à une fouille superficielle, bien que ce qu'il aurait voulu retirer de la chambre d'hôpital de Janice restât un mystère.

Cela doit faire du bien", dit-elle.

Qu'est-ce qui doit être fait ?

Le débutant lui sourit. Sauver la vie de quelqu'un comme ça".
Lock haussa les épaules. Il n'avait pas sauvé la vie de Janice, il avait simplement retardé sa mort. Il tourne le dos au policier et retourne vers l'ascenseur.

11

La taverne Brennans était aussi authentiquement irlandaise qu'un bol de Lucky Charms, mais il y faisait sombre, ce qui convenait parfaitement à Lock. Même si les analgésiques qu'il s'était procurés à la pharmacie de l'hôpital calmaient son mal de tête, la lumière vive le faisait encore grimacer.

Sortir de l'hôpital s'est avéré presque plus long que de quitter l'armée, avec à peu près autant d'heures de formulaires à remplir. Le docteur Robbins l'avait prévenu que, dans son état actuel, il représentait un danger non seulement pour lui-même, mais aussi pour les autres. Il n'a pas voulu lui dire que son commandant avait dit la même chose.

Les yeux s'adaptant lentement à la pénombre, il but une gorgée de bière. L'étiquette des analgésiques contenait sans doute un avertissement sur la nécessité de ne pas les prendre avec de l'alcool, mais sa vision était encore un peu floue, et de toute façon, qui pouvait lire ce genre de petits caractères dans cette lumière ?

La porte s'ouvrit et Carrie entra à grands pas. En la voyant, Lock se sentit soudain plein d'entrain. Et encore plus étourdi. Sans s'arrêter pour regarder autour d'elle, elle se dirigea vers lui, jetant sa veste et son sac sur la table, très professionnelle, comme s'ils n'avaient jamais rompu.

Dure journée ? lui demande Lock.

A peu près dans la moyenne.

Comment m'avez-vous repéré si vite ?

Une table d'angle, dos au mur, avec vue sur la porte et accès facile à la sortie arrière. Il n'y a pas besoin d'être un génie".

Tu vois, tu as obtenu quelque chose en sortant avec moi après tout". Il se leva et lui tendit une chaise.

Elle fit une révérence et s'assit. Vous avez toujours eu de bonnes manières.

Ils se sont regardés de l'autre côté de la table, Lock souhaitant soudain que l'éclairage soit meilleur.

Heureux que vous vous en soyez sorti en un seul morceau.

Oui, c'était effrayant pendant un moment.

C'est vrai, admit Lock. Les seules personnes qui prétendaient ne pas avoir peur dans une situation violente étaient des menteurs et des psychopathes. La peur est câblée.

Alors, comment va mon héros ?

Je suis votre héros ?

Ryan, n'allons pas...

Il leva la main en signe d'excuse. Il leva la main pour s'excuser. Alors, voyons, comment vais-je?' Il prit une gorgée, réfléchit. Je suis endolori. Si j'avais vu venir...".

Cela n'aurait pas été douloureux ?

Lock n'était pas sûr d'avoir l'énergie nécessaire pour l'expliquer. Il y a longtemps, il s'était forgé une théorie selon laquelle si l'on savait que l'on allait avoir mal, si l'on s'y attendait, le cerveau pouvait envoyer un signal d'anticipation au corps, ce qui signifiait que lorsque la douleur arrivait, elle se manifestait avec moins d'acuité. Depuis lors, chaque fois qu'il s'est retrouvé dans une situation, la première chose qu'il s'est dite, c'est que ça va faire mal.

Mal. Et d'une manière ou d'une autre, lorsqu'il faisait cela et que la douleur arrivait, il était capable de la surmonter et d'en sortir vainqueur.

L'installation du fusil de chasse avait été un coup de massue. Mais de nos jours, le monde n'est fait que de coups bas.

Ryan ? Tu vas bien ?

DÉSOLÉ. Il se passa la main sur le cuir chevelu. J'étais à des kilomètres de là.

'De toute évidence. Jolie coiffure, d'ailleurs".

Il sourit. L'une des nombreuses choses qu'il aimait chez Carrie était sa capacité à le sortir de ce qu'elle appelait ses "moments d'âme torturée". Tu aimes ça ? demanda-t-il.

Le mot "comme" est peut-être trop fort. C'est certainement... différent. Laissez-moi vous offrir un verre.

Les boissons sont pour moi.

Il fait signe au barman et commande à Carrie un Stoli rocks avec un zeste de citron vert.

Heureux de voir que vous vous êtes souvenu.

La façon dont elle croisa son regard en disant cela laissait entrevoir une promesse pour plus tard. Dans son état actuel, Lock n'arrivait pas à décider si c'était une bonne ou une mauvaise chose. D'un côté, il ne voyait rien qui lui plairait plus que de passer la nuit avec Carrie, mais d'un autre côté, il doutait que Carrie soit impressionnée s'il s'évanouissait sur elle.

Cela, et c'était compliqué. Ils s'étaient d'abord engagés en jurant que leur relation n'était qu'une partie de plaisir, puis s'étaient rapidement rendu compte, après qu'il soit resté chez elle tous les soirs pendant deux semaines, qu'il s'agissait peut-être de plus que cela. Finalement, ils sont arrivés à une conclusion commune : bonne personne, mauvais moment. Pas de grosse dispute. Pas de récriminations. Juste une lente prise de conscience que ça n'allait pas marcher. Lock a souffert, puis s'est plongé encore plus profondément dans son travail.

Le barman apporte à Lock une autre bière et à Carrie son Stoli rocks avec un twist. Le doigt de Carrie tournait autour du bord de son verre. Elle réfléchissait à quelque chose, Lock le voyait bien.

J'ai de bonnes images de vous en train de sauver cette fille en fauteuil roulant.

Non.

Je ne vous ai pas encore posé de question.

Je sais ce que c'est et ma réponse est toujours non.

Carrie s'est rassise en souriant. Voulez-vous m'accorder une interview ?

Vous savez ce que je pense des conneries des médias. A l'exception de Present Company. Et tu sais ce que je pense des gens qui font le boulot et qui en font des tonnes".

Mais vous lui avez sauvé la vie.

C'est ce que j'ai appris à faire. Ce n'était pas de la bravoure, c'était un réflexe. Ecoutez, mon travail est d'être le...

Homme gris. Je sais.

Carrie avait commis l'erreur de s'installer sur le canapé avec Lock un soir pour regarder la cérémonie des Oscars. Elle avait eu droit à un flot d'invectives sur les défauts des différents "gardes du corps" qui accompagnaient la crème d'Hollywood sur le tapis rouge. C'était aussi la première fois que Carrie entendait l'expression, sans doute héritée de ses anciens collègues britanniques, "thick necked twats" ("crétins au cou épais").

Alors vous savez ce que je dirais.

On ne peut pas reprocher à une fille d'essayer, n'est-ce pas ? Elle a vidé son Stoli.

Pourquoi ne pas aller ailleurs ?

Lock ferma les yeux, goûtant l'instant présent.

Tu vas bien ?

Mieux que OK. Vous avez un endroit en tête ?

Peut-être.

Par-dessus l'épaule droite de Carrie, Lock regarda un homme d'une quarantaine d'années entrer dans le bar. Il portait un long imperméable boutonné jusqu'en haut, mais les cheveux emmêlés sur sa tête indiquaient qu'il n'avait pas eu la prévoyance d'emporter un parapluie. Il balaya rapidement le bar du regard, cherchant manifestement quelqu'un, mais ses manières n'étaient pas à la hauteur, trop incertaines sur les bords.

L'homme s'arrêta au bar, se penchant pour parler brièvement au barman, qui fit un signe de tête en direction de Lock. Lorsque l'homme se dirigea vers eux, Lock recula sa chaise de quelques centimètres, se donnant ainsi la possibilité de se lever rapidement si le besoin s'en faisait sentir.

Qu'est-ce qui ne va pas ? demande Carrie en regardant derrière elle. L'homme est arrivé à quelques mètres d'eux et s'est arrêté.

Lock resta concentré sur les mains de l'homme, attendant qu'elles se déplacent à l'intérieur de son manteau. Mais elles ne le firent pas, et lorsqu'il parla enfin, ce fut avec un accent WASPy légèrement affecté, les mots étant coupés et décisifs. M. Lock ?

Un autre journaliste, sans doute. Lock jeta un regard à l'homme en buvant sa bière. Désolé, mais le NBC m'a déjà ligoté.

Tu devrais avoir de la chance", a marmonné Carrie.

Lock ouvrit la bouche pour dire au type qu'ils partaient, puis s'arrêta en voyant son visage de près. Il avait des poches noires et écailleuses sous les yeux et semblait sur le point de fondre en larmes.

Le regard de l'homme se porte brièvement sur Carrie, puis sur Lock. M. Lock, dit-il, la voix brisée, je ne suis pas journaliste. Je m'appelle Richard Hulme. Je suis le père de Josh Hulme.

12

omment m'avez-vous trouvé ? demande Lock à Richard Hulme.

Un de vos amis à Meditech. Tyrone. Il m'a donné une liste d'endroits où vous pourriez être. Je pense qu'il se sent mal à l'aise parce que Meditech n'est pas prêt à vous aider".

Ils étaient seuls dans un coin de cabine, Carrie ayant accepté de rejoindre Lock plus tard.

Tu veux me dire ce qui s'est passé ? demande Lock.

Richard se lança dans son récit, d'une voix contenue et égale. Ce que beaucoup auraient pris pour un manque d'émotion, Lock le voyait comme un père faisant de son mieux pour ne pas s'effondrer ; non pas par orgueil machiste démesuré, mais parce que son stoïcisme pourrait aider à récupérer son fils en un seul morceau. Lock était déjà venu ici, et comme toute personne ayant eu affaire à un enlèvement d'enfant, le souvenir ne s'était jamais estompé.

Cependant, lorsque Richard commença à exposer la séquence des événements, aussi méthodiquement que l'on peut s'y attendre de la part d'un scientifique, Lock devint de plus en plus troublé. Cette affaire ne ressemblait à aucune autre affaire d'enlèvement dans laquelle Lock avait été impliqué ou dont il avait même entendu parler.

Je n'ai su qu'il était parti que le lendemain matin. Je dois m'expliquer. J'étais à une conférence en dehors de la ville. J'ai appelé de mon hôtel, mais j'ai supposé que Josh était au lit...'.

Votre femme avait éteint le téléphone ?

Richard déglutit difficilement. La mère de Josh est décédée il y a trois ans. D'un cancer.

Lock n'a rien dit. L'heure était à l'analyse, pas aux platitudes. La mort de la mère de Josh éliminait le premier scénario. Environ quatre-vingt-quinze pour cent des enlèvements d'enfants étaient le résultat d'un jeu de pouvoir malavisé de la part de soi-disant adultes.

Votre jeune fille au pair, Natalya, est-elle d'Europe de l'Est ?

Russe pour être précis. Saint-Pétersbourg, je crois.

Depuis combien de temps est-elle avec vous ?

Environ quatre mois. Vous ne pensez pas que... ?'

C'est possible. Croyez-moi, dans la partie du monde d'où vient Natalya, le kidnapping est au même niveau que l'alcoolisme et les coups portés à la femme quand il s'agit de passer les longues nuits d'hiver, alors je ne l'exclurais pas. La bonne nouvelle, c'est que la mafia russe ne croit pas au meurtre de ses victimes. Cela a tendance à nuire aux affaires récurrentes".

Il n'y a aucune chance que Natalya soit impliquée.

Il n'y en a jamais. Jusqu'à ce que cela se produise.

Josh l'adorait et c'était réciproque.

Vous n'allez pas aimer que je vous demande cela, mais...".

À la façon dont Richard a presque tressailli, Lock a compris qu'il savait ce qui l'attendait.

Je n'étais pas en train de batifoler avec Natalya. C'est ce que vous alliez me demander, n'est-ce pas ?

Écoutez, personne ne vous jugera si vous le faites. Surtout pas avec le décès de ta femme".

Le FBI m'a demandé la même chose.

Lock lève alors la main, paume tournée vers Richard. Si le

Le FBI est impliqué, pourquoi tenez-vous tant à me parler ? Pourquoi ne pas leur laisser le soin de le faire ? C'était la question qui taraudait Lock depuis qu'il avait rencontré Richard.

Ils ne vont nulle part rapidement. Je suis prêt à m'occuper de tous ceux que je pourrai". Il marqua une pause.

Si tu as quelque chose à me dire, crache-le.

Meg étant partie, Josh est tout ce que j'ai. J'ai besoin de quelqu'un qui fera tout ce qu'il faut".

Et vous pensiez que ce serait moi ?

Oui.

Lock se lève.

Où vas-tu ? dit Richard en se levant à son tour.

Le FBI est l'expert en la matière, dit Lock, se détestant d'offrir une platitude aussi transparente. Laissez-les faire leur travail.

Richard saisit le revers de la veste de Lock. Lock regarda fixement

La main de Richard jusqu'à ce qu'il la retire.

Je suis désolé pour votre perte. Je le suis vraiment.

Tu parles comme s'il était déjà mort. Lock resta silencieux.

Alors, c'est tout ? La société ne m'aidera pas et vous non plus".

Qu'ont-ils dit quand vous leur avez parlé ?

Que je n'étais plus leur problème. Josh non plus. Pas tout à fait en ces termes, mais j'ai compris que c'était ce qu'ils voulaient dire.

Vous voulez que je leur parle pour vous ?

Lock remarque que les ongles de Richard s'enfoncent dans ses paumes.

Ce que je veux, c'est retrouver mon fils. Je me fiche de la façon dont cela sera fait.

Je peux passer quelques coups de fil pour vous. Mais au-delà, je ne peux pas y aller. Je suis désolée.

Le visage de Richard se décompose. Quelques appels téléphoniques ? C'est tout ? Je viens vous demander de l'aide et vous passez quelques coups de fil ?

Ecoutez, Dr Hulme, je travaille pour Meditech - vous savez, les gens qui ne veulent pas vous aider. Qu'est-ce qui vous fait penser que c'est mon travail ? Richard se frotte le visage. Richard se frotte le visage. Peut-être parce que risquer votre vie pour sauver ce manifestant en fauteuil roulant n'était pas votre travail non plus, je pensais...'

Comme je l'ai dit, je suis désolé.

La main de Richard tremble et il pointe un index vers le visage de Lock. Tu sais comment ça va finir, et moi aussi", cria-t-il, s'attirant les regards des quelques clients disséminés dans la salle. Lock le tire vers la porte. Mon fils va être sacrifié à ces fous et tout ce que vous et Meditech pouvez faire, c'est m'abreuver de conneries corporatistes.

Lock réduisit sa voix à un chuchotement, espérant que ce qu'il allait dire calmerait suffisamment Richard pour que ses commentaires sur Meditech soient limités aux personnes situées dans un rayon de quatre pâtés de maisons plutôt qu'à l'ensemble des cinq arrondissements. Si je pensais être la meilleure personne pour vous aider, Dr Hulme, croyez-moi, je le ferais. Mais le fait est que je ne le suis pas.

Richard prend une grande inspiration. Vous avez trouvé Greer Price.

Lock gonfla les joues et expira lentement, son souffle s'embrumant dans le froid. Richard Hulme avait manifestement fait quelques recherches de son côté. Cela fait longtemps que je n'ai pas entendu ce nom", dit-il.

Greer Price était une fillette de quatre ans qui avait disparu dans un supermarché adjacent à une base militaire britannique à Osnabruck, en Allemagne. Bien qu'il y ait eu au moins deux douzaines de clients et d'employés du magasin à ce moment-là, et que la mère de Greer ait tourné le dos pendant quelques secondes, il n'y a eu aucun témoin de la disparition de la petite fille. Lock n'était qu'un débutant dans la police militaire royale et la piste avait été écartée un an avant qu'on ne la lui confie. Richard avait raison, Lock avait résolu l'affaire, mais il ne l'avait jamais considérée comme un point fort de sa carrière.

Greer était morte quand je l'ai trouvée.

Vous l'avez quand même trouvée.

Pour tout le bien qu'il a fait.

Vous avez traduit quelqu'un en justice.

J'ai traduit quelqu'un devant les tribunaux, qui l'ont reconnu coupable et l'ont condamné. La justice n'est pas entrée en ligne de compte.

Pendant une seconde, Lock se retrouva dans le grenier d'une petite maison insignifiante, appartenant à un vieil homme apparemment encore plus insignifiant. Un ancien comptable qui avait l'habitude de tout commander, même l'inimaginable. Lock avait passé deux jours dans ce grenier, fouillant une boîte après l'autre, remplie de sacs Ziploc en plastique transparent. Chaque sac contenait des souvenirs d'un enfant abusé, les sacs étant marqués à l'encre noire de la date de l'abus. Greer avait été découverte quelques jours plus tard, enterrée dans le jardin.

Il réprima un frisson à l'idée d'un endroit qu'il ne souhaitait jamais revisiter, pas même dans son esprit, tandis que Richard Hulme se tenait là, attendant une réponse.

OK, dit finalement Lock. Terminez votre histoire. Peut-être que je trouverai quelque chose qui a échappé au FBI. Mais si ce n'est pas le cas, vous me laisserez tranquille ?

Richard acquiesce.

Ils quittent le bar et marchent jusqu'à la voiture de Richard, un break Volvo dernier modèle. Les vitres s'embuent, le chauffage faisant des heures supplémentaires pour les empêcher de geler.

Vous rentrez chez vous et il n'y a personne.

J'ai essayé de joindre Natalya sur son portable, mais il a dû être éteint.

Lock en prit note mentalement. Le seul moyen pour qu'un téléphone portable ne soit pas tracé est qu'il soit complètement éteint, sinon les autorités pourraient trianguler sa position à partir des pylônes de la région.

Allez-y.

J'ai pensé que Natalya avait peut-être oublié son téléphone. Je n'aime pas m'immiscer dans sa vie privée, mais vu les circonstances... . . J'ai donc fouillé sa chambre, j'ai donné une heure de plus, puis j'ai appelé la police. Ils ont appelé le FBI.

Lock savait que c'était la procédure habituelle dans ce genre d'affaires, lorsque quelqu'un de ce que les fédéraux appelaient par euphémisme "l'âge tendre", c'est-à-dire un mineur âgé de douze ans ou moins, disparaissait. Au-delà de douze ans, il fallait que la personne ait franchi les frontières de l'État pour qu'ils interviennent.

La dernière fois qu'ils ont été vus ?

Quelques-unes des autres filles au pair présentes à la fête ont dit qu'elles avaient vu Natalya venir le chercher. Ils sont montés dans une voiture et c'est tout".

Quel type de voiture ?

Une Lincoln grise.

C'est comme ça que Natalya et Josh se sont retrouvés ?

Natalya a le numéro d'un service de voitures de ville avec lequel j'ai un compte au cas où le temps serait vraiment mauvais pendant la course de l'école. Richard soupire et se frotte les yeux. Richard soupire et se frotte les yeux : "Mais ils n'ont aucune trace de Natalya ayant demandé une voiture au cours de la semaine écoulée".

Le FBI a-t-il parlé à leurs chauffeurs ?

En long et en large. Ils étaient tous là quand Josh a disparu.

Mais on l'a bien vu monter dans la voiture avec Natalya ?

C'est exact.

Y a-t-il eu des signes de lutte ? Qu'il ait été forcé de monter dans la voiture ?

Richard secoue la tête.

Et vous êtes toujours sûr que Natalya n'est pas impliquée ?

Je sais de quoi ça a l'air. Peut-être qu'elle pensait avoir commandé une voiture et qu'elle a oublié".

Lock sentait que Richard s'accrochait à des bouts de bois, refusant d'accepter l'inévitable : qu'une femme qu'il avait engagée était responsable de l'enlèvement de son unique enfant.

Est-elle entrée dans le pays avec un visa ou était-elle déjà présente ?

Richard se hérisse légèrement. J'ai fait appel à une agence. Je n'emploierais pas quelqu'un de façon illégale".

Ils auraient donc vérifié les antécédents.

Ils m'ont assuré qu'ils l'avaient bien examinée.

Avez-vous déjà reçu des menaces ?

Bien sûr. Tout le monde en reçoit à Meditech".

Non, je veux dire des choses qui sont arrivées directement chez vous. Des lettres ? Des appels téléphoniques ?

Un ou deux coups de fil, juste avant que je ne démissionne. Et quelques courriels.

C'est pour cela que vous avez décidé de quitter Meditech ?

Un facteur, oui.

Les autres facteurs ?

"Tout est prévu dans ma lettre de démission".

Lock commençait à s'irriter. L'aide est à double sens, Richard.

Richard se déplace maladroitement sur son siège. Je n'étais pas d'accord avec les tests sur les animaux, mais plus pour des raisons scientifiques qu'éthiques.

Mais vous étiez impliqué dans cette affaire ?

Pendant la majeure partie de ma carrière, oui.

La pression commençait-elle à vous peser ?

C'est une décision que j'ai prise après mûre réflexion. I

Je n'aurais pas démissionné si je n'avais pas pensé que c'était de la mauvaise science".

Lock avait suffisamment entendu parler du débat sur les tests sur les animaux au cours des derniers mois, et ne voulait certainement pas d'une autre conférence comme celle qu'il avait subie de la part de Janice. Il passe donc à autre chose. Et y a-t-il eu des menaces après cela ?

Non pas que j'aie rendu ma démission publique, mais non.

Et depuis que Josh a disparu, quel contact y a-t-il eu ? Le regard de Richard se pose sur le sol. C'est justement cela. Il n'y en a pas eu.

Lock est incrédule. Pas de demande de rançon ? Aucune demande d'aucune sorte ?

Rien.

Le deuxième scénario pourrait être rayé de la liste. Outre l'enlèvement d'un enfant par un parent ou un beau-parent, trois pour cent des enlèvements entrent dans la catégorie des enlèvements contre rançon. En raison des peines prohibitives prononcées par le système judiciaire depuis l'enlèvement de Lindbergh, seuls les criminels stupides ou endurcis aux États-Unis considèrent l'enlèvement contre rançon comme une opportunité commerciale. Ailleurs, en revanche, il s'agissait de l'un des principaux domaines de croissance des entreprises criminelles, au même titre que la contrefaçon, la fraude sur l'internet et le trafic d'êtres humains. Dans ces cas, où le profit était le motif, la demande de rançon suivait rapidement l'enlèvement, généralement accompagnée d'avertissements terribles indiquant que la famille de la victime ne devait en aucun cas contacter les autorités.

Lock se mordit la lèvre inférieure. Ce qui se cachait derrière la porte du scénario numéro trois ne méritait pas qu'il y réfléchisse. Les défenseurs des droits des animaux étaient des gens qui ne voyaient pas d'inconvénient à déterrer une vieille dame et à jeter ses restes au milieu de Times Square pour faire valoir leur point de vue.

Richard regarde Lock, les pupilles écarquillées par la peur. C'est grave, n'est-ce pas ?

Lock prend un moment avant de répondre. Oui, c'est grave.

13

La moitié du 19e arrondissement doit être de garde, pensa Lock, tandis que lui et Richard sortaient de l'ascenseur et se dirigeaient vers la porte d'entrée de Richard.

En les voyant, le patrouilleur réagit avec un mélange d'inquiétude et de soulagement. Vous n'êtes pas censés partir sans nous prévenir", dit-il à Richard.

Richard a blêmi, comme un enfant surpris en train d'enfreindre le couvre-feu. Je suis désolé, j'espère que je ne vous ai pas causé d'ennuis.

Alors que Richard fait entrer Lock dans l'appartement, le policier est déjà à la radio, informant ses supérieurs que Richard est de retour - avec un invité.

Comme la plupart du reste de l'immeuble, l'appartement est plongé dans l'obscurité. Il était près de minuit, et dans cette partie de la ville, les rues étaient calmes. Lock se dit que le genre d'argent qu'il fallait générer pour se payer un logement dans ce quartier obligeait la plupart de ses habitants à préférer les soirées tardives à la fréquentation des bars.

Richard appuya sur un interrupteur pour faire apparaître un couloir étroit, au bout duquel se trouvaient trois chambres et une salle de bains. Au-delà, il s'ouvrait sur un grand espace de vie ouvert.

Depuis combien de temps vivez-vous ici ? demande Lock.

Depuis avant mon mariage. C'était la maison de Meg depuis qu'elle était étudiante diplômée.

Un quartier plutôt chic de la ville pour un étudiant diplômé.

Loyer contrôlé. Une de ses tantes est morte", dit Richard en allant allumer la lumière principale.

Vous devriez d'abord fermer les rideaux.

J'oublie parfois. En plus, Josh étant parti, je ne suis pas sûre de m'en soucier davantage".

Comme tous les autres employés de Meditech à partir d'un certain niveau, Richard aurait suivi un programme de sensibilisation à la sécurité et aurait fait l'objet d'un examen. Lock savait qu'on lui aurait conseillé de modifier autant que possible sa routine quotidienne et de faire attention à l'absence de ce qui est normal, comme un portier manquant dans la façade de l'immeuble. Il en va de même pour la présence de l'anormal, comme l'apparition soudaine d'un portier dans un immeuble qui n'en a pas. Tous ces conseils se résument à rester vigilant et à faire preuve de bon sens.

Lock se dirigea vers un petit coin cuisine au fond de la pièce. Deux canapés. Pas de télévision. Des étagères encastrées couraient le long d'un mur, remplies de livres et de papiers. Un portrait de famille. Richard, Josh et une femme blonde très séduisante qu'il n'aurait jamais mise avec Richard.

Meg", dit Richard, évitant à Lock une question embarrassante sur sa femme décédée. Il n'y a plus personne depuis que nous l'avons perdue. Je ne pensais pas que cela aurait été juste pour Josh. En fait, ce n'est pas tout à fait vrai.

Lock n'a rien dit. Laissons-le continuer.

Il y a eu mon travail. Peut-être que c'est ma façon de ne pas affronter les choses", ajoute Richard, avant de se frotter à nouveau les yeux.

Lock commençait à sentir que Richard était un peu trop noble.

Cela vous dérange si je jette un coup d'œil au reste de l'endroit ?

Richard acquiesce en haussant les épaules.

Lock reprit le chemin du couloir, les murs étant vides de part et d'autre. Il ne pouvait s'empêcher de penser que l'endroit ressemblait plus à un dortoir universitaire qu'à une maison familiale.

La première chambre était tout aussi utilitaire, même si le manque de touches personnelles était plus facilement pardonnable ici. Natalya n'avait manifestement pas emporté grand-chose avec elle lorsqu'elle avait déménagé. Un lecteur CD portable est posé sur le lit, une relique déjà ancienne. Sur la table de chevet se trouvait une photo d'un homme et d'une femme plus âgés, probablement ses parents. Ce que Lock supposait être son frère se tenait devant et à côté de son père, le dépassant d'un bon mètre en taille, même s'il ne devait pas avoir plus de quinze ans. Natalya se tenait à côté de sa mère, ses longs cheveux noirs ramenés en queue de cheval, ses yeux et son sourire brillants et confiants. Pas de photos d'un petit ami, ni de qui que ce soit d'autre d'ailleurs.

Une jeune Russe séduisante et, selon ses critères, un riche veuf qui n'a pas dépassé la fleur de l'âge. Lock se demanda dans quelle mesure Richard avait été sincère lorsqu'il avait affirmé qu'il n'y avait rien entre lui et Natalya. D'après l'apparence de la mère de Josh, Richard pouvait attirer de belles femmes. Peut-être n'avait-il pas voulu compliquer les choses pour le bien de son fils. Ou alors, il mentait.

Bien que le FBI ait dû passer l'endroit au peigne fin, Lock fit une recherche rapide de son côté, sans rien trouver d'important. Il retourna dans le couloir et poussa la porte de la chambre de Josh.

Contrastant avec l'aspect soigné et presque antiseptique du reste de la maison, la chambre de Josh est un véritable capharnaüm de jouets, d'équipements sportifs et de bandes dessinées. Un simple lit à baldaquin était adossé à un mur. Sur la couette trônait un ours en peluche FAO Schwartz, seule concession à son jeune âge. Un gant de receveur avait été placé sur sa tête à un angle irrégulier.

L'esprit de Lock revient à Osnabrück. Il n'avait jamais pu se débarrasser du sentiment d'échec qu'il avait ressenti après l'affaire Greer Price. Même s'il avait su, lorsqu'on lui avait confié l'enquête, que Greer était très certainement morte depuis longtemps, ce sentiment le rongeait encore.

C'est la solitude de sa mort qui l'a le plus touché. Le sentiment d'abandon qu'elle avait dû ressentir dans ses derniers instants l'avait vidé de sa substance. Même au bout du rouleau, aucun acte de vengeance ne pouvait compenser le meurtre d'un enfant ; s'il y en avait eu un, il aurait lui-même mis une balle dans le crâne de l'assassin de Greer.

Il a redressé les épaules, pris une grande inspiration et est sorti de la maison.

La chambre de Josh.

Dans un coin de la chambre de Richard, un brin d'ADN tourbillonnait autour d'un écran plat de vingt pouces, posé sur un bureau dans le coin de la pièce. Lock déplaça la souris et l'écran disparut pour laisser place à un écran de connexion.

Le FBI a déjà examiné tout ce qui s'y trouve, dit Richard, encadré dans l'embrasure de la porte. Mais si vous pensez qu'ils ont oublié quelque chose...

Vous voulez dire, au cas où vous seriez impliqué ?

L'idée semblait ridicule, mais Lock savait qu'il ne pouvait pas la rejeter d'emblée. Ce n'était pas la première fois qu'un criminel provoquait sa propre découverte en essayant d'employer un détective privé comme écran de fumée pour renforcer son apparence d'innocence.

Richard a l'air choqué. Non, ne sois pas ridicule. Je veux dire, peut-être qu'il y a un e-mail, quelque chose qui pourrait être un indice".

Cela ne peut pas faire de mal de regarder.

Richard a lancé Firefox. J'ai gravé tous mes courriels professionnels sur disque avant de partir.

Vous avez une copie ?

Tenez", dit Richard en tirant un DVD d'un carrousel situé à côté de l'ordinateur.

Un autre compte de messagerie ?

Hotmail, mais je ne l'utilise guère.

Le FBI a-t-il consulté votre compte Hotmail ?

Pourquoi le feraient-ils ? Je n'ai reçu aucune menace par ce biais".

"Cela vous dérange si je le fais ?

Allez-y.

Richard ouvre Firefox, qui affiche par défaut Hotmail. Il a saisi son nom d'utilisateur et son mot de passe, a remis à Lock la disquette contenant ses courriels professionnels et l'a laissé faire.

Lock doutait que les menaces par courrier électronique donnent quoi que ce soit. Ou les lettres, d'ailleurs. Quelqu'un qui s'est donné la peine d'envoyer une menace de mort par la poste n'a probablement pas signé son nom, que ce soit directement ou en léchant l'enveloppe et en y laissant son ADN. De plus, les courriels auraient été envoyés depuis un cybercafé ou via de multiples serveurs mandataires. L'une des choses qu'il avait apprises sur les défenseurs des animaux qui avaient ciblé Meditech était qu'ils étaient à la fois avisés et motivés. Nombre d'entre eux avaient fait des études supérieures et étaient aussi au fait de la science que n'importe qui d'autre chez Meditech.

Une demi-heure plus tard, Lock n'a pas avancé. Il n'y avait pas de menaces spécifiques à l'encontre de quelqu'un en particulier, à l'exception de Richard. La famille était mentionnée de manière générale ; il n'y avait aucune référence à un fils, ni même à une femme, décédée ou non. Pour ce qui est de la correspondance au stylo empoisonné, tout cela était plutôt insipide.

Il est revenu au navigateur web. Il a cliqué sur le dossier des courriels supprimés et a fait défiler les spams proposant d'améliorer les performances sexuelles du destinataire ou demandant d'utiliser son compte bancaire pour récupérer des millions de dollars.

C'est alors qu'il l'a repéré. Il n'a pas été ouvert, comme la plupart des autres spams. Pas d'objet. Une adresse Gmail. Il était arrivé le jour de la fusillade, peut-être une heure avant que Josh ne soit vu pour la dernière fois avec Natalya. Il a cliqué dessus pour l'ouvrir.

Vous allez maintenant ressentir la douleur que vous avez infligée aux autres.

Loup solitaire

Lorsqu'il revint dans le salon, Richard se tenait près de la fenêtre, la lumière éteinte. Lock envisagea de lui poser des questions sur l'e-mail. Richard avait été assez catégorique sur le fait que les menaces avaient cessé dès qu'il avait cessé de travailler pour l'entreprise, il décida donc de laisser tomber. Il n'y avait aucune référence à Josh ou à l'enlèvement, et surtout, il n'avait pas été ouvert.

Une voiture s'est arrêtée juste en face de l'immeuble et Lock a vu un homme en sortir. Alors qu'il traversait la rue et passait sous un lampadaire, l'instinct de Lock se confirma. C'était Frisk.

Lock rencontre l'agent du FBI à la porte.

Dégage de là, Lock, grogna Frisk, on peut s'en occuper.

Lock était encore furieux de leur rencontre à l'hôpital. Quand Frisk lui avait fait ce discours à la con sur l'absence de poursuites, comme s'il rendait à Lock une sorte de service personnel.

Vous semblez faire un excellent travail jusqu'à présent, agent Frisk.

observée.

Il est encore tôt.

Lock referma la porte pour que Richard n'entende pas le reste de l'échange. Un concours de pisse signifiait que des faits graves pourraient être révélés, et Lock n'était pas sûr que Richard soit prêt à les affronter.

C'est tôt qu'on le met au lit. Vous le savez et je le sais. Mais vu que tu es là, c'est Hulme qui est venu me chercher, et non l'inverse".

Quinze minutes de gloire ne te suffisent pas, hein ? dit Frisk d'un ton agressif.

OK, on peut rester là à comparer nos bites, ou on peut essayer de s'entraider", dit Lock en baissant la voix.

Et quelle aide pourriez-vous apporter ?

Eh bien, pour commencer, vous devriez peut-être jeter un autre coup d'œil à son ordinateur.

L'un de nos techniciens a déjà effectué une extraction des données du disque dur.

Ce qui ne vous aiderait pas avec un compte de messagerie électronique basé sur le web. Vérifiez le dossier des spams. Vous cherchez un e-mail de quelqu'un qui se fait appeler Lone Wolf. Il est arrivé le jour où tout s'est écroulé à Meditech.

Le visage de pierre de Frisk rougit. Un technicien allait se faire bouffer le cul quand il reviendrait au Federal Plaza, Lock pouvait le dire.

Autre chose ?

Lock haussa les épaules. C'est tout... pour l'instant.

Alors, que pensez-vous de tout cela ? Allez, si vous avez des idées fulgurantes, j'aimerais les entendre".

Trouver la jeune fille au pair, c'est trouver le garçon.

"Suivez le programme, Lock. Nous l'avons déjà fait. L'unité portuaire l'a sorti de l'East River il y a une demi-heure".

14

Une visite à la morgue était une sinistre affaire dans le meilleur des cas, et on était loin du meilleur des cas. Le fait qu'il n'y ait toujours aucun signe de Josh, mort ou vivant, était une bonne chose dans ces circonstances, même si la rivière aurait pu attendre pour offrir sa misère en plusieurs fois. La mauvaise nouvelle, c'est que la tâche d'identifier le corps de Natalya a été confiée à Richard Hulme. Comme si ce pauvre bougre n'avait pas assez à faire, pensa Lock en écoutant Frisk formuler sa demande.

Richard était resté stoïque, acceptant sans discuter. Même s'il n'avait pas encore proposé son aide, Lock s'était dit que c'était le moins qu'il puisse faire que de l'accompagner en tant qu'épaule sur laquelle pleurer. Et puis, il y avait peut-être quelque chose à tirer de la guérison de Natalya. Quelque chose qui pourrait les aider à retrouver Josh. S'il était encore en vie.

Il fait chaud dans le couloir extérieur où a eu lieu l'identification. Lock a encore la tête qui bat. Il trouve une chaise isolée, s'assoit et commet l'erreur de fermer les yeux.

Il est revenu à lui lorsque Richard a été conduit à l'intérieur, les yeux rouges, les mains tremblantes, le poids lourd de la réalisation que de très mauvaises choses pouvaient arriver à de bonnes personnes pesant sur lui. Des choses dont une personne pourrait ne jamais se remettre complètement. Lock avait déjà vu ce regard, lorsqu'il s'était tenu en face de la famille de Greer Price alors que son cercueil était descendu dans le sol. Il avait espéré ne plus jamais le voir, mais maintenant il était là, offrant une prière silencieuse pour que l'histoire ne soit pas sur le point de se répéter.

D'après le peu que Frisk lui avait dit sur l'enquête du FBI, Lock avait compris qu'ils avaient recueilli la même quantité d'informations significatives que Lock avait réussi à glaner au cours des quelques heures passées à parler à Richard. Presque rien. Lock a donc fait quelque chose qui allait à l'encontre de toutes les fibres de son être professionnel : il a passé un coup de fil à un membre des médias. Un appel dont il savait qu'il serait probablement renvoyé et qu'il ne travaillerait plus jamais dans le secteur de la sécurité privée.

Cela dit, il n'a pas reculé. Son approche, lorsqu'il était acculé, était toujours la même : une action rapide, agressive et déterminée. Ce qui ne signifie pas forcément utiliser ses poings.

J'ai besoin d'un service.

A l'autre bout du fil, Carrie avait l'air morose. Ryan ?

Vous savez que j'ai dit que j'envisageais de vous accorder un entretien...".

Il la voit se redresser et attraper le bloc-notes et le stylo qui se trouvent sur la table de nuit de gauche.

Vous le ferez ?

Non.

Tu m'as réveillé pour me dire ça ?

Non, j'ai appelé pour vous faire une offre encore plus intéressante.

La voix de Frisk résonne si fort contre les murs carrelés de la morgue que l'un des aides-soignants lui demande de baisser d'un ton.

Lock ne savait pas exactement quel niveau de décibels il fallait atteindre pour réveiller un mort, mais entre l'explosion de Frisk et les bandes lumineuses qui brisaient la rétine, le mal de tête qu'il ressentait depuis la décharge était sur le point de devenir nucléaire.

Vous avez perdu la tête ? Les tarés comme lui adorent ce genre d'attention", s'écrie Frisk en pointant un doigt vers le visage de Lock.

Lock n'a pas réagi. C'est déjà dans le domaine public.

Vous voulez donc le faire passer à la télévision nationale ?

International. Je suis sûr que d'autres pays s'en empareront".

Et si cela poussait les kidnappeurs à bout ?

S'ils voulaient le tuer, si c'était le plan, ils l'auraient déjà fait.

Et si ce n'est pas le cas ?

Quelqu'un a dû voir quelque chose. Quelqu'un doit savoir où il est. Au moins, nous attirerons leur attention.

Vous dites cela comme si c'était une bonne chose.

Quelle est l'alternative ? S'asseoir et attendre une pause ?

Vous vous immiscez dans une enquête fédérale.

Alors arrêtez-moi.

Ne soyez pas trop sûrs que je ne le ferai pas", dit Frisk, en retournant voir Richard Hulme.

Lorsque le congélateur s'est refermé sur le corps, Richard a frissonné involontairement. Je ne peux pas le dire.

Même avec le travail effectué pour reconstituer ce qui restait du visage de Natalya, la balle creuse et la rivière avaient fait leur travail. C'est peut-être Natalya. C'est probable. Mais il ne pouvait pas en être certain.

Frisk a posé un bras sur son épaule. Il était habitué à ce genre d'incertitude avec les témoins, moins à la morgue. Ne vous inquiétez pas, Dr Hulme, nous pouvons établir une correspondance avec l'ADN que nous avons prélevé chez vous. Cela prendra un peu plus de temps, mais ce n'est pas grave.

DEHORS, Lock arpentait le couloir. S'il avait été fumeur, il aurait déjà ouvert son troisième paquet de la journée. Il pensa au corps étendu à quelques mètres de là et essaya de le réconcilier avec la photo de la chambre de Natalya. Il pensa aussi à ses parents et à l'appel téléphonique qu'ils allaient recevoir. Votre fille, l'enfant dont vous avez essuyé le nez et séché les larmes, celle qui est devenue une belle jeune femme, celle qui a eu la chance d'avoir une nouvelle vie en Amérique... elle a été assassinée. ... elle a été assassinée.

Lock inspira une bouffée d'air. Il savait qu'il devait se débarrasser de ce genre de pensées. Il ne pouvait pas se le permettre pour l'instant. Il aurait tout le temps pour cela plus tard. Trop de temps. Maintenant, il devait se concentrer sur les vivants.

Il reste persuadé que Natalya, même morte, est la clé. Peut-être encore plus dans la mort. Si elle n'avait aucune importance, pourquoi prendre la peine de la tuer ? Natalya est la dernière personne à avoir été vue avec Josh. Natalya l'avait conduit dans la voiture. Complice active ou péquenaude involontaire, l'histoire de Natalya était l'histoire de cet enlèvement. Il en était sûr.

La porte du couloir s'ouvrit en claquant, et Richard en sortit seul. Il vit Lock et secoua la tête. Je n'ai rien pu dire. Elle était... Ses genoux se plièrent sous lui et il s'effondra sur le sol.

Lock aurait souhaité que certains défenseurs des droits des animaux soient présents pour assister à cet événement, tant ils ont été prêts, par le passé, à caricaturer des hommes comme Hulme en vivisectionnistes sans cœur qui prenaient plaisir à infliger des souffrances à des animaux sans défense.

Richard lève les yeux vers Lock, sa peau grise comme de l'eau de vaisselle. Ils lui ont tiré une balle dans le visage.

Lock l'aide à se relever. Ecoutez-moi, vous devez croire que Josh est encore en vie. Si quelqu'un avait voulu le tuer, il ne se serait pas donné tout ce mal.

Mais disons que quelque chose a mal tourné ? Comme s'ils avaient essayé de s'échapper et que c'était arrivé ? Josh peut être assez obstiné parfois".

Dans une situation comme celle-ci, la volonté n'est pas nécessairement une mauvaise chose. La volonté pourrait le maintenir en vie.

'Vraiment?'

Absolument", a menti Lock.

15

La pièce était blanche et sentait la peinture fraîche. La porte était grise et si lourde que le chauffeur avait eu du mal à l'ouvrir lorsqu'ils étaient arrivés. Josh l'avait entendu grogner sous l'effort, sans pouvoir le voir. Il avait mis un chapeau sur la tête de Josh et l'avait rabattu sur ses yeux pendant la dernière partie du voyage.

Le sol était également gris. Il était toujours froid lorsqu'il marchait dessus. Il y avait un lit. Il était plus long que celui qu'il avait chez lui, mais pas beaucoup plus large. Il n'y avait pas de fenêtre, mais il y avait une lumière. Il s'agissait d'un dôme en plastique transparent fixé au plafond, à l'extrémité de la pièce la plus éloignée de la porte. Elle ne s'est jamais éteinte. À côté, il y avait une caméra, comme celles qu'il voyait parfois dans les magasins. Il y avait une télévision, reliée à un lecteur de DVD et à une sélection de DVD. Tous des trucs pour les enfants. Des choses qu'il aurait regardées à l'âge de six ans.

Il y avait des toilettes et un lavabo. Tous deux étaient argentés et brillants. Les toilettes se trouvaient directement sous la caméra, de sorte qu'il ne pensait pas que quelqu'un puisse le regarder faire pipi. C'était déjà ça.

Et c'est tout. Tout le contenu de sa chambre. A part lui, bien sûr. Et ses vêtements. Et l'album photo. Mais il n'aimait pas penser à l'album. Il n'aimait même pas le toucher.

Il était là quand il est arrivé. À côté des DVD. Il ne ressemblait à rien, juste à un album avec une couverture grise et un dos rouge. Il n'y avait pas de titre sur le devant, ni d'indication sur l'auteur. Il avait fait l'erreur de l'ouvrir. Depuis, chaque fois qu'il s'était endormi, il avait fait des cauchemars à cause des images qu'il contenait. Des images horribles de choses horribles. Maintenant, il avait peur de s'endormir.

Il y avait un volet métallique au bas de la porte. Il s'ouvrait et la nourriture passait à travers. Il s'agissait surtout de céréales, de sandwiches ou de chips, avec du jus de fruit. S'il se mettait à genoux, il pouvait voir la main d'un homme le faire passer. Il pensait que c'était peut-être la main du conducteur, mais il ne pouvait pas en être sûr parce que la personne ne disait jamais rien.

Le pire, c'est d'être seul. Il se demandait si des gens le cherchaient. Son père doit l'être. Il essayait d'imaginer que la porte s'ouvrait et qu'il entrait. Il fermait les yeux et pensait à lui le prenant dans ses bras et le câlinant. Comme Natalya avait l'habitude de le faire.

Puis il repense à ce qui est arrivé à Natalya dans le bateau. Ou pire, une photo de l'album. Alors, il devait rouvrir les yeux. Et quand il ouvrirait les yeux, son père serait parti, mais l'album serait toujours là. Alors il se remettrait à pleurer.

16

Il était près de quatre heures du matin lorsque Lock regagna son propre appartement, un studio à Morningside Heights, à quelques encablures de l'université de Columbia. De toute façon, il n'y avait plus rien à faire pour l'instant. Le laboratoire était occupé à analyser la correspondance avec le corps qu'ils pensaient être celui de Natalya. D'après ce qu'avait dit Frisk, il était presque certain que le résultat serait positif. NBC était déjà en train de suivre l'exclusivité de Carrie avec Richard Hulme, qui devait être diffusée plus tard dans la journée. Et tous ceux qui avaient un travail à faire dans la matinée dormaient. Lock décida de les rejoindre et s'écroula sur son lit, tout habillé.

Moins de quatre heures plus tard, il a été réveillé par un petit rayon de soleil hivernal qui traversait la pièce. Il lui a fallu presque autant de détermination pour ne pas jeter un oreiller sur sa tête et se rendormir que pour prendre d'assaut la position du tireur d'élite en face du bâtiment de Meditech. Dans la salle de bains, il se rendit compte que le temps limité signifiait qu'il fallait choisir entre se raser ou prendre une douche. Il n'aurait pas le temps de faire les deux. Privilégiant l'odeur corporelle à une peau lisse, il se déshabilla rapidement et passa sous le jet d'eau chaude.

Debout, une serviette autour de la taille, il fouilla dans sa garde-robe. Il ne manquait pas de couleurs sombres, mais il se doutait qu'une tenue occultante et un masque de ski ne seraient pas considérés comme des vêtements appropriés pour un enterrement. Finalement, il se contenta d'un pantalon noir, d'une chemise blanche ouverte au col et d'une parka noire assez volumineuse pour couvrir une multitude de péchés, ainsi que de son arme - qui lui avait été rendue hier soir après un nouvel échange houleux avec Frisk.

En s'habillant, il a ouvert son réfrigérateur et s'est retrouvé face à une collection de produits alimentaires moisis et en décomposition, dignes d'un coup de poing de Gordon Ramsay. Attrapant un sac poubelle noir, il en jeta la plus grande partie. Le petit déjeuner devrait attendre.

Le buzzer s'éteint. Lock appuya sur le bouton de l'interphone. 'Déclinez votre activité'.

C'est Ty.

Lock ouvrit la porte et passa dans la chambre. Lorsqu'il ressortit, Ty se tenait dans la cuisine, fouillant dans les placards. Ty avait presque toujours faim, mais Lock avait beau le regarder manger, cela ne semblait pas faire de différence pour sa carrure de basketteur d'un mètre quatre-vingt-dix.

Tu ne gardes même pas de céréales dans ce taudis ? lui demanda Ty.

Je ne suis jamais là.

Ty se retourne, s'arrête et fixe Lock. Wow, mec. Juste... wow.'

J'ai l'air d'une merde ?

Non, plutôt ...'. Ty fit une pause, cherchant le mot. 'Roadkill'. Lock se gratta la barbe. 'Tard dans la nuit'.

Mec, j'ai vu des gars qui ont passé dix ans sur la pipe et qui sont plus beaux que toi. De toute façon, tu ne devrais pas te reposer ?

Je devrais l'être.

Alors pourquoi ne le fais-tu pas ?

Ils ont trouvé la jeune fille au pair de Josh Hulme.

Bien. Qu'a-t-elle à dire pour sa défense ?

Pas trop. On lui a tiré une balle dans le visage et on l'a jetée dans l'East River".

Dur", dit Ty, son expression ne changeant pas. Il étudia les vêtements de Lock. C'est pour ça que tu es habillé comme Walker, Texas Ranger ?

Vous voulez dire que je ressemble à Chuck Norris ?

Chuck dans un mauvais jour. Ecoute, Ryan, tu te souviens que je t'ai dit que nous n'allions pas nous impliquer".

Nous ne le sommes pas. C'est moi qui le suis.

Ryan, tu es un employé de Meditech, comme moi.

Et pendant que je suis en convalescence, j'ai pensé faire un peu de bénévolat.

Lock a pris une serviette, est entré dans la salle de bains et a fermé la porte.

Ty déplaça des sous-vêtements défraîchis d'une chaise et s'assit tandis que Lock disparaissait dans la salle de bain. Il se sourit à lui-même. Il faut dire que c'était du Lock classique. Ce type n'avait jamais trouvé une cause perdue qu'il n'aimait pas.

Lock était ainsi depuis qu'ils s'étaient rencontrés pour la première fois en Irak, Ty dans les Marines et Lock, bizarrement, dans l'unité de protection rapprochée de la police militaire royale britannique. Lock était devenu une source de fascination instantanée pour Ty. Bien qu'il marche, parle et mâche même du chewing-gum comme un Américain, le voilà qui travaille avec les limeys, après s'être envolé pour l'Angleterre pour s'enrôler dès sa sortie de l'université. Lock expliqua plus tard que cette décision avait été prise grâce à un père émigré écossais qui avait servi dans la même unité que lui, mais qui était tombé amoureux d'une Californienne et l'avait épousée - à l'époque où les Beach Boys n'avaient pas encore révélé leur secret au reste du monde.

Après l'Irak, et alors que tous deux avaient enfin quitté l'uniforme, Ty avait proposé à Lock de travailler pour Meditech. Il n'a même pas été déconcerté lorsqu'il a appris qu'il travaillerait en tant que second de Lock. Mettant de côté son propre ego, il savait qu'en matière de protection rapprochée, l'unité de protection rapprochée de la RMP n'avait rien à envier aux autres. Pas de bravade. Pas d'héroïsme de la part des forces spéciales. Ils faisaient simplement le travail avec un minimum d'agitation.

Lock sortit de la salle de bain. Ty décida de tenter une nouvelle fois sa chance.

Ce n'est pas une bonne idée, mon frère. Brand en a après ton travail.

Dites-moi quelque chose que je ne sais pas.

Lock et Ty savaient tous deux que Brand avait cherché à entrer dans l'Union européenne.

Lock depuis sa nomination.

Et il a chuchoté à l'oreille de Stafford Van Straten. Il a dit que tu avais fait de l'esbroufe quand tout s'est passé au quartier général,' dit Ty.

La marmite, la bouilloire, le chaudron. Kettle" (bouilloire).

Peut-être, mais Stafford a demandé à son père de se débarrasser de vous. Ecoutez, vous êtes sur leur liste de paie et ils ne veulent pas être impliqués dans ce kidnapping".

Richard Hulme a travaillé pour eux suffisamment longtemps. Ils lui doivent bien ça".

Ce n'est pas comme ça qu'ils voient les choses. Dites-moi de me retirer si vous le souhaitez, mais ne vous occupez pas de ça".

Ils vous envoient ?

Bon sang, non. Ils ne savent rien de tout cela".

Ce qu'ils ne savent pas ne peut donc pas leur faire de mal.

Le visage de Ty se fendit d'un sourire. Si c'était ainsi que Lock voyait les choses, alors il pouvait tout aussi bien se laisser porter.

17

Carrie a regardé droit dans les yeux la caméra 2. C'est le cauchemar de tous les parents. Un crime qui saisit le public comme aucun autre. Votre fils ou votre fille enlevé(e) par une ou plusieurs personnes inconnues. Qui peut imaginer le tourment ressenti par un père aimant" - on passe de Carrie à un gros plan sur un Richard Hulme à l'air mal à l'aise qui redresse sa cravate pour la énième fois - "pour qui ce cauchemar est la réalité ? Dans quelques instants, nous parlerons au Dr Richard Hulme. Son fils Josh, âgé de sept ans, a disparu après avoir quitté une soirée de Noël dans l'Upper East Side. Le corps de la jeune fille au pair de Josh, Natalya Verovsky, d'origine russe, a été retrouvé hier. Mais à cette heure, il n'y a aucun signe du petit Josh. Ce soir, son père parle de la disparition de son fils et du rôle que son travail de chercheur en chef pour la société controversée Meditech a pu jouer dans son enlèvement. C'est à venir, juste après ces messages".

Le teaser se termine et la publicité est diffusée. Carrie se tourne vers

Richard qui était assis à côté d'elle, le visage cendré.

Je n'ai jamais accepté de parler de Meditech.

Alors ne répondez pas à ces questions", a-t-elle répondu, avec une pointe d'acier dans la voix.

Mais j'aurais alors l'air de quelqu'un qui a quelque chose à cacher.

Eh bien, c'est le cas ?", demande-t-elle. Richard détourne le regard.

Carrie se penche plus près de lui. Je suis ici pour vous aider à retrouver votre fils. Mais j'ai aussi l'intention d'aller au fond de cette histoire. Avec ou sans vous.

De retour de la pause publicitaire, Carrie a commencé à établir la chronologie de la disparition de Josh, consciente que Richard faisait de son mieux pour ne pas s'effondrer, son visage étant pris d'un zoom qui s'intensifiait lentement. Chaque matin, je me réveille et j'ai l'impression d'être sous l'eau", dit-il, la voix fêlée. Carrie acquiesce avec sympathie. Après la prochaine pause, elle avait l'intention de passer à la vitesse supérieure et de s'attaquer à Meditech et aux défenseurs des droits des animaux. Lock lui avait posé quelques questions qu'il souhaitait voir ressortir, par exemple pourquoi Meditech avait-il relâché Richard ? Ils savaient tous les deux que Richard n'aurait pas les réponses, mais en les rendant publiques, ils pouvaient compter sur le reste des médias pour élargir le champ d'action.

Alors que Carrie passe à la pause suivante, elle entend sa productrice, Gail Reindl, lui dire à l'oreille : "Il faut que je te parle avant que nous revenions en direct. Je suis en train de descendre".

Carrie s'assure qu'un assistant de production remplisse le verre d'eau de Richard avant de se rendre à l'arrière du studio pour rencontrer Gail.

Gail a mis Carrie au pied du mur. Oubliez les questions sur Meditech".

Pourquoi ?

Ne demandez pas.

C'est de la foutaise, dit Carrie en se détachant. Je sais, ne me dites rien : l'un de leurs responsables de la publicité a téléphoné pour réclamer le retrait de leurs publicités de la chaîne. Saloperie d'agents.

Gail ignore ce commentaire. Ecoutez, les émotions sont de la dynamite. Nous ne perdrons rien à ne pas lui poser de questions à ce sujet.

En dehors de la vérité, vous voulez dire ?

Gail ricane avec dérision. Tu as l'air d'une étudiante en première année de journalisme à Columbia.

Carrie se hérisse. Non, je m'intéresse à l'histoire. Comment ne pas mentionner qu'il travaillait pour une entreprise devant le siège de laquelle plusieurs personnes viennent d'être tuées ? Nous passerons pour des idiots".

D'accord, on le refait quand on revient, mais on continue tout de suite.

A quoi ?

Tu trouveras bien quelque chose.

Et sur ce, Gail est partie, dans un tourbillon de cachemire noir et une traînée de Chanel n°5. Carrie a dû marcher à toute vitesse sur le sol pour revenir à temps à sa position.

Les yeux de la nation se tournent à nouveau vers elle, mais Carrie ne perd pas une miette.

Richard, il y a quelques semaines encore, vous travailliez pour Meditech.

Corporation".

Oui, oui, je l'ai fait.

Combien de temps avez-vous travaillé pour eux ?

Au total, environ six ans.

Et en quoi consistait votre travail ?

J'ai été impliqué dans un certain nombre de domaines.

Quels sont ceux qui impliquent des tests sur les animaux ?

Richard n'a pas hésité. C'est exact. Je pensais que les avantages pour l'humanité l'emportaient sur les souffrances causées aux animaux.

Mais vous avez récemment quitté le service de Meditech ?

Quelques semaines avant la disparition de Josh, oui.

Elle entend Gail, essoufflée d'avoir couru jusqu'à la cabine, dans son oreillette : OK, revenons à l'enfant".

Quelle était la nature de votre travail pour Meditech ?

Je ne peux pas en parler en détail. Il y a des problèmes de confidentialité.

Gail à nouveau : "Recule, Carrie".

Carrie sourit à Richard, ses prochains commentaires s'adressant à Gail et à l'abruti en costume qui a décidé d'essayer de faire son travail à sa place. Je comprends, et votre loyauté est louable, surtout si l'on considère que votre ancien employeur ne vous aidera pas à retrouver votre fils, n'est-ce pas ?

Richard hésite cette fois. Oui, c'est exact.

Au moment de la pause suivante, Gail est de nouveau aux côtés de Carrie. Carrie s'est préparée à l'assaut. Gail Reindl en mode attaque, c'est un spectacle à voir.

Au lieu de cela, elle a étudié le sol de l'atelier et a dit : "Enveloppez le tout avec

Hulme".

Mais nous avons encore dix minutes.

Je m'en rends compte, mais nous avons un appel. Je veux que vous le preniez en direct à l'antenne".

Le cœur de Carrie s'accélère. Nous avons déjà une piste ?

Nous avons tous les manivelles de Long Island à Long Beach qui bloquent les standards téléphoniques, mais cette fois-ci, c'est un peu différent. Le PDG de Meditech souhaite clarifier certains points".

Carrie fit de son mieux pour réprimer un sourire. Non pas à l'idée d'avoir plus de dynamite, mais plutôt à la dernière chose que

Lock lui avait dite lorsqu'il l'avait appelée pour organiser l'entretien avec Richard Hulme.

Voyons si nous pouvons faire trembler quelques cages.

Du coin de l'œil, Carrie peut voir Richard se faire raccompagner par un assistant de production. Tandis que le chef d'étage la recomptait en pliant silencieusement trois doigts, elle regardait fixement l'objectif.

Nous avons maintenant en ligne Nicholas Van Straten, actionnaire majoritaire et directeur général de Meditech, l'ancien employeur de Richard Hulme. M. Van Straten, merci d'avoir pris contact avec nous. Nos téléspectateurs apprécieront certainement votre point de vue.

18

Il n'y avait pas besoin de masques. Il n'y avait pas de caméras dans l'appartement, et le seul témoin était la personne qu'ils étaient venus tuer. L'homme le plus grand frappa le premier, tandis que le plus petit des deux hommes se tenait à l'écart de la porte.

Personne ne répond d'abord. Les deux hommes échangent des regards inquiets, mais ne disent rien. Le plus grand frappa à nouveau. Peut-être que la télévision était trop forte. Ou bien elle était sortie. Ils étaient sur le point de partir lorsque la porte s'est ouverte en deux et que le visage de la femme s'est retrouvé entre la porte et le cadre. C'était ce genre de quartier.

Le plus grand sourit. Mme Parker ?" demande-t-il.

Je vous l'ai déjà dit, je ne sais pas où ils se cachent.

Il ne s'agit pas de cela, Mme Parker.

Quelqu'un s'est-il plaint de mes chats ?

Je suis désolé de vous déranger, madame, mais puis-je entrer ?

Il la voyait réfléchir, noter qu'il était poli, bien habillé et, surtout, blanc. Elle ferma la porte pour faire coulisser la chaîne, puis l'ouvrit à nouveau et le laissa entrer. Il entra.

Laissez-moi vous aider", dit-il en refermant la porte, mais pas complètement.

L'odeur était accablante. Il ne savait pas comment on pouvait vivre ainsi. Un chat a vibré un miaou et s'est frotté contre ses jambes. Il l'enjamba et suivit la femme dans le salon. Bien sûr, la télévision était allumée, Cesar Milan faisant la leçon à une femme anorexique sur la façon de parler à son Rhodesian Ridgeback. Les gens ne doivent pas ressembler à leurs animaux.

Laissez-moi vous dire quelque chose à propos des gens qui vivent à côté de chez moi. Ils n'aiment pas mes chats, voyez-vous.

Et ce sont de si jolies créatures", dit-il en se déplaçant de façon à ce que, si elle restait face à lui, elle tourne le dos à la porte.

Vous pensez que c'est le cas ?

Absolument. Mon animal domestique préféré. D'une certaine manière.

Vous en avez un ?

Elle était sur le côté de la porte maintenant. Presque en position.

Non, j'ai peur de vivre dans une coopérative où les animaux sont interdits.

C'est dommage.

Le petit homme est apparu dans l'embrasure de la porte, la femme ne s'apercevant pas de sa présence. Mais la demi-douzaine de chats disséminés dans la pièce ne l'étaient pas. Grâce à une sorte de sixième sens félin, ils se mirent à hurler. D'abord un, puis un autre.

L'homme plus petit se déplaça rapidement, faisant les derniers pas en moins d'une seconde, enlevant au passage le capuchon en plastique de la seringue. Lorsqu'elle s'est retournée, il a plongé l'extrémité de la seringue dans sa fesse gauche et a appuyé sur le cylindre.

Alors qu'elle commençait à crier, l'homme le plus grand l'a entourée de ses bras. Le plus petit lui a serré la bouche de sa main libre. Un chat siffla et sauta sur le téléviseur où il fixa, sans sourciller, sa maîtresse qui s'affaissa sur le sol. Sa bouche était ouverte. Ses yeux aussi. L'expression de son visage était celle d'un désarroi total.

OK, installons-la dans le fauteuil.

Ensemble, ils la hissent dans le fauteuil solitaire, les mains posées sur ses genoux. Le plus petit homme rabat les paupières de la jeune femme avec le pouce et l'index, puis se retire pour admirer son travail.

Elle a l'air trop posée", dit le plus grand.

Vous avez raison. L'homme plus petit se penche et tire sur le pied droit de la jeune femme de façon à ce qu'une jambe soit en biais. Une dernière vérification. Parfait", dit-il en se penchant pour récupérer le bouchon en plastique de la seringue.

Et les chats ?

Qu'en est-il d'eux ?

Ils ne vont pas mourir de faim ?

Le petit homme jette un dernier coup d'œil à la vieille dame morte dans le fauteuil.

Ils ont une réserve de trois bonnes semaines ici.

19

Stafford Van Straten semble au bord de l'anévrisme. Il peignait sa crinière de cheveux blonds d'une main, tandis que sa bouche s'ouvrait et se fermait avec toute l'articulation d'un poisson rouge. Vous confiez cette tâche à Lock ?

Son père le tira sur le côté, hors de portée de voix de son entourage. Je sais que vous ne vous entendez pas avec lui, pour quelque raison que ce soit, mais nous avons besoin de lui en ce moment", dit-il, ignorant le fait qu'ils connaissaient tous les deux la raison pour laquelle Stafford et Lock ne s'entendaient pas. En ce qui concerne les raisons, Nicholas Van Straten n'était pas près de les oublier non plus. C'était une raison qui lui avait coûté des nuits blanches et un quart de million de dollars.

Mais Richard Hulme n'est pas notre problème.

Écoutez-moi. Quels que soient nos problèmes avec Richard Hulme, ou ce que disent nos avocats, Nicholas Van Straten s'est arrêté, abaissant sa voix à un sifflement pressant. Un enfant a disparu. Et si c'était vous ?

Stafford sourit. Je suis loin d'être un enfant.

Précisément, alors cessez de vous comporter comme tel.

Écartant son fils d'un geste de l'épaule, Nicholas Van Straten fait signe à Ty. Tyrone ?

Oui, monsieur.

Vous avez réussi à joindre Ryan ?

Il n'est toujours pas en communication.

En anglais, s'il vous plaît, Tyrone.

Son téléphone est éteint.

D'accord, dès que vous aurez mis la main sur lui, je veux qu'il vienne ici pour un briefing. Entre-temps, pouvez-vous commencer à mettre en œuvre nos autres procédures ?

Oui, monsieur.

STAFFORD ENTRA DANS SON BUREAU, ramassa le putter posé dans le coin et le balança comme une batte de base-ball, évitant de justesse son bureau. Il était l'héritier présomptif, l'homme qui dirigerait l'entreprise un jour, et on ne lui demandait même pas son avis. Le concierge de l'immeuble avait plus de poids que lui dans la gestion de l'entreprise.

La porte de la salle de bains est entrouverte et il aperçoit son propre reflet. Il s'arrêta, satisfait de sa propre image, de ses yeux bleus brillants et de ses cheveux blonds épais, tous deux hérités de sa mère. Seul le menton faible de son père le déçoit. Avec un menton solide, il aurait fait la couverture du magazine Fortune. Le visage d'un homme né pour la grandeur.

Tu es très jolie.

Stafford se retourne pour voir Brand encadré dans l'embrasure de la porte. Il laisse tomber le club dans une position plus conventionnelle et mime la descente d'un douze pieds. Vous ne savez pas qu'il faut frapper d'abord ? demanda-t-il, avec l'impression d'avoir été pris avec son pantalon baissé.

Brand lui pose une main sur l'épaule. Ne laisse pas le vieil homme t'atteindre.

C'était notre chance de dépasser toutes ces conneries sur les droits des animaux. Pourquoi n'a-t-il pas donné ça à l'un de vos gars ? Je veux dire, n'importe qui sauf Lock. Je déteste ce type. Stafford donne un coup de pied au mur avec la pointe de ses brogues Oxford en cuir fabriquées à l'anglaise.

Je sais, mec.

Qu'est-ce qu'on fait de lui ?

Tu ne peux pas dire un mot à ton père ? Suggérez-lui qu'il est temps que Lock cherche d'autres opportunités en dehors de l'entreprise".

Stafford sourit. Et vous nommer chef de la sécurité ?

Ce n'est pas une mauvaise idée.

Il ne le fera pas. Pas après ce qui s'est passé. Il pense que le soleil se lève par le trou du cul de Lock.'

Il y a une image. Vous savez ce que je pense ? Lock est probablement celui qui a organisé cette interview. La fille qui le fait, Lock la voyait depuis un moment.'

Je peux peut-être l'utiliser.

Brand donne une nouvelle tape sur l'épaule de Stafford. Votre chance viendra, Stafford. Toi et moi, nous sommes ceux qu'il faut surveiller. Ton vieux et Lock seront bientôt de l'histoire ancienne".

20

Un panneau "A louer" pendait comme un drapeau blanc à l'extérieur de l'épicerie coréenne. Plus bas, le bâtiment de Meditech ressemblait à ce qu'il était avant la fusillade, avec toutefois un ou deux ajouts musclés sous la forme d'une demi-douzaine de barrières anti-bélier Metalith™. La façade vitrée avait également été refaite, la teinte des fenêtres, même dans cette lumière, laissant présager des capacités antidéflagrantes.

Elles lui renvoyèrent le reflet de Lock alors qu'il se tenait à l'extérieur, étudiant le visage d'un étranger en perpétuelle évolution. Ce qui n'avait été qu'une ombre s'approchait à présent d'une barbe fournie. Ses yeux avaient de grandes demi-lunes sombres en dessous d'eux. Ses pupilles étaient larges, mais leur blanc était injecté de sang. Cela lui rappelait quelqu'un d'autre. Il lui fallut un moment pour penser à qui. C'était bien cela. Il ressemblait à Richard Hulme. Il enleva sa casquette, leva la main et frotta les points de suture de son cuir chevelu. Peut-être qu'ils finiraient tous par ressembler à Richard Hulme avant que Josh ne soit retrouvé.

Il fait trois pas dans le foyer.

Excusez-moi, monsieur, qui êtes-vous venu voir ?

C'était l'un des membres de l'équipe de Brand. Un ancien marine au visage poupon qui se faisait appeler Hizzard.

Lock jeta un coup d'œil à la bosse sous le pardessus du garde. Hizzard, il gèle peut-être dehors, mais il fait 40 degrés ici. Tu as l'air d'un crétin.

Hizzard enleva à contrecœur son manteau pour révéler un Mini Uzi avec ce que Lock devina au premier coup d'œil comme étant un chargeur de cinquante cartouches.

Jésus, deuxièmement, remets ton manteau avant que quelqu'un ne voie cette chose. Qu'est-ce que c'est que ça ? Get Rich or Die Tryin' ?

Hizzard a pris un air penaud.

Écoute, Fiddy, dit Lock, tu choisis une arme en fonction de sa pertinence pour le travail à accomplir. Pas d'autre raison.

Des pas résonnèrent sur les sols en marbre derrière eux. Lock jeta un coup d'œil, heureux de voir Ty se diriger vers lui à travers le hall.

Ils veulent que vous montiez sur le vingt-cinq. Nous pourrons parler en chemin.

Tout à fait, dit Lock, en jetant un coup d'œil de Hizzard à Ty.

Ty adressa à Lock un haussement d'épaules digne des jeunes d'aujourd'hui, tandis qu'ils se dirigeaient vers la première rangée d'ascenseurs qui les mènerait jusqu'au vingtième étage. Ils y entrèrent et Ty appuya sur le bouton. Les portes se refermèrent. Une caméra dissimulée dans le coin avant droit de l'ascenseur était braquée sur eux. Lock se tourna pour lui tourner le dos et compta jusqu'à dix.

Qu'est-ce que c'est que tout ce matériel, Tyrone ?

Je te l'ai dit, mec, sans toi, on a la mère de toutes les compétitions de pisse ici. Brand marque son territoire.

Les portes s'ouvrent à vingt. Deux autres membres de l'équipe de CA de Brand les attendaient. Cette fois, ils n'avaient pas de manteau, mais tous deux portaient le même modèle de pistolet-mitrailleur que les garçons d'en bas.

Lock et Ty échangèrent un regard. Les fous avaient manifeste-ment pris le contrôle de l'asile.

21

En entrant dans la salle de réunion du vingt-cinquième
étage, Lock se sentait aussi à l'aise qu'un drogué s'incrus-
tant au Rainbow Room. Non pas que quelqu'un ait dit
quoi que ce soit, loin de là. Personne ne commenta son apparence.
Ni demandé comment il allait. Ni ne s'est enquis de la façon dont
il s'en sortait en tant que responsable "officiel" de Meditech dans la
recherche de Josh Hulme. Au lieu de cela, ils ont tous étudié les
documents qu'ils avaient sous les yeux et attendu que leur patron,
Nicholas Van Straten, commence.

Nicholas Van Straten était assis en bout de table. Stafford était
directement à la droite de son père, Brand à sa gauche. Ce n'était
pas bon signe. Ty prit place à côté de Lock, quelques sièges plus
bas. Cinq ou six autres employés étaient éparpillés autour des
autres chaises. Lock pouvait mettre un nom sur certains d'entre
eux, d'autres non. C'était une grande entreprise.

Stafford regarde Lock de haut en bas. Je n'avais pas réalisé que
c'était le vendredi en tenue de ville.

La femme du service des relations avec les médias a titré
comme une écolière.

Lock fixe Stafford. Mon smoking était chez le nettoyeur.

Nicholas Van Straten referme un mince dossier en papier manille d'une main manucurée et regarde vers le bas de la table, rencontrant le regard de Lock pendant une seconde. Merci d'être venu, Ryan. J'apprécie beaucoup. Comment vous sentez-vous ?

Lock adresse sa réponse à Brand. Prêt pour le service". Brand sourit.

Plutôt que de se laisser aller à la colère, Lock essayait de s'imaginer en train de flotter hors de son corps et d'observer ce qui se passait d'en haut. Lock, en tant qu'observateur impartial, se rappelait qu'il n'avait fait que gagner son argent. Les gardes du corps étaient payés comme ils l'étaient parce qu'un jour ils devraient risquer leur propre vie pour sauver celle de leur mandant.

Lock respire et fait de son mieux pour se recentrer. 'I

Je m'excuse pour mon apparence. J'ai eu une journée ou deux très mouvementées".

Lock pouvait voir Ty étudier la table, essayant difficilement de ne pas rire.

Tout à fait, dit Nicholas. Maintenant, pouvons-nous discuter de ce que nous allons faire à partir d'ici ?

La femme des relations publiques, qui s'est avérée être la Missy de la légende des conférences de presse extérieures, s'est lancée dans un discours enthousiaste sur la meilleure façon de gérer la situation de l'enlèvement de Josh Hulme du point de vue des relations publiques. En vraie professionnelle qu'elle était, elle a commencé par un léger léchage de bottes. Eh bien, M. Van Straten, grâce à votre brillante intervention, nous avons pris un excellent départ pour reprendre le contrôle de cette situation très délicate. Il est clair que notre manque d'implication initial a fait des dégâts, mais cela ne devrait pas durer trop longtemps maintenant que l'on nous voit aider".

L'expression "qu'on s'occupe de lui" dérangea Lock, mais il resta silencieux. Le terrain avait manifestement beaucoup changé en très peu de temps et il avait besoin d'en avoir une vue d'ensemble avant de dire quoi que ce soit.

Tandis que Missy continuait, utilisant des mots de trois syllabes ou plus alors que deux auraient suffi, Lock étudia Brand. Tête carrée sur un torse tout aussi carré, il était assis bien droit, fixant directement la femme qui parlait. Ses mains étaient croisées sur la table de conférence, les doigts entrelacés. Il donnait l'impression d'écouter attentivement, alors qu'en fait, Lock savait par expérience qu'il n'avait pas la moindre idée de ce qui se disait. Pourtant, il avait l'air impressionnant. Calme et en contrôle.

En résumé, disait Missy, je pense qu'il s'agit en fait d'une excellente occasion non seulement de faire connaître la marque, mais aussi de repositionner notre entreprise comme une entreprise qui se préoccupe vraiment de la communauté au sens large.

Bon sang de bonsoir. Il n'y a que dans l'Amérique des affaires qu'un enlèvement d'enfant ayant déjà donné lieu à un cadavre peut être considéré comme un moyen de faire apparaître une entreprise comme chaleureuse et câline.

J'ai une idée, dit Lock.

Tous les regards se tournent vers lui.

Peut-être que si nous ramenons l'enfant en un seul morceau, nous pourrions faire un lien avec l'un de nos médicaments. Vous savez, comme la Ritaline, ou quelque chose comme ça".

Personne n'a ri. Ni n'a eu l'air énervé. Missy note quelque chose. Ou peut-être créer une sorte de fondation ?

Je pense que vous verrez que M. Lock était facétieux", a déclaré sèchement Nicholas Van Straten.

Oh, dit-elle en regardant Lock comme s'il venait d'aller pisser dans un coin de la pièce.

Si je peux me permettre ? intervient Stafford.

S'il le faut, dit son père.

Stafford presse les paumes de ses mains l'une contre l'autre en signe de supplication apparente et s'arrête un instant. Je ne pense pas que nous ayons un problème. Il s'agit d'un problème de relations publiques, qui ne nous affectera pas. Et certainement pas de quoi inquiéter nos actionnaires. Les manifestants pour les droits des animaux, c'était un problème pour nous. Mais comme ils sont sortis de l'équation, nous pouvons nous concentrer à nouveau sur nos résultats". Stafford se lève. Maintenant, voici ce que je proposer...'

Lock se déplaça mal à l'aise, son mal de tête récurrent recommençant à ronger l'avant de son crâne. Tandis qu'il regardait Stafford parler, son esprit remonta trois mois en arrière, à la première fois qu'il avait croisé l'homme.

Lock avait supervisé un balayage des étages supérieurs de l'immeuble, expliquant à Hizzard, nouvellement recruté, la procédure civile de fouille d'un lieu pendant que l'endroit était calme. Même les employés qui voulaient à tout prix éviter de retrouver un appartement vide ou d'accumuler des heures supplémentaires non rémunérées pour impressionner leur supérieur hiérarchique étaient partis depuis longtemps.

Lock avait laissé Hizzard vérifier une moitié de l'étage pendant qu'il s'occupait de l'autre. Lock n'avait qu'un bureau à essayer. Le bureau de Stafford. Un étage plus bas que celui de son père, celui de Stafford était assez proche pour qu'il se sente important, mais pas assez pour que son père ait à le voir souvent. La porte était légèrement entrouverte, et lorsque Lock la poussa, il vit une femme penchée sur le bureau. Stafford tenait un écheveau de cheveux dans sa main droite, et sa main gauche se frayait un chemin entre ses cuisses. La femme faisait de son mieux pour le repousser, griffant le visage de Stafford de sa main libre.

Tais-toi, salope, grogna Stafford en lui tirant brusquement la tête en arrière.

Tu me fais mal", plaide-t-elle.

Le visage de Stafford se rapproche du sien. Je parie que tu aimes les coups durs, n'est-ce pas ?

Lock en avait assez vu. Il franchit la porte.

Ce bureau n'a pas besoin d'être nettoyé, allez ailleurs.

Stafford, sans prendre la peine de regarder derrière lui.

En l'absence de réponse, Stafford a lâché les cheveux de la femme et a ouvert la fermeture éclair de son pantalon.

Parcourant la distance qui les séparait en six longues enjambées, Lock s'arrêta lorsque Stafford jeta un coup d'œil autour de lui. L'expression sur le visage de Stafford n'était ni de la honte, ni de la culpabilité, ni quoi que ce soit d'approchant. Il semblait simplement irrité que quelqu'un ait l'audace de lui désobéir. Jamais Lock n'avait ressenti une telle envie d'effacer un regard de quelqu'un.

Il le fit d'un seul coup au visage de Stafford, l'arête de son coude rencontrant son nez avec un doux craquement. S'il y a bien une chose qui fait perdre du bois à un violeur, c'est une violente secousse de douleur. En général, cela fonctionnait bien plus vite qu'une douche froide.

La femme se dégage et se retourne. Elle respire difficilement à cause de la lutte. Elle porta ses deux mains à son visage et s'y frotta, comme pour chasser un cauchemar. Lock avait l'impression qu'elle avait une vingtaine d'années, qu'elle était stagiaire ou fraîchement sortie de l'université.

Tu vas bien ? demande Lock.

Elle acquiesça, s'efforçant de remettre en place son collant déchiré. Hizzard, la nouvelle recrue, entra en trombe dans la pièce et se figea en observant la scène.

Il y a des toilettes au bout du couloir, dit Lock à la femme.

Hizzard va vous emmener. Elle hésite.

Ne vous inquiétez pas, vous êtes en sécurité maintenant, dit Lock.

D'ACCORD. Sa voix vacille légèrement. Baissant sa jupe, elle sortit, tête baissée, évitant le contact visuel avec Stafford. Hizzard lui emboîta le pas, veillant à garder ses distances.

Lock passa devant Stafford pour attraper le téléphone. Il est heureux de voir une lueur de panique dans les yeux de Stafford.

Hé, attendez une minute.

Lock appuya sur le neuf pour obtenir une ligne extérieure. Il voyait bien que Stafford avait envie de s'élancer sur le combiné, mais qu'il était trop lâche pour le faire. Il prit le téléphone entre son épaule et son menton. Qu'est-ce que tu vas me dire ? Qu'elle aimait les coups durs ? Cela fait des semaines qu'elle te fait des avances ? Sinon, pourquoi serait-elle restée tard un vendredi soir, alors qu'il ne restait plus qu'elle et toi dans l'immeuble ? " Il appuya sur un autre neuf.

Lock ? C'est votre nom, n'est-ce pas ? dit Stafford, sa voix de fausset étant soudain envahie par la panique.

La serrure a atteint le chiffre un. Il ne reste plus qu'un chiffre à atteindre.

Ecoute, mec, je ne vais pas faire des excuses à la con. Je ne sais pas à quoi je pensais. J'ai un problème.

Vous le faites maintenant", dit Lock en appuyant sur le dernier. Département de la police, s'il vous plaît.

Une seconde s'écoula pendant qu'on lui passait la parole, Lock se percha nonchalamment sur le bord du bureau, profitant de l'inconfort évident de Stafford. Au fond de lui, il était sûr d'une chose : c'était peut-être la première fois que Stafford était interrompu, mais ce n'était certainement pas la première fois que cela se produisait.

Au diable, l'homme", a déclaré Stafford. Ce que vous avez vu n'a aucune valeur au tribunal. Il n'y aura même pas de procès. C'est sa parole contre la mienne.

Lock raccroche le combiné. Ce que Stafford avait interprété comme une tactique de peur fe la part de Lock était loin d'être le cas. Lock avait raccroché le téléphone non pas parce qu'il avait suffisamment effrayé Stafford, mais parce que Stafford avait raison. Un appel à la police ne changerait rien.

Il a retiré son SIG et l'a pointé sur le visage ensanglanté de Stafford. Le mouvement était décontracté, voire désinvolte. Vous aimez les armes ?

Le visage de Stafford est maintenant blanc de choc. J'étais dans le ROTC à l'université, balbutia-t-il.

Vous vous souvenez de la première chose que vous a dite votre instructeur de tir ? La règle cardinale ?

Stafford déglutit. Ne pointez jamais une arme sur quelqu'un si vous n'avez pas l'intention de lui tirer dessus.

Très bien. Dix sur dix. Maintenant, dehors". Lock fit signe à Stafford de se diriger vers la porte.

Il y a beaucoup de façons dont un homme peut penser qu'il va réagir lorsqu'une arme est pointée sur lui. Au combat, Lock avait vu des fanfarons perdre le contrôle de leur vessie, et des lâches trouver un calme relatif qui leur permettait de riposter. Mais la première vague d'émotions est la même pour tous. La peur.

Stafford se dirigea docilement vers la porte. Dans le couloir, Lock rengaina son arme mais s'assura que Stafford était devant lui et ne se retourna pas. Derrière eux, Hizzard montait la garde devant les toilettes des dames.

Lock guide Stafford jusqu'à l'ascenseur. La confirmation qu'ils étaient surveillés est venue sous la forme d'une voix provenant de la salle de contrôle à l'oreille de Lock.

Nous allons bien. Nous prenons juste un peu l'air de la nuit", répond Lock.

Ils sont sortis au dernier étage. De là, ils pouvaient accéder au toit. Lock composa un code et poussa Stafford à travers la porte.

Dehors, il faisait sombre. Au mieux, la quarantaine. La lumière d'un capteur s'est allumée, projetant les ombres des deux hommes au bord du toit.

La promenade semble avoir donné à Stafford l'occasion de se ressaisir un peu. Et maintenant, qu'est-ce qu'on fait ? Vous allez me tirer dessus ?" demande-t-il.

Non, répondit Lock, tu vas sauter.

Quoi ? Vous êtes fou ? Le fait que tu m'aies raccompagné jusqu'ici, c'est grâce au disque.

Vous voulez dire les disques durs qui seront accidentellement effacés sur mon ordre à peu près au même moment où vous frapperez le trottoir ?

Et la fille ?

Tu crois qu'elle va dire quelque chose après ce que tu as fait ?

Il n'y a aucun moyen d'expliquer cela.

J'ai passé dix ans dans la police militaire royale. Vous pensez sérieusement que

Je n'ai pas pu couvrir mes bases ?

Gardant son arme braquée sur Stafford, Lock se dirigea vers le bord du toit. Je vous surprends en train d'essayer de violer une jeune membre de votre personnel. Je vous arrache à elle. Tout cela sera corroboré, n'est-ce pas ?

Stafford n'a pas répondu.

Il n'y a pas de caméras ici, personne ne saura que vous avez admis quoi que ce soit", poursuit Lock, en déplaçant son arme d'une fraction de seconde pour la pointer directement sur le visage de Stafford.

Stafford lève les mains. OK, j'accepte donc qu'elle soutienne cette version des faits. Quelle différence cela fait-il ?

J'ai le devoir de vous dénoncer. Vous me suppliez de reconsidérer la question. Vous avez une proposition à me faire. Nous montons sur le toit, là où personne ne peut nous entendre. Tout ce qui est enregistré, ce sont deux types qui se promènent là-haut. On se retrouve là-haut, sous les étoiles, bien au chaud, et vous me faites votre offre. Mais je ne l'accepterai pas. En fait, je vais le mentionner quand l'affaire arrivera au tribunal. Le fait que je dise que vous m'avez proposé un pot-de-vin rend son histoire beaucoup plus convaincante, n'est-ce pas ?

Lock avait fait le tour, de sorte qu'il faisait face à Stafford et que ce dernier était dos au bord. Pendant que Lock parlait, il s'est avancé sur lui. Juste assez pour empiéter sur son espace personnel. Stafford avait instinctivement reculé, sans même se rendre compte qu'il le faisait. Il était maintenant à un mètre cinquante du vide.

Vous êtes désemparée. Vous sanglotez. Vous n'avez aucun sens. Parce que vous savez ce qui arrive aux violeurs en prison. Surtout les beaux jeunes comme toi. Tu vas devoir attraper au lieu de lancer. Sans parler de la honte pour ta famille. Alors" - Lock enroule son doigt autour de la gâchette de son SIG - "tu sautes".

Personne ne le croira", dit Stafford en faisant un pas en arrière.

Oh, certaines personnes ne le feront pas. C'est une sacrée histoire, n'est-ce pas ? Mais devant un tribunal, ce sera ma parole contre la vôtre. Et vous ne parlerez pas".

Stafford jette un coup d'œil par-dessus son épaule. Surpris par la proximité du bord, il fit un pas en avant, mais Lock agita son arme.

Mauvaise direction

Je ne le ferai pas. Je ne vais pas sauter".

Alors, je te jetterai. Ce ne sera pas la première fois que je le fais'.

Lock range son SIG dans son étui et frappe Stafford au plexus solaire. Alors qu'il s'écroule, essoufflé, Lock lui donne un coup de pied dans l'aine, puis dans le visage. Personne ne remarquera un traumatisme supplémentaire sur le corps d'un sauteur", remarque-t-il en attrapant le dos de la veste et de la chemise de Stafford et en le tirant vers le bord.

Aidez-moi ! Quelqu'un ! hurle Stafford.

Nous sommes seuls, Stafford. Même papa ne peut pas vous sauver maintenant.

Il y avait un rebord en béton à l'extrémité du toit. Serrure tirée Stafford s'y accroche.

'S'il vous plaît. S'il vous plaît, ne faites pas ça ! supplie Stafford.

Pourquoi ne le ferais-je pas ? Donnez-moi une bonne raison.

Je n'en ai pas.

Vous ne voulez pas mourir, n'est-ce pas ?

Stafford secoue la tête, des larmes coulent sur son visage. Non, je

ne le font pas".

Lock recula, l'arme toujours sur lui. OK, voilà ce que vous allez faire.

Lock expose brièvement les obligations de Stafford et ce qui lui arriverait s'il ne les respectait pas. Puis il se retire dans la cage d'escalier, laissant Stafford seul sur le toit pour la nuit, afin qu'il réfléchisse à ce qu'il a fait.

Quelques jours plus tard, la stagiaire avait contacté Lock pour le remercier. Un jour après l'attaque, un chèque certifié d'un montant de deux cent cinquante mille dollars était arrivé par courrier à son appartement. Il était accompagné d'un accord juridique stipulant qu'elle n'entreprendrait aucune autre action.

Lock savait que c'était une solution bon marché pour Stafford et il s'en voulait. Mais il savait aussi quel était le taux de condamnation dans les affaires d'agression sexuelle.

Une fois de plus, la justice n'est pas intervenue.

22

Je veux que Ty travaille à la récupération avec moi". Lock l'avait formulé comme une affirmation plutôt que comme une question. C'était plus rapide ainsi, et ils avaient déjà perdu trente minutes en conneries qui n'avaient rien à voir avec la récupération de Josh Hulme et tout à voir avec le cours de l'action de Meditech et l'ego de Stafford.

D'accord", dit Nicholas. Qu'est-ce qu'il vous faut d'autre ?

Nous aurons besoin de quelqu'un pour assurer la liaison avec le JTTF.

N'êtes-vous pas la personne la mieux placée pour le faire ? demande Nicholas.

Je vais avoir du pain sur la planche. De plus, mon implication n'a pas été très populaire auprès d'eux".

OK, quoi d'autre ?

Nous aurons besoin d'une équipe de personnes pour trier toutes les évaluations des menaces précédentes. En particulier celles relatives à Richard Hulme".

C'est déjà fait", répond Stafford. Et j'ai demandé à tous les employés d'être vigilants et de signaler toute chose suspecte aux autorités locales et à notre personnel de sécurité.

Peut-être que le séjour de minuit de Stafford sur le toit avec Lock l'avait finalement ramené à la raison, pensa Lock.

Alors, qui va tenir le fort ici pendant que vous jouez au détective ? demande Brand.

À en juger par l'apparence, je pensais que vous étiez déjà entré dans la brèche", réplique Lock.

Il fallait bien que quelqu'un le fasse.

Nicholas Van Straten fouille dans ses papiers, signalant la fin de la réunion. Tout est donc réglé.

TY ET LOCK sont redescendus ensemble dans l'ascenseur.

Tu es sûr de vouloir laisser cet endroit à Brand ? demande Ty.

Non.

Moi non plus. Vous savez, je n'ai pas l'expérience que vous avez en matière d'enquêtes".

Alors ?

Alors peut-être que je ne suis pas le mieux placé pour vous aider.

Vous répondez à mes trois critères principaux, dit Lock.

Ah oui, et qu'est-ce que c'est ?

J'ai besoin de quelqu'un en qui je peux avoir confiance. Et l'enquête se résume à une chose que ces crétins là-haut ne possèdent pas. Le bon sens.

C'est seulement deux. Quel est le troisième ?

S'il y a encore des portes fermées, j'ai besoin de quelqu'un devant moi.

Maintenant, je peux l'acheter. J'ai toujours l'impression qu'il y a quelque chose d'autre".

Lock soupire. OK, les militants politiques auxquels nous allons avoir affaire ne sont pas des Bill O'Reilly de droite, n'est-ce pas ?

Cela signifie qu'il sera beaucoup plus difficile pour eux de dire à un homme noir d'aller se faire voir".

Je l'ai en une seule fois. Nous devons localiser les points faibles de l'ennemi. S'il se trouve que c'est une conscience libérale, c'est ce que nous utilisons".

Vous utiliseriez donc la couleur de ma peau pour tromper quelqu'un ?

Absolument.

Ty y réfléchit pendant une seconde. OK, je suis d'accord avec ça.

Le compteur de l'ascenseur passe à un chiffre.

Alors, quelles sont nos chances, selon vous ? demande Ty.

Lock y réfléchit. Les portes s'ouvrent sur le hall d'entrée.

Nous n'avons aucune demande de rançon, aucune trace de l'enlèvement, et la seule personne qui sait ce qui s'est passé vient d'être confirmée morte. À part cela, je dirais que nous sommes en excellente forme.

23

Nous prendrons ma voiture.

Ty a jeté un coup d'œil à Lock.

Quoi ?

Rien.

Si vous avez quelque chose à dire sur ma voiture, vous feriez mieux de le dire.

D'accord, mais si nous prenons votre voiture, dit Ty en sortant un i-Pod noir, nous devrons enregistrer mes traces.

C'est au tour de Lock de faire rouler les yeux de Ty. Peut-être que j'aurais dû choisir Brand comme compagnon de route après tout.

Ty a feint l'indignation. Ce taré écoute de la country. Je me suis retrouvé coincé dans le véhicule CAT avec lui une fois. Il m'a fait écouter un morceau intitulé "How Can I Tell You I Love You With a Shotgun in My Mouth ?" (Comment puis-je te dire que je t'aime avec un fusil de chasse dans la bouche ?) Et ils disent que les paroles des chansons rap sont mal interprétées ? Merde.

Je suis d'accord avec vous. Ma voiture, ta musique".

Qualifier votre véhicule de "voiture", c'est exagéré.

C'est ainsi que l'on appelle la musique que l'on écoute.

Quarante minutes plus tard, ils s'arrêtèrent aux portes du cimetière, toujours en train de débattre du pour et du contre de la voiture de Lock et des goûts musicaux de Ty. Ty scruta les autres arrivants. Ces gens ne se regardent-ils pas dans le miroir avant de quitter la maison ?

Au sommet de la colline, le *Who's Who* des défenseurs des animaux s'est rassemblé pour assister à l'inhumation de Gray et Mary Stokes, aux côtés de leurs animaux de compagnie, chiens, chats, lapins et même d'un âne, décédés depuis longtemps.

Vous n'aimez pas les animaux ?

J'ai eu un pitbull une fois. J'adorais ce chien.

Que s'est-il passé ?

Il a essayé de manger ma petite cousine Chantelle. J'ai dû lui tirer dessus. Je veux dire, elle lui tirait les oreilles et tout ça, donc ce n'était pas complètement injustifié de la mordre, mais la famille, c'est la famille".

Ty, j'ai une boule dans la gorge en écoutant les histoires de ton éducation. C'est comme si les Walton étaient sous l'emprise du crack".

Va te faire foutre, petit blanc", sourit Ty.

Ecoutez, vous restez ici avec la voiture.

Aw, man. Est-ce que je dois le faire ?

Quel est le problème maintenant ?

Ty regarde l'intérieur de la Toyota de Lock d'un air dégoûté. Quelqu'un pourrait penser que cette merde est à moi.

UN VISAGE familier accueillit Lock alors qu'il commençait à gravir la colline. Le sergent élu "le plus susceptible d'avoir beaucoup de cholestérol mais peu de patience" a levé un filet de poisson avec un supplément de fromage en guise de salut. Qui peut bien mettre du fromage sur un filet de poisson ? se demanda Lock.

Si ce n'est pas Jack Bauer", a déclaré Caffrey en essuyant une tache de mayonnaise qui s'étalait sous l'un de ses mentons.

Lock était aussi heureux de voir que le régime alimentaire de Caffrey variait que d'entendre que la répartie sarcastique de la bombe à retardement cardiaque s'étendait aux deux parties.

Comment est le sandwich ?

La nourriture des dieux", marmonne Caffrey à mi-bouche.

Vous vous déplacez beaucoup, n'est-ce pas ?

JTTF m'a détaché", a craché Caffrey.

C'est une nouvelle tactique ? Al-Qaeda attaque, on les filme jusqu'à ce que leur foie éclate".

Spurlock ? demande Caffrey, qui n'a pas compris la référence.

Le gars qui a fait le film sur le fait de ne manger que des hamburgers pendant un mois.

Un mois ?

Oui.

"Un bâtard chanceux".

Eh bien, ce fut un plaisir de discuter.

Lock commença à passer, mais Caffrey le bloqua. Ne contrariez pas ces gens, Lock. J'aurai de la chance de terminer la dernière série de documents que vous avez générés avant de prendre ma retraite.

Je suis juste venu présenter mes condoléances.

Caffrey s'écarta de son chemin et prit une bouchée de ce poisson mystérieux. Pour un homme qui n'avait pas pris son petit déjeuner, cela avait l'air sacrément bon.

Lock continua à monter la pente en direction d'un endroit où il pouvait apercevoir deux SUV noircis. Aussi discrets qu'une brique, les autocollants sur la plaque d'immatriculation auraient tout aussi bien pu indiquer "Surveillance du FBI". D'ailleurs, c'était peut-être le but recherché : que le FBI fasse savoir aux traînards de la campagne de défense des droits des animaux qu'ils étaient surveillés.

Lorsqu'il dépassa le véhicule du FBI, Lock résista de justesse à la tentation juvénile de taper sur les vitres. Il s'arrêta à cinquante mètres de l'équipe funéraire qui se rassemblait autour de la tombe. Deux tombes. Côte à côte.

En s'approchant, Lock se rendit compte qu'il n'aurait pas dû s'inquiéter de sa tenue. Il était à peu près la personne la mieux habillée. Les personnes en deuil étaient un mélange hétéroclite de hippies en décomposition et de New Agers d'une vingtaine d'années. Un gamin d'une vingtaine d'années s'était pointé en jean bleu et veste marron en similicuir, sans doute fabriquée à la main à partir de tofu. Lock lui aurait pardonné le noir, mais

marron ?

Quelques personnes en deuil tournèrent la tête à l'approche de Lock, mais personne ne dit rien. Au centre du groupe, il aperçoit Janice assise dans son fauteuil roulant, le regard dans le vide, tandis que les deux cercueils sont simultanément descendus dans la terre.

Un homme d'une soixantaine d'années, à la pâleur cendrée et aux longs cheveux gras, se tenait debout, les mains jointes et la tête inclinée, et prononça quelques mots. En s'approchant, Lock saisit les derniers mots.

Gray Stokes va dans sa tombe en héros. Un martyr pour la cause des droits des animaux. C'est un homme qui a vu un génocide là où d'autres choisissaient de détourner le regard. Un homme qui a choisi d'affronter ceux qui dirigeaient les camps de la mort. Un homme qui a choisi de parler pour ceux qui n'ont pas de voix. Mais sa mort ne sera pas vaine. Le mouvement visant à libérer les animaux de la souffrance et de la torture se poursuivra. Et son esprit nous accompagnera tout au long de notre voyage".

Martyre, sacrifice, lutte. Lock se demande où il a déjà entendu tous ces mots. Peut-être que John Lewis, directeur adjoint du FBI chargé de la lutte contre le terrorisme, avait vu juste lorsqu'il avait averti une commission sénatoriale, il y a quelques années, que les extrémistes de la cause animale devenaient une menace réelle. Mais Al-Qaïda s'était alors hissé au sommet du classement des organisations terroristes en utilisant un cutter plutôt qu'une balle, et la plupart des gens avaient oublié que le terrorisme ne se limitait pas à des types ayant un penchant pour les vierges dans l'au-delà.

Les personnes en marge du groupe commencèrent à s'éloigner et à redescendre la pente une fois que l'homme eut terminé son éloge. Lock s'approcha de Janice, quelques personnes encore en deuil lui jetant un regard mauvais en le croisant. Le jeune homme à la veste marron parlait maintenant, la tête inclinée en signe de défi. Ils vont payer pour ça. Vous verrez. Ils rempliront des cimetières entiers quand nous aurons fini". Ses sombres prédictions s'adressaient à tout le monde et à personne. Janice le fit taire lorsque Lock s'approcha.

Lock tendit la main et lui toucha l'épaule. Je suis désolé pour votre perte. Les mots ne semblaient pas suffisants. Il s'attendait à une nouvelle explosion de la part de la tête brûlée ultra-décon-tractée, peut-être même à un coup de poing, mais le jeune homme s'éloigna à son tour.

Janice ne quitte pas des yeux les deux cercueils. Pourquoi es-tu venu ici ?

Pour présenter mes respects". Lock tourna la tête en direction de la tête brûlée. Qui est-ce ?

Les yeux de Janice passent de Lock aux deux énormes SUV du JTTF.

Pourquoi ne pas demander à vos amis ?

Tu ne penses pas que les choses sont devenues trop sérieuses pour que nous jouions encore à des jeux ?

Pourquoi êtes-vous vraiment ici ?

Répondez à ma question et je vous dirai ce qu'il en est.

C'est Don, dit Janice. Il ne faisait pas vraiment partie de notre groupe. Il n'était pas d'accord avec notre façon de protester.

Plutôt du genre action directe ?

Il a participé à certaines libérations.

Libérations" est le terme utilisé par les activistes pour décrire leur entrée forcée dans les laboratoires qui utilisent des animaux, afin de libérer ces derniers. Il leur arrivait également de se rendre dans des fermes, généralement celles où se trouvaient de vastes élevages de poulets en batterie.

Qu'est-ce qu'il fait ici ?

La même chose que vous.

Quelqu'un dit : "Ce type te dérange ?" en tapant sur l'épaule de Lock pour insister.

Lock se retourna à moitié pour voir le type à la veste de tofu marron. Il était grand, mais peinait à être imposant. Lock l'ignora.

Il a tapé à nouveau. Plus fort cette fois. Pourquoi ne la laissez-vous pas tranquille ?

Don, c'est bon. C'est Ryan Lock - tu sais, le gars qui m'a sauvé".

Don a pris un air gêné et a étudié le sol. Je suppose que je vous dois un remerciement.

En ce qui concerne les excuses, elles se situent quelque part à la limite de la rancune.

Bien sûr, vous auriez fait la même chose, dit Lock.

Oui, je l'aurais fait.

Alors, que savez-vous de Josh Hulme ?

Don cligne des yeux devant le changement de direction soudain de Lock. Je sais ce que fait son père. Tu vis par l'épée, tu...

Lock s'approcha rapidement de Don, s'assurant qu'il avait un contact visuel et qu'il ne le rompait pas. Nous parlons d'un jeune garçon. J'apprécierais que vous preniez ma question en considération.

Janice a glissé sa chaise entre les deux hommes. Ce n'est pas nécessaire. Surtout pas ici. Et pas aujourd'hui.

Dans des circonstances normales, je suis d'accord. Mais tant que Josh Hulme a disparu, je dirais que les règles normales ne s'appliquent plus. D'autant plus que je pense que toi et tes copains, vous savez peut-être où il se trouve. Lock saisit le poignet de Don et le tordit, juste assez pour le rendre intéressant. Don, nous pourrions peut-être commencer par ton nom complet. Personne ne bougea de l'un ou l'autre des deux SUV noircis, bien que Lock eût parié la ferme qu'ils avaient des micros à grenaille captant chaque mot de l'échange. Leur décision de ne pas intervenir ne le surprend pas, même s'il vient de commettre une agression. Les agences gouvernementales étaient friandes de sous-traitance de nos jours et Lock ferait aussi bien que n'importe quel geôlier syrien avec un aiguillon à bétail et un peu de temps libre. De plus, il n'était pas aussi limité

par les subtilités.

Pourquoi devrais-je vous dire quoi que ce soit ? Vous n'êtes pas un flic.

C'est vrai, Don, je ne le suis pas. Ce qui veut dire que je ne suis pas lié par la procédure appropriée".

Don lance un regard haineux à Lock.

Arrêtez ! s'écrie Janice. Nous venons d'enterrer nos parents ! Lock lâche le poignet de Don. Qu'est-ce que tu veux dire par "nous" ?

Don est mon petit frère.

24

Lock se demandait à quel point il fallait être extrémiste pour jouer le rôle du mouton noir de la famille Stokes. Mais cela expliquait en partie la colère excessive du jeune homme. Il regrettait presque d'avoir ajouté l'insulte à l'injure en blessant le poignet de Don. Puis il pensa à Josh Hulme, et son sentiment momentané de sympathie disparut aussi vite qu'il était apparu.

Don s'inquiète de son poignet. J'ai besoin d'un verre.

À la façon dont il l'a dit, Lock a supposé qu'il ne parlait pas d'une boisson protéinée sans lactose. Lock avait toujours pensé que les défenseurs des animaux n'étaient pas très portés sur l'alcool. Les ragoûts de lentilles, c'est sûr. Le whisky bon marché, pas vraiment.

Il y a un endroit à cinq rues d'ici. Je peux vous raccompagner", propose Lock.

Don semble incertain.

Il va bien, dit Janice.

Don n'a toujours rien dit. Lock ne voulait pas insister, mais c'était une bonne occasion. S'il buvait quelques verres, qui savait ce que Don Stokes allait cracher ?

Ecoutez, je n'aurais pas dû poser mes mains sur vous là-bas, mec. Je suis désolé.

Don réussit presque à sourire. Oubliez ça, vous avez sauvé la vie de ma sœur.

Ça va ? demande Lock en lui tendant la main.

Don secoue la main gauche. D'habitude, je suis droitier, mais un connard a failli le casser.

Dans le langage des hommes, c'est un oui. La tension entre eux s'est relâchée.

Lock a aidé Janice à redescendre la pente. Il n'y avait jamais pensé auparavant, mais si monter un fauteuil roulant sur une pente était un effort, le redescendre était une aventure. En bas de la pente, il pouvait voir Ty pleinement engagé dans la tâche apparemment impossible d'essayer de faire croire qu'il n'avait rien à voir avec la Toyota de Lock alors qu'il se tenait juste à côté.

Lock a fait les présentations. Une fois ces présentations faites, Lock, Ty et Don ont aidé Janice à monter dans la voiture et ont passé les dix minutes suivantes à plier le fauteuil roulant et à essayer de le charger dans le coffre.

J'aurais dû prendre l'une des Yukons", a observé Ty avec bienveillance alors qu'ils se mettaient en route, le véhicule de surveillance du FBI se glissant derrière eux.

Lock conduit, Janice à côté de lui sur le siège passager, ce qui permet à Ty et Don de se retrouver à l'arrière.

Tu dois vraiment aimer les animaux, hein ? dit Ty.

Je suppose que oui.

J'ai eu un chien une fois", a poursuivi Ty, en gagnant un "s'il vous plaît, n'y allez pas".

regard de Lock dans le rétroviseur. J'adorais ce chien.

C'est celui qui est mort à un âge avancé ? demanda Lock en appuyant sur l'accélérateur, impatient d'arriver au bar.

Non, je pense à un autre. Vous savez, le pitbull. Je suis sûr que je t'ai raconté cette histoire, n'est-ce pas ?

C'est pourquoi je n'ai pas besoin de l'entendre à nouveau.

Lock jeta un coup d'œil dans le rétroviseur. Le SUV de la JTTF était toujours derrière eux, respectant la distance réglementaire d'un demi-bloc.

Ty sourit à Don. Lock devient très émotif quand je le raconte. C'était une sorte de situation à la Old Shep.

Eh bien, nous y voilà, interrompit Lock, en tournant si fort dans le parking du bar que Ty et Don furent projetés sur la banquette arrière.

Après avoir aidé Don à extraire le fauteuil roulant du camion, Lock l'a laissé le remonter. Puis il éloigna Ty de toute écoute. Qu'est-ce que tu fais, Tyrone ? Ces gens aiment les animaux plus que les humains et tu vas lui raconter que tu as tué ton chien ?

Ty jeta un coup d'œil à Don. Hé, s'ils pensent que je suis assez froid pour tirer sur mon propre chien, peut-être que ça les fera réfléchir à ce qui pourrait leur arriver s'ils ne crachent pas sur ce gamin.

25

Josh se réveilla au son des bottes dans le couloir à l'extérieur. Il se crispa lorsqu'elles s'arrêtèrent devant la porte. En reculant, il se heurta au mur. La caméra tournoya, son œil de cyclope suivant ses mouvements. Sa respiration s'accéléra. Il jeta un coup d'œil à l'album qui reposait comme une accusation sur la commode.

La porte commence à s'ouvrir. Josh ferma les yeux. Lorsqu'il les rouvrit, Natalya se tenait dans l'embrasure de la porte.

Mais comment ? Natalya était morte. Josh en était sûr. D'accord, il avait fermé les yeux après que l'homme ait brandi l'arme. Mais il avait entendu le coup de feu. Suivi de l'éclaboussement. Il y avait eu du sang à l'autre bout du bateau.

Natalya lui sourit. C'est bon, Josh. Tu peux rentrer chez toi maintenant. Josh n'a pas bougé d'un iota. Comment puis-je te croire après ce que tu as

a fait ?

Tu ne veux pas rentrer chez toi, Josh ?

Oui.

Alors, venez avec moi.

Natalya lui tend la main. Josh fit un pas vers elle, tendit la sienne. Ils y sont presque arrivés. Une question de centimètres entre les bouts des doigts... Puis un grand bruit, la porte se refermant sur eux deux, et...

Natalya s'est évaporée du champ de vision.

Josh se redressa brusquement. Il avait mal au dos. Le battant de la porte était ouvert. Un plateau y a été glissé. Petit déjeuner.

Il s'enfonça à nouveau dans le lit, écoutant le bruit des bottes qui, cette fois, reculaient. Il se leva et se précipita sur la porte, la frappant de ses poings. Laissez-moi partir ! Laissez-moi sortir d'ici ! Le bruit des bottes s'estompa jusqu'au silence.

Il regarde le plateau. Des céréales sèches. Des toasts. DU JUS DE FRUIT. Il était affamé. Il mangea les céréales avec ses mains, les fourrant dans sa bouche, sans se soucier de la caméra. Sa bouche a commencé à s'assécher et il a englouti le jus de fruit. Il avait le goût de ce que l'on fait soi-même à la maison. Grivois. Horrible.

C'est alors qu'il aperçoit le morceau de papier, plié sous le bol de céréales en plastique. Il l'a sorti et l'a déplié, s'attendant à quelque chose d'horrible comme les images de l'album. Mais ce n'était qu'un mot. Il but une gorgée de son jus d'orange en le lisant.

Josh -

Continue à faire ce qu'on te dit et tu pourras bientôt retrouver ta famille.

Loup solitaire

Josh l'a lu lentement, s'assurant qu'il comprenait bien chaque mot.

Loup solitaire. Il était sûr d'avoir déjà entendu ce nom. Cela avait peut-être un rapport avec les appels téléphoniques qu'ils avaient eus à la maison. Il décrochait le téléphone et personne ne parlait. Il était sûr que cela avait un rapport avec le travail de son père dans l'entreprise. Josh avait été si heureux lorsque son père lui avait annoncé qu'il partait. Et puis c'est arrivé.

Il regarde à nouveau la note, boit une nouvelle gorgée de jus de fruit. Elle ne disait rien de ce qui se passerait si les demandes n'étaient pas satisfaites. Si elle visait à le rassurer, elle avait l'effet inverse. À la première occasion, il comptait bien sortir d'ici.

Il se rassit sur le lit. Son corps était lourd, surtout ses jambes. L'horreur de la visite de Natalya s'estompait. Il se sentait à nouveau en sécurité.

Il s'enfonça à nouveau dans le lit et ferma les yeux. En quelques secondes, il s'endormit à nouveau.

26

Lock, Janice et Don s'installent à une table à l'arrière du bar, près d'un vieux juke-box Wurlitzer. Ty resta à l'extérieur, cherchant un Yukon pour ramener Janice et Don chez eux. Il fallait vingt minutes pour arriver à destination, ce qui laissait à Lock à peu près assez de temps.

Le bar sentait la bière éventée et les pets de vieillards - un effet secondaire malheureux de l'interdiction de fumer imposée par l'État. À l'heure du déjeuner, les clients étaient peu nombreux, mais les piliers de bar semblaient compenser leur manque d'effectif en buvant des quantités industrielles de bière et de whisky.

Comme on pouvait s'y attendre, Lock prit la chaise face à la porte et étudia Don pendant qu'il préparait leurs boissons au bar. S'il était directement impliqué dans la disparition de Josh, il faisait un très bon travail de dissimulation. Même les criminels les plus désengagés que Lock avait rencontrés dans sa précédente incarnation professionnelle avaient laissé entrevoir quelque chose, un petit " indice ", comme les joueurs de poker aimaient l'appeler. Il n'avait pas non plus cherché à convaincre Lock de son innocence - ce que les coupables aimaient bien faire lorsqu'ils étaient confrontés à une figure d'autorité qui leur posait des questions gênantes.

Lorsque tout le monde fut bien installé, Lock leva son verre - de Coca dans son cas. À quoi devrions-nous boire ?

Dans la société actuelle, il était difficile d'imaginer un sujet plus épineux.

Que diriez-vous de la survie ? propose Janice.

Et ceux qui n'ont pas réussi", a ajouté Don.

Lock n'avait aucun problème à réfléchir sur l'un ou l'autre de ces points. Ils entrechoquèrent leurs verres, s'attirant quelques regards larmoyants de la part des hommes au bar. Lock se surprit à étudier le visage de Janice tandis qu'elle enfonçait son bourbon dans un verre et fixait le fond du verre comme si un secret pouvait y être gravé. Il se demanda dans quelle mesure son calme actuel était dû au fait qu'elle avait été confrontée à sa propre mort.

Qu'en est-il de ceux que nous pouvons encore sauver ? demande Lock en s'adressant à Don.

Ce que j'ai dit à propos de l'enfant.

Les émotions sont vives de part et d'autre en ce moment.

Il n'est pas possible que quelqu'un qui travaille pour nous fasse une chose pareille.

Qui le ferait ?

Comment le saurions-nous ?

Alors, qui est Lone Wolf ?

Janice et Don partagent un regard vide. Mais pas avant d'avoir tous deux jeté un coup d'œil sur la table pendant une fraction de seconde. C'était la première fausse note que Lock avait détectée.

Laissez-moi respirer. Lock avait baissé le ton de sa voix jusqu'à ce qu'elle soit à peine perceptible. Qui est Lone Wolf ?

Il froisse la copie de l'e-mail qu'il a imprimée de Richard

L'ordinateur de Hulme et l'étale à plat sur la table.

Un autre regard entre les frères et sœurs.

Nous ne savons pas de qui vous parlez", dit Don.

Lock abattit son verre sur la table avec suffisamment de force pour attirer l'attention de tout le bar. Arrête de me mentir ou, si Dieu me vient en aide, je vais vraiment te faire du mal cette fois-ci".

Don a vidé son verre de bière. Ce n'est pas une seule personne. Je veux dire, c'est comme Spartacus ou quelque chose comme ça. Les membres du mouvement adoptent le nom.

Quand ils veulent menacer de mort ? demande Lock.

Quand ils veulent prendre position", dit Don.

Pour l'amour de Dieu, Don, arrête ça", dit Janice. Elle tourna son visage de manière à regarder directement Lock. Le loup solitaire est un homme qui s'appelle Cody Parker. C'est lui qui a eu l'idée de déterrer cette vieille dame et de la jeter à Times Square.

Et il a pris Josh Hulme ?

Don était debout. Il n'y a pas moyen, mec, pas moyen que Cody fasse quelque chose comme ça.

Lock le regarde fixement. Et comment le saurais-tu ?

Don détourne le regard, répondant ainsi à la question de Lock. Lock revient à Janice. Qu'en penses-tu ?

Don a raison. Il n'aurait pas fait une chose pareille".

D'accord, alors allons lui demander.

Don rejette la tête en arrière et rit. Et comment allez-vous faire ? Le gouvernement le recherche depuis des années et n'a jamais réussi à s'en approcher.

Lock réfléchit un instant avant de reprendre la parole. Avez-vous une pièce ? demanda-t-il.

Quoi ?

Pour le juke-box.

Don a regardé Lock comme s'il était fou, mais il a sorti une poignée de pièces de 25 cents et les a tendues.

Le choix des dames. Des préférences ?" demanda-t-il à Janice. Elle haussa les épaules, aussi confuse que son frère.

Lock prit les pièces et les injecta dans le Wurlitzer. Il choisit un morceau d'un groupe dont le nom contient le mot "death". Puis il retourna au bar et déposa cent dollars sur le comptoir. Les boissons sont pour moi, mais j'ai besoin que vous mettiez le volume au maximum.

Lock se rassied à côté de Don et Janice alors que les premières mesures de la guitare distordue et de la batterie martelée noient tout le reste. Il s'est penché pour que son visage soit à quelques centimètres du leur. Tout ce qui me préoccupe pour l'instant, c'est que Josh Hulme retourne sain et sauf dans sa famille. Pour que vous compreniez bien ma position personnelle, je me fiche pas mal des petits lapins en fourrure qui se font verser du shampoing dans les yeux, et actuellement, je me fiche pas mal de Meditech non plus. Je vais donc vous donner le choix à tous les deux. Il n'est absolument pas négociable, et vous avez jusqu'à la fin de cette chanson pour prendre votre décision. Avec ce que vous m'avez déjà dit, je peux remettre ça au FBI et vous serez tous les deux accusés de conspiration. Janice, vous mourrez dans un établissement pénitentiaire, probablement avant le procès. Don, vu la façon dont les enlèvements d'enfants sont perçus par les tribunaux, sans parler des gardiens et des détenus, vous risquez d'en faire autant. En fait, j'irai à la barre pour maximiser les chances que cela arrive. C'est la première option.

La chanson prenait de l'ampleur, le guitariste principal s'efforçant de trouver des notes discernables uniquement par les dauphins. Au bar, une bousculade avait éclaté entre deux types pour savoir qui serait le prochain à être servi. Un verre s'est brisé sur le sol.

Quelle est notre autre option ? demande Janice.

Vous m'emmenez chez Cody Parker.

Don s'est renversé dans son fauteuil. Qu'est-il arrivé au chien ?

La question décontenança Lock. Quel chien ?

Votre ami dans la voiture. Son chien.

Le chien a attaqué le cousin de Tyrone, et tu vois, Ty est vraiment sentimental quand il s'agit d'enfants, dit Lock en attrapant le poignet douloureux de Don. Plus sentimental qu'il ne l'est pour les animaux. Tu veux savoir ce qui est arrivé à ce chien qu'il aimait tant ? Il l'a abattu. Et si vous vous moquez de nous, je dirais qu'il y a de fortes chances qu'il vous fasse la même chose.

27

Je parie que vous suivez les comédiens en criant les punchlines avant qu'ils ne puissent les prononcer", dit Ty en jetant ses clés à Lock.

Hé, ça a marché. Ils vont nous aider.

Ty fixa Don, qui s'affairait à faire remonter sa sœur dans la Toyota de Lock. Ils feraient mieux", dit-il en grimpant dans la cabine du Yukon.

Tu sais ce qu'il faut faire, n'est-ce pas ? lui demande Lock.

Bien reçu.

Alors que Ty sortait du parking du bar, Lock revint pour voir si Don avait besoin d'aide.

Il devait admettre qu'ils formaient un groupe de recherche bien étrange : une fille en fauteuil roulant avec une jambe gauche sujette à des spasmes aléatoires, un jeune homme qui la poussait d'une main tout en se massant le poignet de l'autre, un type à la coupe rase entrecoupée d'une cicatrice de six pouces presque neuve, et un Afro-Américain d'un mètre quatre-vingt-dix sans cheveux et plein de tatouages.

Lorsque Lock sortit sa voiture du parking, le SUV noir dans

lequel se trouvait l'équipe de surveillance du JTTF les attendait. Pour s'assurer que l'option deux choisie par Janice et Don Stokes ne se transforme pas en option un, sa première tâche était de perdre la queue. Étant donné que la police militaire royale était la branche qui enseignait au reste de l'armée britannique les techniques de conduite défensives et, lorsque le besoin s'en faisait sentir, offensives, cette perspective ne l'inquiétait pas outre mesure.

Son téléphone émet un bip. Il l'ouvre et conduit d'une main.

Hé, cow-boy.

Carrie ?

Combien d'autres blondes sexy qui viennent d'obtenir une part d'audience de 35 % t'appellent ?

Trente-cinq, c'est bien ?

Il y a dix ans, c'était bien. Aujourd'hui, c'est spectaculaire".

Katie Couric doit-elle s'inquiéter ?

Elle a fait pipi dans son pantalon.

Ecoutez, vous pouvez faire des recherches pour moi ? Mais j'ai besoin d'un embargo".

La demande d'embargo a été accueillie par le silence.

Carrie ?

Oui, d'accord. Qu'est-ce que c'est ?

L'histoire d'un homme du nom de Cody Parker.

Vous avez compris.

Merci", dit Lock en mettant fin à l'appel.

Se tournant vers Don, il lui pose une question dont il connaît déjà la réponse : "Alors, où d'abord ?

Don lui a donné une adresse. Ce n'était pas celle qu'il lui avait donnée quelques instants plus tôt.

Don jette un coup d'œil par-dessus son épaule vers le SUV de la JTTF. Ils ne vont pas nous entendre ?

Non, ils sont trop loin, mentit Lock en allumant la radio et en augmentant le volume après coup.

. . .

À l'arrière du SUV noir, le responsable des communications de l'équipe de surveillance composée de trois personnes affiche un large sourire. Nous avons une adresse.

Le chauffeur lui jette un coup d'œil. Pour quoi faire ? demanda-t-il.

On le saura quand on y sera, je suppose. Vous pourriez aussi bien vous détendre. Ça va être facile.

Don jette un coup d'œil nerveux par-dessus son épaule alors qu'ils s'arrêtent à un feu.

Ne vous inquiétez pas pour eux, dit Lock. Même si nous sommes dans une Toyota compacte de 12 000 dollars et qu'ils sont dans des véhicules en acier spécialement modifiés par le gouvernement d'une valeur de 50 000 dollars, nous avons quelques atouts en notre faveur.

Ah oui ?

Eh bien, pour commencer, je conduis une boîte de vitesses", explique Lock, qui enclenche la vitesse et accélère au moment où le feu passe au vert.

Don jette à nouveau un coup d'œil par-dessus son épaule pour voir le SUV s'incliner vers l'avant. Je ne pense pas que cela suffira d'une manière ou d'une autre.

Vous ne m'avez pas laissé finir, dit Lock en continuant d'accélérer alors qu'ils atteignaient l'intersection suivante. Plus important, le problème avec ce qu'ils conduisent est que non seulement c'est un SUV, mais qu'il est aussi blindé. Ce qui signifie que... . .' Il se concentre sur sa prochaine manœuvre, changeant de vitesse à l'entrée du virage, freinant à l'apex et accélérant à nouveau. Qu'il tourne comme une brique en caoutchouc.

Derrière eux, le SUV noir a reculé. Trop loin. Comme Lock

l'avait prédit, le conducteur accéléra alors qu'il aurait dû ralentir pour tenter de rattraper sa cible. Il prit le virage trop vite et les roues du lourd véhicule à flancs hauts perdirent leur adhérence. Alors que le SUV bascule d'un côté à l'autre, le conducteur appuie sur les freins pour reprendre le contrôle du véhicule.

Derrière eux, Ty, au volant du Yukon, saisit l'occasion, freine une seconde trop tard et percute le véhicule du FBI par l'arrière. Celui-ci s'est brusquement déporté vers l'avant et les deux airbags frontaux se sont déployés. Les deux véhicules s'arrêtent.

Ty se dirigea vers le véhicule du FBI et ouvrit la porte du côté conducteur, tandis que ce dernier poussait l'airbag.

Désolé, mec, dit Ty, tu as ralenti trop vite pour moi. La distance de freinage sur ces engins est une vraie plaie, n'est-ce pas ? Écoute, tu veux bien noter les détails de mon assurance ?

Ty jeta un coup d'œil à l'arrière, où le responsable des communications retirait un casque tout en essayant d'extraire le siège avant de sa bouche.

Ah, zut, vous n'êtes pas des flics, n'est-ce pas ?

28

Lock inspira profondément et franchit la porte de l'appartement. Une explosion d'un genre très différent faillit le faire tomber de son piédestal. L'air empestait la mort et la pourriture. Son estomac se serra lorsqu'il s'engagea dans l'étroit couloir, tapissé de vieux journaux et d'autres matières organiques moins salubres.

Dehors, au bas de l'escalier, il entend le sans-abri qu'il a croisé en entrant, engagé dans un discours philosophique à sens unique. 'Putain de salopes. Elles vident un négro de son sang. Où est la justice, mon frère ?

Don et Janice sont dans la voiture, Janice épuisée par les événements de la journée et Don ne voulant pas affronter Cody.

Si Cody était là.

La serrure ouvrit d'un coup de pied une porte déjà entrouverte qui donnait sur un salon. Une femme âgée était assise dans un fauteuil, la télévision toujours allumée, le volume baissé. Elle ne respirait plus. Ses yeux étaient fermés.

Un gros matou roux était assis sur ses genoux, rongeant sa main. D'après les griffures sur son visage, il était évident que sa main n'avait pas été la seule partie de son corps à recevoir de l'attention.

Lock se dirigea vers elle. 'Obtenir'.

Le chat a attendu suffisamment longtemps pour montrer qui était le patron, puis il a sauté à nouveau sur le sol.

Lock quitta le corps et vérifia les autres pièces. Même avec un inhalateur Vicks dans chaque narine, une astuce employée par les policiers et les techniciens médicaux d'urgence, personne n'aurait pu supporter la puanteur plus de quelques minutes.

De retour sur la passerelle, son corps a pris le dessus et il a vomi. Des formes noires défilaient devant ses yeux. Ça y est, pensa-t-il. Le premier black-out. Mais ce n'est pas le cas. Son estomac a cessé de rouler sur lui-même et sa tête s'est suffisamment éclaircie pour qu'il puisse composer le 911.

DANS CE QUARTIER DU BRONX, Lock devine qu'un cadavre seul dans un appartement ne mérite pas qu'on se précipite sur les lieux, et les flics prennent leur temps. Si les autorités ne se souciaient pas trop de la façon dont cette femme avait vécu, pourquoi cela changerait-il maintenant qu'elle était morte ?

Il redescendit vers la voiture. Janice a blanchi en le voyant. Tu vas bien ?

L'inquiétude d'une femme mourante l'a fait se sentir encore plus mal. Don est sorti de la voiture et Lock lui a dit ce qu'il avait trouvé à l'intérieur.

C'est la mère de Cody.

Lock a demandé à Don de lui donner une description rapide. Elle correspondait à la réalité. Il ne voulait pas demander à Don d'entrer et de jeter un coup d'oeil. Pas aujourd'hui.

Écoutez, Cody est peut-être un peu fou, mais il n'y a aucune chance qu'il ait...

Je sais.

Il n'y avait aucun signe de traumatisme majeur, de coups de couteau ou de blessures par balle.

Cody et sa mère étaient-ils proches ?

Oui, je pense que oui.

Elle a participé au mouvement ?

C'est ce qui a poussé Cody à commencer.

C'est parfait. Lock fouilla dans sa veste pour prendre son portable et le tendit à Don. Commencez à faire passer le mot. Mais ne dis à personne qu'elle est morte, dis simplement qu'il s'est passé quelque chose. Qu'elle est en mauvaise posture. Oh, et retournez dans la voiture, nous devons continuer à avancer.

S'ils devaient trouver Cody Parker, il n'allait pas le faire en convoi.

Lock conduit pendant que Don passe les appels à l'arrière, Lock insistant pour que le haut-parleur reste allumé afin qu'il puisse entendre les deux bouts. Au bout de six appels, ils commençaient à se réchauffer. Une femme d'un "refuge pour animaux" non officiel de Long Island a confirmé que Cody était parti chercher des provisions, mais qu'il était de retour.

Sous l'impulsion de Lock, Don lui dit d'empêcher Cody d'aller chez sa mère. Les flics sont partout.

Vous l'avez trouvée ? demande la femme à Don.

"A peu près".

Cody voudra alors vous parler.

29

En chemin, ils ont déposé Janice dans une jolie maison de banlieue à Dix Hills, appartenant à une femme dont la fille avait également souffert de la SEP et qui avait rencontré Janice dans un groupe de soutien aux familles touchées par cette maladie. La femme a jeté un coup d'œil à Lock et a fait entrer Janice chez elle en claquant la porte sans un regard en arrière.

Lock rappelle Meditech et obtient Brand, qui l'informe avec joie que Ty est détenu par les Fédéraux et que les deux Van Straten sont loin d'être des lapins heureux. Lock le remercia pour la mise à jour. Rien de tout cela n'avait d'importance : ils se rapprochaient de Josh. Lock le sentait.

Sur le chemin du refuge, Don explique à Lock l'histoire de Cody. Gérés par des bénévoles et utilisés pour héberger les animaux "libérés" par le mouvement, ces refuges étaient disséminés dans tout le pays. Une sorte de chemin de fer clandestin pour les quadrupèdes, pensait Lock. Lorsque les animaux étaient capturés, ils restaient techniquement la propriété de l'entreprise qui les avait utilisés pour des expériences, de sorte que les refuges où ils étaient gardés tendaient à rester hors du radar. Seuls les activistes les plus fiables connaissaient leur emplacement, ce qui amena Lock à se demander où Don Stokes se situait sur le spectre de l'extrémisme.

Le refuge qu'ils s'apprêtaient à visiter était dirigé par une femme avec laquelle Cody entretenait une relation épisodique.

Un chœur d'aboiements provenant de l'arrière de la maison salua leur arrivée. Lock vérifia son SIG. Lorsqu'il vit l'arme, Don changea d'attitude.

Pas d'armes à feu", a-t-il dit.

Quoi ?

C'est l'une des règles.

C'est peut-être une des règles pour vous, les fous. J'ai mes propres règles. Et la sixième est la suivante : lorsque vous êtes confronté à un criminel recherché, portez une arme".

Vous n'allez pas le dénoncer, n'est-ce pas ?

Cela dépend.

Sur quoi ?

S'il a Josh Hulme", dit Lock, omettant d'ajouter que si Cody l'avait, il le livrerait comme un cadavre.

Il ne le fait pas. Vous devez me croire.

Allons voir, alors.

En vérité, Lock n'avait pas l'intention de livrer Cody Parker aux autorités. Pas encore, en tout cas. Si Cody était arrêté, Lock savait que la première chose qu'il ferait serait de prendre un avocat et d'invoquer le cinquième amendement.

La maison avait été peinte en blanc, mais elle avait viré au jaune, et la cour avant était envahie par la végétation. Don fit le tour par le côté. Lock suivit quelques pas derrière. Ils furent accueillis par une meute de chiens qui s'approchèrent d'eux en bondissant, dans un flot de queues qui s'agitaient et de langues qui traînaient. Un Labrador Retriever jaune et turbulent, ayant la forme d'une boule de bowling et le même élan, enfonça son museau dans l'entrejambe de Lock. Le sommet de la tête du chien présentait une cicatrice rectangulaire là où la peau avait été arrachée. Lock se demanda s'il s'agissait du chien-affiche des manifestations de Meditech. Il lui gratta les oreilles et le chien se rapprocha encore plus de lui.

C'est Angel. Elle a été retirée d'un laboratoire à Austin".

Ils tournèrent au coin de la rue pour trouver Cody Parker, qui transportait un sac de nourriture pour chiots de taille industrielle. Il fixa Lock pendant une seconde avant de se tourner vers Don, mais ne fit aucun geste. Il ne semblait pas non plus éprouver de chagrin. Peut-être que la femme à qui Don avait parlé ne lui avait pas encore annoncé la mauvaise nouvelle.

Ils l'ont eue, hein ? dit-il à Don.

Oh-oh, pensa Lock, c'est parti. Tous à bord de l'express paranoïaque. Cody jeta le sac de nourriture. Qui est-ce ?

Ryan Lock.

Cody était un grand gaillard avec une queue de cheval blonde comme une prostituée qui lui descendait jusqu'à la moitié du dos. Il faisait 1,80 m pour 1,90 kg, mais rien de bien gras.

Je me souviens maintenant. Meditech. Tu es venu me tuer aussi ? demanda Cody en déplaçant un autre sac.

Vous n'y croyez pas vraiment ? dit Lock, pris au dépourvu par la question.

Que ma mère a été assassinée ou que vous êtes ici pour me tuer ? Cody se tenait debout, les pieds écartés, les bras le long du corps, bien trop détendu pour croire à la seconde partie. Si c'est la seconde, je ne vois pas pourquoi vous auriez amené un témoin.

OK, alors pourquoi quelqu'un aurait-il voulu assassiner ta mère ?

Parce qu'ils pensent que j'ai quelque chose.

Qu'est-ce que c'est ?

J'ai dit qu'ils pensaient que je l'avais fait, pas que je le faisais.

L'un des hôtels où logeait Cody a été cambriolé il y a quelques semaines", explique Don.

Lock repensa à l'appartement du Bronx. Jusqu'à quel point les ambitions d'un cambrioleur devaient-elles être basses pour viser un tel trou à rats, sans parler de tuer une vieille dame ?

Qu'ont-ils pris ?

Des papiers surtout.

Qu'y avait-il dedans ?

Détails des endroits où l'on torture les animaux".

Vous voulez dire les laboratoires ?

Entre autres.

Mais Meditech a mis fin à ses essais sur les animaux.

C'est ce qu'ils disent tous.

Ecoutez, je suis ici pour trouver Josh Hulme.

Il pense que vous l'avez enlevé, ajoute Don.

Cody n'a pas cillé. Et pourquoi voudrais-je faire ça ?

Parce que tu en es capable, intervint Lock.

Tout le monde est capable de faire de grosses bêtises si on le pousse à bout.

Alors, ça vous dérange si je jette un coup d'œil ?

Allez-y.

Lock se dirigea vers la porte moustiquaire à l'arrière de la maison. Cody, Don et le Labrador le suivirent à l'intérieur. Il essaya d'éloigner le chien, mais celui-ci continua à le suivre.

Il doit être plus dérangé dans sa tête qu'on ne le pensait", pense Cody en faisant un signe de tête au chien.

Lock gratta sa cicatrice tandis qu'elle se frottait à ses jambes. Si Cody avait Josh ici, il était remarquablement calme.

Vous connaissez une fille qui s'appelle Natalya Verovsky ?

Je connais le nom, bien sûr. Tout comme je connais le nom de Richard

Hulme. Et son fils. On en a parlé partout dans les journaux".

Vous savez que le FBI vous recherche ?

Ils n'ont rien à voir avec ça.

Ce n'est qu'une question de temps. Je doute que la transformation d'un vol de tombeau en kidnapping soit un exercice difficile pour un jury. A moins que vous ne refusiez de déterrer Eleanor Van Straten également.

Cody a regardé Don en face. Un signe qui ne trompe pas. Cody le savait aussi. Je vais devoir plaider le cinquième sur ce point, mon ami", dit-il. Mais laissez-moi vous poser une question.

Lock s'arrêta au milieu du salon. Allez-y.

Pourquoi Gray Stokes s'est-il fait exploser la tête ? Et que l'on ne vienne pas me raconter cette vieille histoire que les médias ont racontée aux gens à la maison à propos du tireur d'élite qui a visé Van Straten et l'a raté. C'était du grand n'importe quoi. Un tir. Un meurtre".

Je ne peux pas répondre à cette question.

Cody le regarde fixement. Eh bien, je peux.

Lock s'assit sur un canapé couvert de poils de chien. Angel laissa tomber sa tête sur les genoux de Lock et le fixa de ses yeux bruns millénaires. Éclaire-moi, alors", dit-il.

Tu es sincère, mon frère ? Stokes et tous les autres membres du mouvement ont fait pression sur Meditech pendant des mois. Nous pensions que si nous pouvions les amener à cesser d'utiliser des animaux, une grande entreprise comme celle-là, tous les autres s'aligneraient. Mais ils se sont entêtés. Ils ont continué à embaucher de plus en plus de gens comme vous. Puis, d'un coup d'un seul, ils ont cédé. Comment cela se fait-il ?

Lock est resté silencieux.

Je n'ai peut-être pas toutes les réponses, mais j'ai au moins quelques-unes des bonnes questions", a déclaré Cody.

Disons qu'ils en ont eu assez des intimidations", propose Lock. Cela arrive.

Cody éclate de rire. A des particuliers, bien sûr. Mais à une entreprise qui cherche à obtenir un gros contrat du Pentagone ?

Quoi ?

Oh, mais personne n'est censé le savoir, n'est-ce pas ?

Comment se fait-il que vous le fassiez ?

Vous pensez qu'il n'y a pas de gens à l'intérieur aussi ? Les gens peuvent adhérer à une entreprise comme Meditech, croire à toutes les promesses de guérison du cancer, mais certains d'entre eux ouvrent les yeux. Tout tourne autour de l'argent. Cela a toujours été le cas. Il en sera toujours ainsi.

Qu'est-ce que cela a à voir avec Josh Hulme ? Ou Gray Stokes, d'ailleurs ?

Comme je l'ai dit, je n'ai que des questions. Mais il n'est pas nécessaire d'être un génie pour comprendre que le règlement aurait dû être la dernière chose à laquelle Van Straten pensait. Un gros contrat comme celui-là signifie plus de tests. Plus d'animaux torturés, comme votre nouveau meilleur ami. Cody fit un signe de tête en direction d'Angel, qui s'était endormi la tête sur les genoux de Lock. Mais faire une trêve, c'est ce qu'ils ont fait, et la minute d'après, Janice est en train de ramasser la cervelle de son père sur le trottoir. Il savait quelque chose, mon ami. Il savait quelque chose d'assez important pour les faire reculer et le faire tuer en même temps.

OK, qu'est-ce qu'il savait ?

Cody applaudit à tout rompre. Bravo, Monsieur "Take the Corporate Dollar". Maintenant, vous posez les bonnes questions. Ecoutez, j'ai quelque chose ici quelque part qui pourrait vous aider. Je vais le chercher pour vous.

J'ai cru qu'on vous avait volé toutes vos affaires.

Les lèvres de Cody s'écartent, forçant un sourire. Pas tout à fait.

Cody sortit de la pièce. Moins de cinq secondes plus tard, on entendit le bruit d'une porte moustiquaire qui se refermait et Cody qui se mettait à courir. Lock s'est immédiatement levé et a renversé Angel sur le sol. Angel se redressa et se jeta dans les jambes de Lock. Celui-ci trébucha, mais resta debout.

Alors qu'il s'engageait dans l'embrasure de la porte, Don se mit en devoir de lui barrer la route. Lock l'envoya au sol d'un coup d'épaule et se précipita à l'extérieur, juste à temps pour voir un pick-up rouge s'élancer dans l'allée, de la neige et de la boue s'échappant de ses pneus arrière.

Lock sortit son arme, mais le camion était déjà hors de portée pour frapper les pneus, et il ne pensait pas que tirer sur un civil non armé, même sur un fugitif recherché, sans l'autorité nécessaire, serait bien vu. Il rengaina son SIG lorsque Don sortit.

Don lit le regard que Lock lui lance. Je suis désolé de m'être mis en travers de votre chemin, mais Cody est mon ami.

Et vous feriez un sacrifice pour vos amis, n'est-ce pas ?

Et pour le mouvement.

Eh bien, j'admire votre position de principe ", dit Lock en saisissant le poignet de Don et en terminant ce qu'il avait commencé. Il se brisa avec un craquement sourd.

Don hurle à l'agonie. Fils de pute ! Tu l'as cassé ! Tu m'as cassé le poignet !

Refaites quelque chose comme ça et je vous brise le cou.

30

Lock s'éloigna de la maison avec un vieux labrador jaune sur le siège passager avant, à la place de Josh Hulme. Angel les avait suivis, Don et lui, jusqu'à la voiture, avait sauté dedans, puis avait refusé de bouger. Lock l'avait regardée fixement, et elle l'avait regardée fixement en retour. Et puis merde, s'était dit Lock, qu'est-ce qu'une affaire abîmée de plus dans une voiture qui en est remplie ?

Où allons-nous maintenant ? demande Don depuis le siège arrière.

Lock appuie sur le bouton pour verrouiller les portes arrière. Mon ami, tu vas aller en prison".

Je l'ai trouvé pour vous.

Et vous l'avez aidé à s'enfuir.

Il n'a pas d'enfant.

Pourquoi s'est-il enfui ?

Il est recherché, voilà pourquoi. Mais pas pour ça. Lock pivota sur lui-même. Il l'est maintenant.

Tu aurais dû l'écouter, plaide Don.

'Laissez-moi tranquille. Vous pensez que tout le monde vous veut du mal".

OK, très bien, alors pourquoi mon père savait-il qu'il allait mourir ?

Il vous a dit cela ?

Il n'a pas eu à le faire.

Tandis qu'Angel collait sa tête au plus près de la ventilation de la climatisation, Lock étudia Don dans le rétroviseur. Continue de parler.

Vous avez déjà entendu le discours que Martin Luther King a prononcé à Memphis avant d'être abattu ?

Celui de "I Have a Dream" ? se risqua Lock.

Non. Celle-ci parlait de l'ascension d'une montagne, de la victoire du mouvement des droits civiques, mais aussi du fait qu'il ne serait peut-être pas là pour voir la victoire finale. Quelque chose comme ça en tout cas. Mais quand on voit le film, on a l'impression qu'il sait qu'il ne lui reste plus beaucoup de temps à vivre.

Des gens avaient déjà essayé de tuer King auparavant.

Oui, mais c'était différent.

La colère de Lock à l'égard de Don s'est suffisamment apaisée pour raviver son intérêt.

Qu'est-ce que cela a à voir avec votre père ? Tu penses qu'il savait que quelqu'un allait tenter de lui ôter la vie ?

Non, rien de très précis, mais c'est comme s'il savait qu'il se passait quelque chose. C'est juste une chose étrange qu'il disait. Il disait que les choses allaient changer, que nous devions rester forts.

Janice m'a dit que vous aviez reçu des menaces. Vous en avez reçu dans les jours qui ont précédé ?

Non, tout est devenu très calme sur ce front.

Peut-être que tes parents ne voulaient rien dire, suggéra Lock.

Croyez-moi, je l'aurais su. Sinon, à quoi bon menacer ?

Tu devrais peut-être le demander à ta sœur. Ou à ton pote Cody. Don n'avait pas tort. Lock devait le reconnaître. Dans un

Dans la foule, il ne s'est jamais inquiété de voir le fou crier des obscénités, se faire mousser et proférer toutes sortes de menaces. Il ne fallait s'inquiéter que lorsqu'ils se taisaient. Il y a un océan de différence entre quelqu'un qui vous dit qu'il est sur le point de commettre un acte de violence et quelqu'un qui est résolu à le faire.

Quelqu'un qui aurait décidé de le faire ne ressentirait pas le besoin de le faire savoir au monde entier. En fait, la dernière chose qu'elle ferait serait de diffuser le fait et de donner le change à l'autre personne.

Tandis que Don boude à l'arrière, Lock redescend sur la Long Island Expressway. Angel avait réussi à passer sa tête sous le volant et à la reposer sur les genoux de Lock. Cela rendait les changements de vitesse difficiles. Lock posa une main sur le volant et caressa la tête du chien de l'autre, reconnaissant du calme relatif et du temps que cela lui donnait pour décider de la marche à suivre.

Il a laissé le FBI poursuivre Cody Parker. Ils pourraient avoir Don aussi. Cela le ramenait à la case départ. Et à l'intérieur de cette case, il y avait une femme morte.

Lock s'est arrêté dans une supérette à côté du West Jericho Turnpike et a acheté un sac de nourriture sèche pour chien, une bouteille d'eau et deux gamelles. Angel a dîné à la belle étoile sur le parking glacial avant de se diriger vers un coin d'herbe à l'arrière du magasin et de choisir soigneusement le bon endroit pour faire ses besoins. Elle suivit ensuite Lock jusqu'à la voiture et sauta sur le siège avant.

C'est un arrangement temporaire, alors ne te fais pas d'idées", lui dit-il. Et s'ils ont besoin de toi pour guérir le cancer, je te vire à coups de pied au cul. Comprende ?

Angel penche la tête.

Et vous pouvez vous débarrasser d'un truc mignon comme ça".

Don se penche en avant par l'espace entre les sièges avant. Alors, où allons-nous maintenant ?

Nous n'allons nulle part", répond Lock. Je retourne au travail et vous allez en prison.

31

Ce dont Federal Plaza avait vraiment besoin, c'était d'un plus grand nombre de portes tournantes, pensa Lock en poussant Don dans une direction tandis que Ty était emmené par Frisk dans l'autre.

Échange-toi", dit Lock en propulsant Don vers Frisk.

J'allais le laisser partir de toute façon", dit Frisk en faisant un signe de tête à Ty.

"Vraiment ? Je pensais qu'endommager une propriété fédérale était un délit grave".

Ty prend la main molle de Don. Il est en train de casser le poignet d'un type. Frisk se pencha pour chatouiller l'oreille d'Angel et remarqua la cicatrice. So

Qu'est-ce que le chien t'a fait ?

Elle était comme ça quand je l'ai trouvée", dit Lock. Il jette un coup d'œil à Don. Pour mémoire, il l'était aussi.

'Uh-huh'.

Je ne pense pas qu'il te croie, dit Ty.

Je suis payé pour me méfier", dit Frisk. Il penche la tête vers Don. Quelle est son histoire ?

La brebis galeuse de la famille Stokes".

C'est ce que je pensais. Mais il a trouvé Cody Parker pour moi". Cette remarque semble attirer l'attention de Frisk. Où est-il ?

Il est parti, dit Lock.

Mais vous l'avez vu ?

Brièvement".

Vous avez vu le garçon ?

Je ne pense pas qu'il l'ait.

Les trois hommes réagissent. Don semble le plus surpris. C'est ce que j'essayais de vous dire, dit-il.

Lock le fit taire d'un regard. Quand j'aurai besoin de votre avis, Donald, je ne manquerai pas de vous le donner.

Comment se fait-il que vous pensiez que Parker n'a pas le garçon ? demande Frisk.

Ce n'est pas son genre.

C'est tout ?

J'ai parlé avec lui. Plus que vous ne l'avez fait.

Et vous l'avez laissé partir.

Il s'est échappé. Il y a une différence.

Frisk pose une main sur l'épaule de Don Stokes. OK, voyons ce que je peux obtenir de cet imbécile.

Vous devriez lui trouver un médecin pour son poignet. Il s'est pris dans la portière de la voiture quand Parker s'est enfui.

TY ET LOCK ont attendu d'être à un bloc de distance avant de parler.

Qu'est-ce qui se passe vraiment ? demande Ty.

Ce que j'ai dit à Frisk. A part Don qui s'est coincé la main dans la portière. Je l'ai cassée.

'Eh bien, bien sûr'.

Des cercles de plus en plus étroits, Tyrone. Chuchotez-le, mais je ne pense pas que les défenseurs des droits des animaux aient Josh Hulme".

Alors, qui le fait ?

Peut-être s'agit-il simplement d'un K et d'un R.

C'est une très grosse coïncidence.

Ou pas. Meditech fait parler d'elle. Tout le monde sait qu'ils sont assez importants pour avoir une politique conséquente. Le kidnappeur ne va pas s'approcher de quelqu'un comme Van Straten de peur de se faire descendre, alors il attrape l'enfant du chercheur en chef. La semaine précédente, cela aurait pu être le PDG de Microsoft. Nous n'avons pas eu de chance".

Seul Richard Hulme n'est pas couvert.

Il se peut qu'ils ne le sachent pas.

Où cela nous mène-t-il ?

Je ne peux pas passer à côté de la jeune fille au pair.

Parce qu'elle est russe ?

Quel est l'un des crimes à but lucratif qui a connu la plus forte croissance au niveau international au cours des cinq dernières années ?

Kidnapping pour obtenir une rançon.

Et qui a ouvert la voie ?

Islamistes, Colombiens et Russes".

Sauf que les Colombiens restent sur leur territoire, tout comme les islamistes, ce qui laisse les Russes. La vague s'est déplacée vers l'ouest. Vous vous souvenez de cette famille de banquiers qu'ils ont enlevée à Francfort ? Et l'agent de change à Londres ? Il a échangé la moitié de la réserve de liquidités de son entreprise sans que personne ne le sache. Ce n'était qu'une question de temps avant qu'ils n'atteignent l'Amérique du Nord. Et comme ils ne connaissent pas le territoire, ils s'attaquent à celui qui a le profil le plus élevé et la sécurité la plus faible".

Mais il n'y a pas eu de demande de rançon ou d'avertissement d'aucune sorte, mec. Je n'y crois pas", dit Ty.

Lock se mordit la lèvre inférieure. Non... mais explique-moi comment Natalya est montée dans cette voiture avec Josh Hulme.

Je ne peux pas.

Moi non plus.

32

Cela faisait longtemps que Lock n'était pas venu dans l'appartement de Carrie, mais cela ne devait pas faire plus de trois ou quatre mois. N'étant pas du genre à suivre des règles, Carrie l'avait invité à revenir dès le premier rendez-vous, en soulignant qu'elle n'était normalement pas ce genre de fille. Il n'était pas non plus ce genre d'homme, mais l'attirance entre eux avait été à la fois immédiate et puissante, plus une connexion qu'un branchement. Le fait d'être de retour ici, surtout avec tout ce qui s'est passé, a calmé Lock.

Il avait appelé Carrie depuis sa voiture et elle l'avait rejoint à la patinoire extérieure du Rockefeller Center avant de suggérer qu'il ferait peut-être plus chaud à son appartement. Lock n'avait pas pensé à argumenter.

Alors qu'il accrochait sa veste dans le placard de l'entrée, il se rendit compte à quel point elle lui avait manqué. L'intensité du travail lui avait permis de mettre ces sentiments de côté. Mais la domesticité calme et ordonnée de son appartement, les fleurs fraîches dans un vase sur la table basse, l'odeur de cirage des meubles, l'air chaud qui s'échappe doucement par les bouches d'aération, tout cela conspirait à lui faire ressentir une vague de regret.

Le sentiment d'une occasion manquée s'amplifia dès qu'il s'installa sur le canapé. Il jeta un coup d'œil aux photos encadrées sur le buffet en acajou. Lock connaissait la plupart d'entre elles, à l'exception d'un ajout récent.

Elle a dû être prise lors d'un séjour au ski. Carrie se tenait debout, les bras enroulés autour de la taille d'un homme, tous deux souriant à l'appareil photo comme de jeunes mariés. Il avait à peu près l'âge de Lock, avec un bronzage naturel acquis à grands frais et des dents blanchies pas si naturellement que ça. Lock le détestait à vue d'œil.

Carrie sort de la chambre, après avoir enfilé un jean et un pull. Elle vit Lock qui regardait la photo. C'est Paul", dit-elle. C'est l'un de nos producteurs. Il a divorcé l'année dernière. Nous nous fréquentons depuis un certain temps. Elle semble vouloir passer outre la gêne du moment.

Hé, c'est un pays libre", répond Lock, un peu trop vite pour être convaincant.

C'est un type très bien. Tu l'aimerais bien.

J'en doute quelque peu.

En signe de soutien, Angel a sauté sur le canapé, s'est allongé à côté de Lock et a commencé à lui lécher les parties génitales.

Eh bien, c'est gênant", dit-il en détournant son regard du chien.

Gal doit avoir un hobby, n'est-ce pas ?

On parle toujours de Paul ? Carrie rit.

Alors, c'est grave ?

Oh, Ryan. Si je te disais maintenant que je laisse tomber Paul et que nous pouvons essayer à nouveau, qu'est-ce que tu dirais ?

Il savait où cela menait. La profession de Carrie, comme celle d'un avocat plaidant, fait qu'elle pose rarement une question dont elle ne connaît pas la réponse.

Je dirais que j'ai un petit garçon à retrouver.

Et je t'aime pour ça, mais ça ne nous mène nulle part, n'est-ce pas ?

Ils retombèrent dans le silence. Angel finit de se lécher et fit un geste pour renifler le visage de Lock.

Ce n'est pas que je n'apprécie pas l'idée, mais tu n'es vraiment pas mon genre", dit Lock à la chienne, en lui détournant doucement la tête d'une main.

Carrie s'affaira à préparer des pâtes et de la salade pendant que Lock ouvrait une bouteille de vin rouge. Il pensait qu'elle pouvait rendre élégante même une chose aussi banale que de faire bouillir de l'eau. Tout ce qu'elle faisait était si précis, si minutieux.

Oh, j'ai failli oublier. Elle se dirigea vers un tabouret, prit son sac, en sortit un dossier qu'elle tendit à Lock. Tout ce que vous avez toujours voulu savoir sur Cody Parker sans jamais oser le demander.

Carrie n'avait pas seulement accumulé les coupures de presse habituelles, elle avait également mis la main sur les rapports d'arrestation, les transcriptions judiciaires des premières transgressions de la loi commises par Cody, ainsi que sur certains profils classifiés et des informations d'écoutes téléphoniques provenant de la JTTF.

Comment avez-vous obtenu tout cela ?

Je pourrais vous le dire, mais je devrais alors vous tuer.

Pourvu que je mange d'abord", dit Lock en s'installant pour lire rapidement la masse d'informations.

Don devait avoir raison quant à l'influence de la mère de Cody sur ses convictions, car son casier judiciaire a commencé très tôt. Quatorze en fait. Mais presque tous les délits étaient contre la propriété. Il était le principal suspect dans l'exhumation et l'abandon d'Eleanor Van Straten, mais même cela, on peut le dire, concernait un objet inanimé. La seule chose qui s'en rapprochait le plus était une alerte à la bombe contre une entreprise de construction d'un nouveau centre d'expérimentation et de recherche sur les animaux près de l'ancien chantier naval de Brooklyn. Le client était Meditech.

Qui t'a demandé de faire cette recherche ? Lock fait glisser le papier sur le marbre en direction de Carrie.

Cela aurait été moi.

Eh bien, n'allez pas encore faire de la place pour ce Pulitzer sur vos étagères".

Oh, et pourquoi cela ?

Parce que je connais toutes les installations de Meditech. Et je n'ai jamais entendu parler d'une installation au chantier naval".

Carrie grignote un morceau de radicchio. Je vais vérifier pour vous, si vous voulez.

Probablement une faute de frappe de quelqu'un d'autre. Beaucoup de ces entreprises ont des noms similaires".

Que dites-vous à Cody Parker qui prend Josh Hulme ?

Lock reprend le dossier. Je ne vois rien de tout cela. Tu sais, il a laissé entendre que tous les chemins mènent à Meditech".

Bien sûr qu'ils le font. Et le 11 septembre a été organisé par la CIA. Et le

Les médias contrôlés par les juifs sont dans le coup".

Il a cependant dit une chose qui m'a fait réfléchir.

Carrie se dirigea vers l'évier et commença à rincer le reste du radicchio sous le robinet d'eau froide. Et qu'est-ce que c'était ?

Avez-vous entendu parler du contrat que Meditech cherche à conclure avec le Pentagone ?

Carrie haussa les épaules, secoua l'excès d'eau sur la laitue et la plaça dans un bol sur le comptoir. Et alors ? Le gouvernement injecte des milliards dans les entreprises de biotechnologie depuis qu'il s'est rendu compte que le ministère de la Défense ne pouvait pas suivre. Vous devriez le savoir. Quarante-quatre milliards de dollars ont été distribués depuis 2001. Toutes les entreprises pharmaceutiques et biotechnologiques se battent les unes contre les autres pour avoir accès à la mamelle fédérale".

Le bioterrorisme, c'est de la foutaise. Les terroristes qui ont de la suite dans les idées optent pour les technologies de pointe. Engrais. Des cutters. Des choses faciles à se procurer", dit Lock en passant un verre de rouge à Carrie.

Et si quelqu'un glissait quelque chose dans l'eau ?

C'est possible, je suppose. Il boit une gorgée de vin.

Voulez-vous faire des recherches pour moi ?

Dans ce contrat ?

Et Richard Hulme. Je n'ai toujours pas compris pourquoi il avait démissionné.

Carrie grimace. Moi aussi.

Lock savait qu'il s'agissait d'un aveu rare. Ce n'était pas quelque chose qui lui arrivait souvent.

Je peux te donner un conseil, Ryan ?

Bien sûr.

Lorsque j'essaie de faire un reportage, j'essaie toujours de rester simple. Il est facile de voir des choses qui ne sont pas là. De faire des liens qui n'existent pas.

Comme ce contrat avec le Pentagone ?

Précisément. Réfléchissez-y une seconde. Un tel contrat n'aurait-il pas pour effet de diminuer la probabilité que Meditech abandonne les tests sur les animaux, et non de l'augmenter ?

C'est ce qu'a dit Cody Parker. Mais Meditech *a* abandonné les tests".

Non, ils ont *dit qu'*ils l'avaient fait. Ce sont deux choses différentes.

33

Kensington Nanny and Au Pair occupait un petit coin du dernier étage d'un immeuble de cinq étages situé à quelques encablures d'Alphabet City. Ty avait découvert qu'il s'agissait de la société à laquelle Meditech avait fait appel pour la garde d'enfants de ses cadres supérieurs. "Avait" étant le mot clé. Plusieurs plaintes selon lesquelles les personnes référencées n'étaient absolument pas aptes à s'occuper de poissons rouges, et encore moins d'enfants, avaient conduit à l'abandon de cette société en tant que sous-traitant externe.

Au quatrième étage, Lock et Ty durent s'arrêter pour reprendre leur souffle.

Mec, on est des mecs pas très en forme", observe Ty en reprenant son souffle.

Je viens de sortir de l'hôpital, quelle est votre excuse ?

Trop de bonne vie".

Ils ont continué jusqu'au dernier étage. La porte menant au bureau était entrouverte et ils pouvaient entendre une femme à l'intérieur qui répondait à des appels. Lock la poussa du bout de sa botte et ils entrèrent.

La femme semble avoir une quarantaine d'années. Tenant le téléphone d'une main, elle fouillait dans une pile de papiers sur le bureau devant elle. Une tasse de café pleine et intacte trônait à côté des papiers, le lait se figeant en une pâte blanche sur le dessus. Le reste du bureau était en désordre, les papiers éparpillés au hasard sur toutes les surfaces possibles et imaginables. Oui, et je suis vraiment désolée que les choses n'aient pas fonctionné, mais je n'ai tout simplement personne d'autre de disponible pour le moment", dit-elle au téléphone. Elle reconnut la présence de Lock et Ty en levant la main et en leur faisant signe d'entrer, les dirigeant vers deux sièges de l'autre côté de son bureau d'un autre geste.

Lock ramasse la pile de dossiers qui repose sur sa chaise et la pose sur un classeur.

Écoutez, j'ai quelqu'un au bureau en ce moment même", poursuit la femme. Si quelqu'un est disponible, vous êtes en tête de ma liste.

Lock pouvait encore entendre la personne à l'autre bout du fil alors qu'elle posait le téléphone sur eux.

Lorsqu'elle parle, l'accent anglais semble s'estomper, révélant quelque chose qui ressemble plus à Brooklyn. Juste pour que vous le sachiez tous les deux, j'ai une liste d'attente de trois mois avant de trouver quelqu'un pour s'occuper de votre petit bout de chou.

Er, nous ne sommes pas ensemble", objecte Lock.

Oui, dit-elle en examinant Ty de la tête aux pieds avant de reporter son regard sur Lock, il est un peu en dehors de ta catégorie, ma chérie. Ty ricana tandis que Lock essayait de décider s'il fallait ou non se laisser faire.

offensée.

Hé, vous ne seriez pas des nounous par hasard, n'est-ce pas ? demande-t-elle avec un sourire inquiet.

Seulement pour les adultes", sourit Ty. Et je suis définitivement, à cent pour cent, hétérosexuel.

Seul Ty pourrait en faire une opportunité de drague, pensait-il.

Verrouiller.

C'est comme ça que vous trouvez votre personnel ? Quelqu'un qui réussit à frapper la porte ? demande Lock.

Vous êtes avec le FBI ? Parce que j'ai déjà dit à l'un de vos gars tout ce que je savais. Merde, vous n'êtes pas journaliste, n'est-ce pas ? Parce que si c'est le cas, je ne ferai aucun commentaire.

Nous sommes ici à titre privé, Madame...".

Lauren Palowsky.

Mme Palowksy. Le père de Josh Hulme nous a demandé de l'aider à le retrouver". Lock a délibérément omis de mentionner le nom de Meditech.

Le FBI m'a dit que je ne devais pas parler de tout cela.

Le FBI est parfaitement au courant de notre implication, lui a assuré Lock.

Alors, parlez-leur.

Le visage de Lock se figea, toute trace d'amabilité disparaissant. Je m'adresse à vous. Et si je puis me permettre, vous semblez remarquablement calme pour quelqu'un dont un employé a été brutalement assassiné et dont l'enfant dont il s'occupait a été kidnappé, et peut-être assassiné lui aussi".

Lauren étudie la pellicule de lait qui flotte sur son café du matin. J'essaie de ne pas y penser. Mais soyons clairs sur une chose : je n'ai pas employé Natalya. Je suis un courtier, c'est tout".

Le téléphone a de nouveau sonné, mais Lauren l'a laissé tomber sur la messagerie vocale.

Votre avocat vous a dit de dire cela ?

Et de toute façon, tu ne crois pas que je me fais un sang d'encre pour cet enfant depuis que j'en ai entendu parler ?

Je n'en ai aucune idée. C'est à vous de me le dire.

Elle s'est penchée sur son bureau, a pris une poignée de papiers au hasard et les a brandis devant lui. Tous ces gens cherchent quelqu'un pour élever leurs enfants parce qu'ils n'ont pas le temps. Ils veulent tous Mary Poppins, mais ne sont prêts à payer que le salaire minimum. Et quand quelque chose ne va pas, c'est tout d'un coup de ma faute".

J'essaie juste de comprendre ce qui s'est passé, dit Lock en baissant la voix et en se penchant en avant. Parlez-moi de Natalya.

Il n'y a pas grand-chose à dire, vraiment. C'est la même histoire que la plupart des filles qui me contactent à la recherche d'un emploi. Son anglais n'était pas très bon, mais bien meilleur que certains. Elle avait l'air assez agréable.

Depuis combien de temps était-elle dans le pays ?

Pas longtemps, d'après ce que j'ai pu voir.

Années ? Mois ? Semaines ?

Des mois, probablement.

A-t-elle dit autre chose à propos de sa situation ?

Elle travaillait dans un bar et se rendait en ville tous les jours depuis Brighton Beach ou ailleurs. Elle pensait qu'un emploi chez l'habitant lui conviendrait et lui permettrait d'économiser un peu d'argent".

Où était-elle barmaid ?

Je traite des dizaines de candidatures chaque semaine. J'ai de la chance si je peux me souvenir d'un seul de leurs noms".

Qu'en est-il de son visa ? Elle en avait un, n'est-ce pas ? Il y a eu une pause.

Je ne suis ni le FBI, ni l'INS, ni la Sécurité intérieure. Je comprends que vous ayez probablement pris quelques raccourcis", a demandé Lock.

Les clients signent un contrat qui stipule qu'en tant qu'employeurs, ils ont la responsabilité finale de vérifier ce genre de choses. Ce n'est pas comme si j'introduisais clandestinement des gens dans le pays".

Quelle est la différence entre faire appel à vous et mettre une annonce dans le journal ou sur craigslist ?

Ty répond pour Lauren. Environ quatre mille dollars par personne, c'est ça ?

Je m'éloigne un peu de toi", dit-elle à Ty.

Je te renvoie la balle, chérie", dit Ty. Lauren soupire.

Si ces filles étaient en règle, la plupart d'entre elles pourraient trouver un emploi qui leur rapporterait plus que sept dollars quinze de l'heure, vous voyez ce que je veux dire ? Tout le monde se plaint des clandestins, jusqu'à ce qu'ils mettent la main à la poche".

Lock sentait que c'était l'un des griefs préférés de Lauren lorsqu'on la questionnait sur l'éthique de son entreprise. Mais cela ne l'aidait pas à comprendre quel rôle Natalya avait joué dans la disparition de Josh Hulme.

Avez-vous obtenu des références de l'ancien employeur de Natalya ?

J'ai déjà donné toutes ces informations au FBI. Ils ont pris des copies.

Pouvons-nous jeter un coup d'œil ?

Le téléphone tomba à nouveau sur la messagerie vocale. Lauren soupira et, au prix d'un effort considérable, se leva de derrière son bureau et se dirigea vers le classeur. Je ne voulais pas leur donner les originaux au cas où cette affaire serait portée devant le tribunal. Elle s'est arrêtée au milieu de la pièce. Maintenant, je sais que j'ai tout mis en lieu sûr. Lock devina que, dans le contexte du système de classement chaotique de Lauren Palowsky, " en sécurité " signifiait un endroit où il n'y aurait probablement jamais rien à faire.

retrouvée.

Le téléphone sonne une troisième fois.

"Cela vous dérange si je... ?" demande-t-elle.

Écoutez, voulez-vous que je jette un coup d'œil ?

Pourriez-vous ? Si je ne fais pas attention à mes appels, je serai là jusqu'à minuit".

Lock ouvrit le tiroir supérieur du classeur le plus proche et se mit au travail. Il fit signe à Ty de commencer à vérifier l'une des nombreuses piles qui vacillaient.

Une bonne heure plus tard, Lock se demandait comment les gens pouvaient passer leur vie dans des bureaux à faire exactement ce qu'il était en train de faire. Non pas qu'il souffrît de claustrophobie en soi, mais son esprit et son corps étaient foncièrement agités ; toujours en mouvement, rarement immobiles. Même lorsqu'il dormait, ses rêves étaient vifs et animés.

La recherche a fait double emploi : elle leur a permis d'accéder à tous les dossiers de l'agence et a donné à Lock le temps d'évaluer Lauren. Une chose était rapidement devenue claire : elle n'était pas impliquée dans un quelconque enlèvement. L'enlèvement exigeait un niveau d'organisation qui la dépassait largement. Elle finirait probablement par envoyer la demande de rançon à la mauvaise adresse.

En ramassant et en jetant un coup d'œil à un morceau de papier après l'autre, Ty et Lock avaient rapidement discerné que les factures, les demandes, tous les morceaux de papier imaginables étaient simplement jetés ensemble sans rime ni raison. Il y avait des demandes de nounous potentielles remontant à plus de dix ans et des détails de parents d'enfants qui étaient probablement à l'université aujourd'hui.

Ty sortit un dossier vert suspendu dont l'onglet indiquait "compte téléphonique", et qui contenait donc naturellement des relevés de cartes de crédit de la société. Sous ce dossier, au fond du tiroir de l'armoire, se trouvait un morceau de papier. Il l'a soulevé. C'était une lettre de référence. Il s'apprête à la placer avec les autres lorsqu'il remarque le nom. Natalya Verovsky.

Ty se dirigea vers le bureau de Lauren et lui fit signe d'avancer. Elle couvrit le téléphone d'une main.

Le FBI a-t-il vu cela ? a-t-il demandé.

Qu'est-ce que c'est ? Elle regarde la lettre. Elle a regardé la lettre. Elle a dû être séparée de son dossier de candidature.

Lock avait rejoint Ty au bureau, et il prit la feuille de papier de Lauren et l'étudia. Pas d'en-tête. Écrit à la main. L'écriture était une écriture de type spidery longhand. Le nom de Natalya était écrit en majuscules à peu près au tiers de la feuille, puis la référence proprement dite était gribouillée en dessous. Quelques lignes seulement.

Natalya travaille pour moi depuis douze mois. C'est une très bonne employée. Elle est très gentille avec les clients et toujours à l'heure. Je suis heureux de vous recommander ses services.

Il y avait ensuite un espace d'environ un centimètre, et la lettre était signée "Jerry Nash". Il y avait une adresse, mais pas de numéro de téléphone. Aucune référence au travail de Natalya non plus, et aucune mention de la relation entre Natalya et Jerry. Patron ? Collègue de travail ? Ami ?

Il a fallu quarante minutes supplémentaires à Lock et Ty pour retrouver la demande originale de Natalya. Lorsqu'ils l'ont trouvée, elle ne contenait rien qu'ils ne savaient déjà. Surtout, elle ne mentionnait pas son dernier lieu de travail. Ni aucun autre employeur. La référence restait donc importante, la seule nouvelle piste dont Lock avait connaissance dans une enquête qui s'essouflait rapidement.

Incroyablement, il n'y avait pas d'ordinateur dans le bureau, et aucun moyen de vérifier l'adresse sur la référence, ou même si elle existait. En l'absence de numéro de téléphone, Natalya aurait pu tout concocter elle-même.

Lauren était toujours au téléphone. Lock lui montra la référence. Elle lui fit une grimace. Et maintenant ?

Lock fit trois pas, se pencha et arracha la prise téléphonique de la douille. Il tient la référence directement devant le visage de la jeune femme.

Avez-vous au moins vérifié l'adresse ?

Bien sûr. Il y a une lettre que j'ai écrite ici quelque part. Ne croyez pas que

Je n'ai jamais reçu de réponse".

Tu as déjà entendu l'expression "ne vaut pas le papier sur lequel il est écrit" ? lui demande Ty.

Elle le regarda, bouche bée. Lock avait envie de froisser cette saloperie et de la lui faire manger.

Je fais de mon mieux ici", a-t-elle protesté.

Lock plia la référence, la mit dans sa poche et sortit du bureau. Il appela Carrie depuis la rue. Elle mit moins de quatre-vingt-dix secondes à le rappeler - plus vite que le FBI.

C'est une vraie adresse. Une vraie entreprise aussi", dit Carrie.

Quel genre ?

Le plus vieux du monde".

34

C'est le genre d'enquête qui me plaît", dit Ty, en observant la façade rose vif du Kittycat Club de l'autre côté de la rue.

Avant qu'ils ne s'y rendent, Lock était rentré chez lui pour se changer. Vêtu de pantalons noirs, d'une chemise blanche, d'un manteau de sport et portant une paire de lunettes transparentes sans ordonnance, il s'approcha du club parallèlement à l'entrée. Il y avait deux videurs à la porte, de grands gaillards qui comptaient sur leur taille et leur musculature induite par les stéroïdes pour s'acquitter de leur tâche. Pour entrer à l'avant, il fallait passer devant eux.

Au fil des ans, Lock avait eu affaire à suffisamment de ces types pour savoir que la clé pour les dépasser était de paraître aussi peu menaçant et conciliant que possible. Ils étaient câblés pour voir une menace là où il n'y en avait pas. Le contact visuel direct était un non définitif. Il espérait que les lunettes l'aideraient, tout en lui donnant un air de geek. C'est fou comme les stéréotypes de la cour d'école sont bien ancrés en nous à l'âge adulte.

Il marcha sur le trottoir et tourna brusquement à gauche dans l'entrée, gardant les yeux baissés et faisant de son mieux pour paraître nerveux. Mais la nervosité n'était pas naturelle chez Lock, et l'un des hommes lui passa une main sur la poitrine.

L'autre lui demande : "Qu'est-ce qui te presse, mon pote ?

Voyons une pièce d'identité", ajoute le videur, bras tendu.

La dernière chose que Lock voulait faire était de leur montrer quelque chose portant son nom.

Je n'ai pas mon portefeuille, les gars.

La pression ferme de la main de l'homme s'est transformée en une légère poussée. Pas de pièce d'identité, pas d'entrée".

Lock recula d'un pas avant de retrouver son équilibre. Il fouilla dans la poche gauche de son pantalon, en sortit une pince à billets et en détacha deux billets de vingt. Voilà, les gars.

Ils ont pris l'argent, l'ont empoché et la main s'est éloignée de sa poitrine comme on abaisse un pont-levis.

Qu'est-il arrivé à votre tête ? demande le videur en remettant sa main dans la poche de son manteau.

La femme. J'ai trouvé le numéro de quelqu'un d'autre au dos d'une serviette à cocktail du Lizard Lounge dans mon portefeuille. Elle m'a frappé avec le côté du fer à repasser. J'ai passé une semaine à l'hôpital", raconte Lock. Il a raconté son histoire les yeux dans les yeux. Cela expliquait l'absence du portefeuille, ses nerfs et, plus important encore, la cicatrice de cinq centimètres sur le sommet de son crâne.

Les deux videurs ricanent. Ils pensaient exactement la même chose. *Quel loser !*

D'accord, on va juste vous faire une petite fouille corporelle.

Lock leva les deux bras au niveau des épaules, la monnaie dans la poche de son manteau de sport étant suffisamment lourde pour l'empêcher de remonter et de leur donner une bonne vue de son SIG. C'était le signal de Ty.

Yo !" Ty semble sortir de nulle part.

Lock sourit tandis que Ty traversait la rue à grandes enjambées. Il baissa à nouveau les bras lorsque les deux videurs sortirent du trottoir pour lui faire face.

Combien coûte l'entrée de la porte ? leur demanda Ty alors que Lock passait devant eux, l'arme non découverte.

Le bar s'étend sur la longueur d'un mur. Derrière, le barman solitaire était une femme. Et torse nu. Cela compliquait certainement la commande d'un verre. Elle était bronzée comme dans un motel et ses cheveux blonds et mous étaient tirés vers l'arrière, ce qui donnait à son visage une allure de projet.

Bière, merci", dit Lock.

Elle a remarqué qu'il évitait de regarder ses seins, bien qu'ils soient à la hauteur de ses yeux. Il n'y a pas de mal à regarder mes seins si vous le souhaitez", dit-elle d'un ton enjoué.

Tout ce que Lock a trouvé à répondre à cette offre, c'est "Merci". À vrai dire, il n'était pas très porté sur la poitrine. Il n'aimait pas trop les jambes non plus. Il aimait les yeux. Et les lèvres. Oui, donnez-lui une belle paire d'yeux, des yeux qui brillent. Et des lèvres expressives. Et peut-être un nez proportionné au reste du visage. Ce qui devait faire de lui un homme à visage, devina-t-il.

C'est un peu pour ça que j'ai accepté ce boulot", poursuit la femme. Je veux dire, les hommes regardent vos seins de toute façon, alors pourquoi ne pas arrêter toute cette mascarade ? On gagne aussi de meilleurs pourboires.

Tu travailles ici depuis longtemps ? demanda Lock, en faisant en sorte que cela ressemble le plus possible à un piège boiteux.

C'est ta première fois, chéri ?", lui répond-elle en le taquinant.

C'est la première fois que je viens ici. Je viens d'obtenir un nouveau travail en bas de la rue. Un racket financier dans la salle des chaudières".

Elle lui tend sa bière. Il sortit la pince à billets et paya, lui laissant un généreux pourboire. Gardez la monnaie.

Pour que les choses soient claires, avec moi, un pourboire n'est qu'un pourboire. Si vous voulez faire nettoyer vos canalisations, c'est aux danseurs qu'il faut s'adresser".

Bien sûr.

Quelques instants plus tard, Ty s'assit à l'autre bout du bar. Lock reconnut sa présence en levant la tête.

Une rousse très mince s'est approchée de Lock. Elle se présenta sous le nom de Tiffany et il lui offrit un coca à dix dollars. Il attendait une invitation à passer à l'arrière pour une danse privée, mais elle ne vint jamais. Tiffany a préféré se lancer dans l'histoire de sa vie. Lock sourit poliment et fait de son mieux pour écouter.

Pour des raisons mieux connues des jeunes femmes qui fréquentent ce genre de commerces, il semblait dégager une sorte d'aura de père confesseur dès qu'il entrait dans l'un de ces établissements. C'était devenu une blague avec ses copains de l'armée. Il devait être le seul soldat dans l'histoire des forces armées à avoir fini par masser le dos d'une prostituée pendant qu'elle lui livrait ses secrets les plus profonds et les plus sombres. Il connaissait maintenant par cœur la trame narrative : un père disparu ou violent suivi d'une quête pour le retrouver dans une litanie d'hommes tous aussi vacants les uns que les autres.

À ce qui semblait être une pause appropriée dans l'histoire - Tiffany venait de perdre sa fille qui avait été confiée aux services sociaux, ce qui l'avait entraînée dans une spirale d'abus de kétamine - Lock s'est excusé de sa compagnie et a quitté son tabouret de bar, se dirigeant ostensiblement vers les toilettes pour hommes.

Vous voulez que je vous le tienne ?" dit-elle avec un sourire, se souvenant de l'essentiel dans ce genre d'endroit.

Non merci, mais j'apprécie vraiment l'offre. Tu es un bon garçon.

Elle a glissé le long du bar pour s'asseoir à côté de Ty.

Au-delà de la porte marquée "gangstas" pour les toilettes des hommes et des femmes.

Après le "ho's", qui devait être celui des dames, il y avait un court couloir sombre qui se terminait par trois portes. L'une menait aux toilettes des hommes, l'autre à celles des femmes, qui servaient aussi de vestiaires aux danseurs, à en juger par le son du rap qui émanait de l'arrière ; la troisième, en haut d'une courte volée de marches, portait l'inscription "Entrée interdite". Le panneau ne laissait planer aucun doute.

Sur le chemin, Lock a dégainé son SIG, a chambré une cartouche et l'a désarmé à l'aide du levier situé à gauche de la poignée du pistolet. Il l'a ensuite rangé dans son étui. Il était ainsi prêt à partir. Il le faisait chaque fois qu'il s'apprêtait à franchir une porte sans être sûr de ce qu'il y avait de l'autre côté et qu'il y avait une chance que ce soit quelque chose de grave.

En haut des escaliers, il s'arrêta, sortit son Gerber et dégagea une section de fil de fer peint du cadre de la porte. En coupant le fil, il le coince dans sa poche avant de pousser la porte.

Une lampe de bureau solitaire découpe un arc dans la pénombre. L'odeur est celle de la sueur et de la fumée de cigarette. Une femme âgée en surpoids, les cheveux relevés en chignon, était assise derrière un bureau. Elle cherche à tâtons le bouton d'alarme.

Lock brandit le bout de fil qu'il a découpé autour du cadre de la porte. Ça ne marche pas.

Il y avait un téléphone sur le bureau, mais la femme n'a pas fait un geste pour l'utiliser. Elle semblait remarquablement calme, comme si l'irruption d'un homme armé dans son bureau faisait partie de son quotidien. Allumant une nouvelle cigarette à partir des braises mourantes de la précédente, elle l'aspira, brunissant le filtre d'une seule bouffée, apparemment résignée à ce qui allait suivre.

Qu'est-ce que tu veux ? Je suis occupé.

Lock fouilla dans sa veste et en sortit la photo de Natalya avec ses parents. Il la posa sur le bureau devant la femme. Elle y jeta un coup d'œil, puis détourna le regard.

Alors ?

Vous la connaissez ?

Elle le regarde avec méfiance. Qui êtes-vous ?

Elle est morte. Mais avant qu'elle ne meure, un petit garçon dont elle s'occupait a été enlevé. J'essaie de le retrouver. Et vous allez m'aider".

Je ne sais pas de quoi vous parlez.

Il n'arrive à rien rapidement. Tôt ou tard, quelqu'un se rendait compte qu'un client qui était allé aux toilettes n'était pas réapparu. L'un des gorilles viendrait alors en éclaireur.

Il sort la lettre de référence, la pose sur le bureau à côté de la photo et montre la signature. C'est bien vous, n'est-ce pas ? Vous êtes Jerry. Il voyait bien qu'elle refuserait de se trouver dans la même pièce que lui, alors il continua. Maintenant, soit vous répondez à mes questions, soit je confie cette affaire au FBI.

C'est mon nom, mais je ne l'ai pas signé. Mon nom s'écrit avec un i et non un y". Elle ramasse la lettre et prend le temps de l'étudier. Elle travaillait ici. Jusqu'à ce que, peut-être... Elle marqua une pause, s'efforçant de se souvenir. Il y a cinq mois. Puis elle est partie.

On frappe à la porte. Puis une voix d'homme. Un des videurs. "Hé, Jerri, on a besoin de toi en bas".

Réponds-lui, murmura Lock.

Donne m'en cinq.

Ils ont écouté l'homme redescendre les escaliers en cahotant. Puis ils l'ont entendu pousser la porte des toilettes pour dames et aboyer quelque chose à l'une des danseuses.

Jerri a tiré sur sa cigarette pendant que Lock fouillait dans les dossiers sur son bureau.

Ecoutez, si j'ai si mal traité Natalya, pourquoi est-elle venue chercher son ancien travail ?

Lock lève les yeux du classeur. Qu'est-ce que c'est ?

Vous ne le saviez pas, n'est-ce pas ? dit Jerri, un sourire en coin.

Quand était-ce ?

Laissez-moi réfléchir. Il y a un mois, six semaines.

A-t-elle donné une raison ?

Jerri a soufflé un anneau de fumée et haussé les épaules. Elle ne l'a pas dit. Mais ce devait être un homme. C'est toujours le cas.

Elle a parlé de quelqu'un en particulier ?

Un certain Brody, je crois.

Pourrait-il s'agir de Cody ?

Oui, cela aurait pu être le cas.

Cody Parker ?

Elle l'a appelé Cody.

Merde. Lock avait tort. Ce type n'était pas innocent, il était simplement calme sous la pression.

A-t-elle parlé des droits des animaux ?

Animal quoi ?

Lock a pris cela pour un non.

Vous l'avez déjà rencontré ?

Il est possible qu'il soit allé la chercher une ou deux fois.

Était-il plus âgé ? Plus jeune ?

'Plus qu'elle ? Plus vieux. Écoutez, nos cinq minutes sont écoulées. Ils vont revenir ici et il y aura des problèmes.

Juste à temps, on frappe à nouveau à la porte. Celui-ci est plus insistant.

Jerri ?

Avant qu'elle n'ait eu le temps de répondre, la porte s'est ouverte et l'un des videurs s'est retrouvé avec un pistolet en pleine figure.

Détendez-vous, dit Lock, j'allais partir.

Le videur blanchit. OK, mec. Je ne vais pas essayer de t'arrêter".

Lock le dépassa et se dirigea vers les escaliers, les prenant deux par deux. Au bar, Tiffany était perchée sur les genoux de Ty.

Je dois y aller", lui dit Ty.

Elle passe ses bras autour du cou de Ty. Tu m'appelleras ?

Bien sûr.

Ty emboîta le pas à Lock. Derrière eux, ils pouvaient entendre le videur hurler dans son téléphone portable alors qu'il dévalait les escaliers. Oui, il est armé. J'ai besoin de quelqu'un ici maintenant !

Dans son bureau, Jerri allume une nouvelle cigarette et serre le téléphone contre son épaule. Je ne sais pas", dit-elle en soufflant un anneau de fumée parfait et en le regardant se dissoudre lentement devant son visage. Mais si j'étais vous, je commencerais à fermer cette affaire rapidement.

35

Nous l'avions et nous l'avons laissé partir", dit Ty, en faisant les cent pas jusqu'à la fenêtre du salon de Lock et en feignant de donner un coup de poing à son propre reflet. S'ils ont fait du mal à cet enfant...

Lock s'assit sur le canapé, la tête dans les mains, le bout de ses doigts droits s'inquiétant de sa cicatrice. Ce n'est peut-être pas Cody, tu sais.

Ah, allez, Ryan. Il connaissait Natalya, et comme par magie, elle apparaît comme la nounou de Josh Hulme".

Au pair", corrige Lock.

Peu importe.

Je pense qu'on devrait appeler Frisk. Remettre ça aux fédéraux. Les gens n'ont peut-être pas envie de cracher sur Parker quand il était le Che Guevara des animaux à fourrure, mais ça pourrait changer son image".

Lock sortit son téléphone portable de l'étui qu'il portait à la ceinture. Il bourdonna dans sa main. Le préfixe était pour le Federal Plaza. En parlant du diable. Il bascula pour répondre.

A quoi tu joues, bon sang ? La voix était indubitablement celle de Frisk.

C'est justement l'homme à qui je voulais parler.

"Va au diable, Lock".

Nous savons qui détient Josh Hulme".

C'est très bien. Tu sais qui a aussi son père ?

Quoi ?

Ty lit sur le visage de Lock. 'Wassup?'

Lock lui fait signe de s'éloigner. Richard Hulme est avec vous, n'est-ce pas ?

Il l'était jusqu'à il y a une heure environ.

Qu'est-ce qui s'est passé ?

Il a quitté son appartement et nous ne le trouvons plus.

36

Stafford Van Straten sort quelques papiers d'un attaché-case en cuir de huit cents dollars et les pose sur la banquette arrière du Hummer. J'ai passé la majeure partie de la journée à négocier avec notre compagnie d'assurance", dit-il.

Richard a baissé les yeux sur les documents, une expression glacée sur le visage.

J'ai réussi à les convaincre qu'étant donné qu'il n'y a eu qu'une courte période entre votre licenciement et votre décision de réintégrer l'entreprise, ils n'annuleront pas la police qui vous couvre en cas d'enlèvement contre rançon. En d'autres termes, vous serez toujours couvert".

Stafford se sourit à lui-même. Il aurait fait un excellent vendeur au porte-à-porte.

La négociation n'a pas été facile dans ces circonstances. Ils limitent la rançon à deux millions de dollars. D'habitude, ils vont jusqu'à cinq. Mais je pense que nous avons eu de la chance qu'ils acceptent d'étendre leur couverture, n'est-ce pas ?

Là encore, Richard n'a rien dit.

Au cas où la rançon versée dépasserait deux millions de

dollars, Meditech a accepté de couvrir l'excédent au-delà de deux jusqu'au plafond habituel de cinq. En tout état de cause, nous pourrons le déduire de nos impôts".

Enfin, Richard lève les yeux vers lui. C'est la vie de mon fils que vous êtes en train de chiffrer".

Stafford desserre sa cravate, défait le bouton supérieur de sa chemise. Je suis désolé, Richard. Je ne voulais pas que cela paraisse si clinique. Je ne suis pas vraiment le meilleur quand il s'agit de gérer les émotions. J'ai tendance à refouler les choses, tu sais. C'est plus facile pour moi d'essayer d'arranger les choses que de m'inquiéter des raisons pour lesquelles elles ont mal tourné. Je comprends que vous fassiez n'importe quoi pour le récupérer". Du bout des doigts de sa main droite, il fait glisser un contrat sur le siège.

Richard regarde l'épaisse liasse de papiers imprimés au laser. Qu'est-ce que c'est ?

Pour que cela fonctionne, il faut que vous soyez à notre service pendant au moins les douze prochains mois. Si ce n'est pas le cas, la compagnie d'assurance annulera à nouveau la police. Ainsi que la couverture des autres employés. Ce qui, à son tour, rendrait presque impossible pour nous d'être assurés avec quelqu'un d'autre. Et cela poserait de gros problèmes, en particulier pour nos activités à l'étranger. Des difficultés majeures pour vous aussi, car vous seriez responsable de toute rançon. Et je suppose que si vous aviez quelques millions de dollars de côté, nous n'en serions pas là. Vous voyez ce que je veux dire, Richard, n'est-ce pas ?

Richard hésite, puis tend la main pour prendre le contrat. Il commença à le feuilleter, cherchant l'endroit où sa signature était requise.

C'est assez classique", dit rapidement Stafford en lui tendant un Mont Blanc. Toutes les mises en garde habituelles, en particulier en ce qui concerne la sensibilité commerciale de votre travail.

Richard s'est arrêté de feuilleter. Je ne reviendrai pas à l'utilisation d'animaux".

Et nous non plus. Notre parole est notre engagement sur ce point". Richard passa à la dernière page et signa de son nom. Stafford

lui a remis la copie. Il l'a également signée.

Vous parlez d'une rançon, dit Richard, mais il n'y a pas encore eu de demande.

Ce n'est pas tout à fait vrai.

Qu'est-ce que tu veux dire ?

Nous devions d'abord résoudre d'autres problèmes. Avant de vous en parler. Pendant un instant, Stafford a cru que Richard allait le poignarder

à travers la gorge avec le stylo.

Les ravisseurs vous ont contacté ?

Ils ne savaient manifestement pas quel était votre statut au sein de l'entreprise. Vous n'avez pas trouvé étrange de ne recevoir aucune demande ?

Pourquoi ne m'as-tu rien dit ? Richard semble incrédule.

Si nous l'avions fait, vous l'auriez dit au FBI, et où cela nous aurait-il menés ? Écoutez, Richard, vous avez été un peu un électron libre pour l'entreprise. Même avant tout cela. Toutes vos objections aux tests sur les animaux n'ont pas été bien accueillies par la direction".

C'est de la mauvaise science. La structure génétique d'un primate n'est pas assez proche pour quelque chose de cette nature. C'est bien si vous voulez trouver quelque chose pour traiter, par exemple, le diabète, mais il n'y a pas de marge d'erreur avec ces agents".

Stafford lui a coupé la parole. C'est l'heure de la fermeté. Pendant que vous étiez occupé à vous exhiber à la télévision nationale, je travaillais d'arrache-pied pour que la compagnie mette de l'ordre dans ce foutu bordel. Les personnes qui détiennent votre fils ont clairement fait savoir qu'elles ne voulaient pas que le FBI soit informé d'une quelconque demande de rançon. Nous non plus. Combien d'enfants de nos employés seraient enlevés si cela était rendu public ? Des millions de dollars sont en jeu. Tous les minables du pays chercheraient à refaire le coup. Chaque enfant dont les parents sont employés par une grande entreprise serait une cible. Vous voulez ça ?

Bien sûr que non. Je ne souhaiterais pas cela à mon pire ennemi".

Bien. Alors ne le dites à personne d'autre. Surtout pas au FBI. S'ils le découvrent, ils le bloqueront et votre fils mourra probablement.

Comment pouvons-nous être sûrs qu'il est toujours en vie ?

Preuve de vie ? Richard acquiesce.

Stafford fouilla dans son attaché-case en cuir élégant et en sortit un sac en plastique transparent avec une fermeture Ziploc bleu vif sur le dessus. À l'intérieur se trouvaient quatre mèches de cheveux bruns. Nous les avons fait analyser par nos propres laboratoires. Il s'agit bien de ceux de Josh. Et ils nous ont envoyé ceci.

Sachant qu'un polaroïd permet d'éviter tout soupçon de falsification de l'image, Stafford produit un cliché à bords blancs et le passe à Richard. Josh s'y trouve, clignant des yeux contre le flash, les cheveux tondus et colorés, tenant un exemplaire du *New York Post* datant de deux jours.

'Oh Jésus. Mon fils. Qu'est-ce qu'ils lui ont fait ?" dit Richard, s'effondrant enfin.

37

Près de minuit, des lumières brillent encore à l'intérieur de l'épicerie coréenne. L'enseigne "For Lease" (à louer) est éclairée par la réalité commerciale.

Cela ne prendra qu'une minute, dit Lock en poussant la porte.

Tu pourrais simplement envoyer une carte", objecte Ty.

Sur le chemin du retour, Carrie leur a appris que le vieux Coréen n'avait pas survécu, que son cœur avait cessé de fonctionner.

Sa fille était derrière le comptoir. Elle se raidit lorsque Lock entra. Elle se raidit encore plus lorsque Ty lui emboîta le pas. Lock soupira : il y a des choses qui ne changent jamais en ville.

Il enlève sa casquette et la tient contre sa poitrine. Je suis désolé pour ton père.

Elle détourna le regard, le chagrin la prenant encore au dépourvu. Les larmes coulèrent. Ty étudia le sol.

C'est tout ce que nous sommes venus dire, en fait.

Merci.

Ils se dirigent vers la porte.

Attendez", dit-elle en se déplaçant de derrière le comptoir.

Mon père pensait que vous étiez un héros. Vous savez que nous avons déjà été cambriolés une fois. Et les gens n'ont rien fait. Ils sont restés là à regarder ce qui se passait.

La police a-t-elle dit quelque chose au sujet des hommes qui sont entrés par effraction ?

Ils ont posé des questions sur les personnes qui ont manifesté dans la rue.

C'est logique.

Pourquoi ? demande-t-elle.

Peu importe. Quand les tireurs sont entrés, qu'ont-ils dit ?

Ils n'ont rien dit.

Rien du tout ? Pas même "à terre" ou "ne bougez pas" ?

Ils nous ont donné à chacun une note.

Qu'est-ce que tu veux dire ?

Des instructions sur un morceau de papier. Celle qu'ils ont donnée à mon père était en coréen.

Lock se sentit soudain très réveillé. Ty, qui avait pris un journal pour tuer le temps, le reposa sur le présentoir.

Et qu'est-ce qu'il dit ?

Il nous a juste dit ce qu'il fallait faire.

Et les notes étaient bien rédigées en coréen ?

Et l'anglais. Oui.'

Avez-vous dit cela à la police ?

Bien sûr.

Et qu'ont-ils dit ?

Rien. Pourquoi ?

Vous leur avez donné les notes ?

Les hommes ne les ont pas laissés derrière eux.

Lock regarda Ty, tous deux pensant la même chose. Ils lui dirent encore une fois combien ils étaient désolés d'apprendre le décès de son père et partirent.

Un policier civil n'aurait pas fait le lien. Pour lui, il s'agirait simplement d'une astuce, peut-être un moyen de s'assurer que la victime n'a pas décelé d'accent. Mais pour Lock et Ty, les instructions écrites signifiaient autre chose. Quelque chose de lourd.

En Irak, lorsque des patrouilles militaires menaient des raids dans des maisons où elles n'avaient pas accès à un interprète local, elles utilisaient des cartes rédigées dans tous les dialectes locaux. Elles s'appuyaient sur le fait que la population irakienne était éduquée et que, même si le taux d'alphabétisation était élevé, il n'était pas garanti que les gens parlent l'anglais. Ils savaient également que le fait de ne pas comprendre les instructions entraînait des malentendus, et que les malentendus entraînaient la mort. Les cartes ont donc été introduites.

Lock ressentit une poussée d'adrénaline. Celui qui avait repris le magasin était un militaire ou un ancien militaire.

En marchant rapidement le long du trottoir, ils sont arrivés à l'entrée du bâtiment de Meditech en moins d'une minute. Ils ne se sont parlés qu'une fois arrivés à l'ascenseur.

Cody Parker a un service ?

Je ne crois pas.

Don Stokes ?

Vous vous foutez de ma gueule ? Avec l'attitude de ce gamin, il tiendrait à peu près deux secondes".

Brand est assis derrière un bureau lorsqu'ils pénètrent dans la salle d'opérations improvisée. Au-dessus de la tête de Brand, un énorme poster de Josh Hulme les regarde.

Brand repousse sa chaise et met les mains derrière la tête. Les vagabonds reviennent.

Lock se penche sur le bureau pour que son visage soit à quelques centimètres de celui de Brand.

Où est Hulme ?

"Sûr".

Lock recule d'un pas, soulève sa botte et s'en sert pour faire rouler l'arrière de la voiture.

La chaise de Brand s'enfonce dans le mur. J'ai dit où, pas comment.

Je sais ce que tu as dit, Lock. Mais pendant que tu écumais les bars à nichons des cinq arrondissements à la recherche de nouvelles salopes, la situation a évolué. Il est à la Baie, si tu veux le savoir".

Brand, arrête tes conneries. Qu'est-ce qui se passe ?

Détendez-vous, on s'occupe de tout".

C'est moi qui commande, et vous le savez. Quand il se passe quelque chose, il faut me le dire".

Correction. Vous étiez responsable.

Brand se leva et prit deux enveloppes blanches sur le bureau. L'une était adressée à Lock, l'autre à Ty. Il les fit passer.

Lock a déchiré le sien. La seule ligne en majuscules grasses sous l'en-tête ne laissait aucune place à l'interprétation : AVIS DE LICENCIEMENT.

38

Stafford se tient sur la terrasse de la propriété familiale de Shinnecock Bay, le téléphone à la main. Dix mille pieds carrés de propriété pornographique sans rien entre elle et l'Europe, à part l'Atlantique. De l'argent frais qui fait office de façade à l'ancien monde.

Il met fin à l'appel et se tourne vers les deux hommes qui se tiennent derrière lui. L'un était son père, l'autre Richard Hulme. C'est d'accord", dit-il.

Les épaules de Richard s'affaissent, la gravité semble revenir à la normale pour lui. Dites-moi qu'il va bien. Dites-moi que mon fils est en sécurité.

Il va bien, Richard.

Quand pourrons-nous...

Si tout se passe bien, tout sera terminé dans moins de vingt-quatre heures.

Richard acquiesça, désespéré d'y croire, comme Stafford savait qu'il le ferait. Nicholas Van Straten s'approcha du bord du pont, les bras toujours croisés. Combien ?

Trois millions".

Les yeux de Nicholas se sont rétrécis et il a regardé au-delà de la piscine, jusqu'à l'océan. Un petit prix à payer".

Surtout lorsque quelqu'un d'autre prend en charge la majeure partie de la facture", a ajouté M. Stafford.

Richard, pourriez-vous m'accorder un moment avec mon fils ?

Bien sûr.

Nicholas attend que Richard soit hors de vue.

Bien joué, Stafford.

C'était la première fois que Stafford se souvenait que son père l'avait félicité sans réserve. Même lorsqu'il était enfant, tout compliment avait toujours été tempéré par l'ajout immédiat que même s'il s'était bien débrouillé, c'était le moins que l'on puisse attendre compte tenu des avantages de sa naissance.

Il voulait la savourer. Mais il ne ressentait que du ressentiment.

Merci, monsieur.

J'aurais peut-être dû vous impliquer plus tôt.

Vous auriez peut-être dû le faire.

Et puis est arrivée l'omniprésente qualification : "Espérons que le transfert se fera sans heurts, n'est-ce pas ?

39

La pièce bascule dans l'obscurité. Josh se dirigea à quatre pattes vers le téléviseur et appuya sur le bouton d'allumage, mais rien ne se produisit. La peur qu'il avait repoussée au cours des derniers jours est revenue sous la forme d'un battement dans sa poitrine et d'une sécheresse dans sa bouche.

L'absence de lumière est totale. La pièce était si sombre qu'il pouvait sentir sa main contre son visage, mais il ne la voyait pas. Il a crié à l'aide, mais personne n'est venu.

Puis, peut-être une minute plus tard, peut-être cinq minutes, il entendit la porte s'ouvrir. À l'extérieur de la porte, l'obscurité régnait également. Puis une lumière vive et aveuglante jaillit, dirigée vers son visage. Il plissa les yeux et vit des formes noires bordées de jaune nager devant lui. Il sentit quelqu'un derrière la lumière. Puis un sac fut jeté dans la pièce, atterrissant à ses pieds.

Joyeux Noël", dit une voix d'homme. Josh regarde le sac.

Allez-y, Josh. Ouvre-le.

Il s'est baissé et a défait la fermeture éclair. Ses mains tremblent. Ne fais pas le bébé, se dit-il.

A l'intérieur se trouvait une paire de baskets.

Mettez-les.

Il s'assit sur le sol et se dépêcha de les mettre à ses pieds, en tâtonnant avec les fermetures velcro.

OK, maintenant tourne-toi pour faire face à l'autre côté. Il fait ce qu'on lui dit.

Maintenant, je vais te mettre un chapeau. Un grand chapeau pour que tu ne puisses rien voir. Mais je ne vais pas te faire de mal. Est-ce que tu comprends ?

Oui", dit Josh. Sa voix lui semblait étrange. Puis il s'est souvenu qu'il n'avait pas parlé depuis des jours.

Il se retourne et l'homme lui rabat le chapeau sur le visage.

D'accord, tu promets de ne pas jeter un coup d'œil ?

Je le promets.

Bien, parce que si tu le fais, tu ne pourras plus jamais rentrer chez toi. Vous me comprenez ?

Oui.

OK, je vais te tenir la main et te montrer où aller. Josh a senti la peau rugueuse contre sa main tandis que l'homme le conduisait hors de l'hôpital.

la pièce. L'air était plus froid et il pouvait entendre l'écho des chaussures de l'homme qui marchait à côté de lui. Il y eut un déclic, comme si on ouvrait une porte. L'homme poussa Josh vers l'avant et il y eut un autre déclic. Il devina que c'était la porte qui se refermait. L'homme lui prit à nouveau la main et ils continuèrent à avancer. Josh avait un peu de mal à suivre, se dépêchant de faire quelques pas pour rester au niveau. La dernière chose qu'il voulait faire était de mettre l'homme en colère.

Il y eut un bourdonnement et le clic d'une autre porte qui s'ouvrait, puis un souffle glacial d'air froid.

Attention à la marche", dit l'homme en arrachant presque Josh à ses pieds.

Par ici.

On entendit le bruit d'une lourde porte de voiture qui s'ouvrait, puis il fut poussé à l'intérieur, entassé à l'arrière.

Asseyez-vous.

Il sentit une pression contre sa poitrine lorsque l'homme le força à redescendre. Le siège était doux, froid et lisse contre ses mains nues. Il y eut le bruit sec d'une ceinture de sécurité.

Gardez le chapeau. Je vous surveille.

Quelques instants plus tard, le moteur démarre. Josh posa ses mains sur ses genoux. Il sentait la laine du chapeau lui chatouiller la peau, mais il résista à l'envie de se gratter. Il enfonça ses ongles, qui avaient poussé depuis qu'il avait été enlevé, dans la paume de ses mains, pour se distraire.

La voiture sentait la même chose que celle dans laquelle Natalya et lui étaient montés après la fête, ce qui semblait être une éternité. Cela lui rappelait des choses auxquelles il avait essayé de ne pas penser. La panique qu'il avait ressentie lorsqu'ils étaient partis. L'odeur de la rivière. Le craquement de l'arme qui fait froid dans le dos. Il serra plus fort ses mains, ses ongles s'enfonçant plus profondément dans sa chair, la douleur repoussant tout.

Sur le siège avant, le conducteur passe le premier de ses trois appels téléphoniques. Le premier l'inquiète le plus, car il ne sait pas si la personne qu'il doit joindre va répondre. Il est soulagé d'entendre la voix à l'autre bout du fil. Il avait passé des heures à se familiariser avec elle, écoutant en boucle les menaces proférées par l'homme qui la possédait.

'Oui?'

Je sais ce qui est arrivé à Stokes et pourquoi.

Qui est cette personne ? Comment avez-vous obtenu ce numéro ?

Si vous voulez le savoir, vous devez me retrouver dans une heure", a dit le chauffeur. Il lui a ensuite donné l'adresse et a mis fin à l'appel.

La nature humaine ferait le reste.

40

Ty et Lock s'installèrent dans une cabine. En face d'eux, Tiffany essayait de remuer un trou au fond de sa tasse de café avec une cuillère.

Ty fit glisser une photo de Cody Parker sur la table. Tiffany y jeta un coup d'œil pendant moins d'une seconde new-yorkaise et secoua la tête.

Lock se pencha vers elle, de l'autre côté de la table. Mais c'est lui, c'est lui.

Cody Parker".

Il ne ressemblait pas du tout à ça.

Lock recadre avec sa main le sommet de la tête de Cody, estimant que, pour autant qu'il le sache, les longues mèches de Cody auraient pu être un déguisement qui aurait poussé plus tard. Regardez encore.

Elle continuait à remuer son café. Lock lui tendit la main et lui arracha la cuillère. Elle voulut la reprendre, mais il la tint hors de portée.

J'ai dit : "Regardez encore".

Je n'ai pas besoin de le faire. Cela ne lui ressemble pas du tout.

Lock lui rendit la cuillère et elle se remit à remuer.

OK, alors à quoi ressemblait le Cody Parker que Natalya voyait ? Et si tu dis "pas comme sur la photo", je te prends cette cuillère et je te la mets dans le cul.

Tiffany a jeté un coup d'œil à Ty : "Ton pote est vraiment intense".

Je sais, dit Ty, et c'est l'une de ses meilleures qualités.

Commençons par la taille, dit Lock.

Comme sa taille", dit-elle en désignant un serveur hispanique trapu qui débarrassait une table voisine de ses détritus.

Vers cinq heures huit ?

Si c'est ce qu'est ce type, alors oui.

Blanc ? Noirs ? Hispanique ?

Blanc, mais sa peau était toute abîmée. Comme s'il avait eu de l'acné quand il était plus jeune".

Quel type de cheveux ?

Marron avec un peu de blanc. Coupé court".

Comme le mien ?

Elle posa la cuillère sur la table, une petite goutte de café s'accrochant à son bol. Elle leva les yeux vers Lock comme si elle venait de le remarquer. 'Ouais, en quelque sorte'. En quelque sorte.

Quel âge ?

La quarantaine. Peut-être cinquante".

Mais il a dit qu'il s'appelait Cody ?

Elle regarda Lock comme un professeur particulièrement impatient regarderait un élève obtus et provocateur. Oui, c'est vrai.

Tu restes avec elle pendant cinq minutes, dit Lock à Ty. Assure-toi qu'elle n'aille nulle part.

Pourquoi ? Où allez-vous ?

Pour prendre d'autres photos.

41

La voiture de ville a cahoté sur le sol rugueux du terrain abandonné. Le conducteur s'est garé, a coupé le moteur, est sorti et a traversé la rue. Il a ensuite passé deux autres appels. Le premier était destiné au siège de Meditech. Le second, dix minutes plus tard, était destiné au FBI.

Une fois le dernier appel terminé, il a éteint son téléphone portable. Il est retourné vers un bâtiment abandonné situé à côté du terrain vague. À l'arrière du bâtiment se trouvait une porte déjà barricadée. Il entra et se fraya un chemin à travers les ordures qui jonchaient le couloir jusqu'à un escalier et commença à grimper jusqu'à son poste d'observation. De là, il pouvait voir le terrain avec la voiture de ville garée au milieu.

Quinze minutes plus tard, deux énormes GMC Yukon s'arrêtent en hurlant au bord du terrain vague. Ils sont restés là, moteurs allumés, comme s'ils ne savaient pas ce qu'ils allaient faire.

Brand est assis sur le siège passager avant du véhicule de tête, le bout des doigts de sa main droite traçant les mini-cratères sur son visage. Hizzard était assis sur le siège du conducteur. Brand l'avait choisi spécialement lorsqu'ils avaient reçu l'appel il y a à peine dix minutes.

Richard Hulme est assis à l'arrière. À l'arrêt, il s'élance, les mains agrippées au dossier du siège de Brand. Qu'est-ce qu'on attend ?

Ce n'est pas si simple. Nous vérifions d'abord qu'il est bien là. Ensuite, nous procédons au transfert. Une fois que c'est validé, nous pouvons le faire sortir.

Pourquoi ne pas l'attraper ?

Je vous ai déjà dit pourquoi. Ces gens ne font pas n'importe quoi ici".

Je vais aller voir", dit Richard.

Il pourrait s'énerver s'il vous voyait. Une fois que c'est fait, vous pouvez le faire sortir, je vous le promets".

Et s'il n'était même pas dans cette voiture ? Et s'il s'agissait d'une blague de mauvais goût ?

Brand se retourna pour lui faire face. Hizzard, vas-y.

Hizzard ouvrit la portière, sortit de la voiture et se dirigea en trottinant vers la voiture de ville. Lorsqu'il s'est approché à moins de trois mètres, il a ralenti et s'est agenouillé, regardant longue-ment et attentivement le dessous de la voiture. Puis il se dirigea vers la portière arrière la plus proche de lui. Il toucha la poignée, prit une grande inspiration et ouvrit la porte. Il y avait un petit garçon à l'intérieur. Il était assis presque nonchalamment, ses jambes se balançant sur le bord, un chapeau rabattu sur son visage.

Allô ?" dit-il, la voix rauque, la question hésitante.

Josh ?

Oui. La voix était un murmure.

Je suis venu t'emmener voir ton père. Mais j'ai besoin que tu sois patiente encore un peu. Peux-tu le faire pour moi ?

Je pense que oui.

Bien. Tu es très courageux. Maintenant, je vais m'approcher et enlever ce chapeau pour que tu puisses voir".

OK.

Hizzard s'est approché et a enlevé le chapeau. Josh le regarda fixement, reconnaissable, juste, d'après les photos qu'il avait vues. On lui avait coupé les cheveux, on les avait teints, mais c'était bien lui.

Je dois partir pour quelques minutes. Mais je reviens très vite. Tu dois faire une chose pour moi, d'accord ? Tu dois rester ici jusqu'à ce que je revienne te chercher. Quoi que tu fasses, ne quitte pas cette voiture.

Il referma la porte, laissant Josh seul. Il trottina tout le long du chemin du retour et remonta dans le Yukon de tête.

Richard l'a attrapé alors qu'il se rasseyait. C'est lui ? Est-ce qu'il va bien ? Sa voix se brisait, les questions s'empilaient les unes sur les autres.

C'est lui. Il va bien, Dr Hulme".

Brand appuie sur la touche de numérotation rapide de son téléphone. Il y a eu une seconde de pause avant que son appel ne soit pris par le responsable de la compagnie d'assurance qui lui avait été assigné.

C'est Brand. Nous avons une identification positive.

La femme à l'autre bout du fil a répondu : "Je vais procéder au transfert maintenant, M. Brand".

Brand met fin à l'appel.

Et maintenant ? demande Richard.

La compagnie d'assurance effectue le transfert. Une fois qu'elle a vérifié que le transfert a été effectué, elle me contacte et nous pouvons aller le chercher.

Et s'ils ne respectent pas leur part du marché ?

Ils le feront, dit Brand. S'ils ne le font pas, je parcourrai la terre à la recherche de chacun d'entre eux. Ils le savent. Il adresse un sourire rassurant à Richard. C'est fini. Nous allons bientôt retrouver votre fils.

Depuis son poste d'observation situé trois étages plus haut, le chauffeur a vu une camionnette Ford 96 déglinguée arriver parallèlement au terrain et se garer. Le conducteur a rallumé son téléphone portable et a passé un autre appel. Il a prononcé trois mots : "Nous l'avons". Puis il a raccroché.

En bas, il vit les quatre portes de chaque Yukon s'ouvrir et les hommes se précipiter vers la voiture. Le premier à l'atteindre ouvrit la porte arrière avec une telle force qu'il la fit plier sur ses gonds. Puis sa tête et le haut de son torse disparurent à l'intérieur. Il en ressortit avec une petite silhouette emmitouflée et repartit à toute allure vers les Yukons. Un homme vêtu d'une veste de sport et d'un pantalon chino, qu'il devine être Richard Hulme, saisit le petit garçon des mains de l'homme. Les autres hommes l'ont tiré, toujours avec le petit garçon, jusqu'à leurs véhicules.

De l'autre côté de la rue, Cody Parker s'est arrêté juste à temps pour s'assurer une place au bord du ring pour le transfert.

'Fils de pute'.

Il enclenche la boîte de vitesses du camion au moment où la première voiture du FBI lui fonce dessus, son nez coupant l'avant de son pick-up. Il regarde dans le rétroviseur, prêt à reculer, lorsqu'une autre voiture lui fonce dessus par l'arrière.

Là-haut, le conducteur a attendu que les portes des deux Yukons soient fermées avant de faire son dernier appel.

À l'intérieur de la voiture, le téléphone portable caché sous le siège a à peine eu le temps de s'activer. La voiture a explosé, projetant un cône de feu dans le ciel. Les vitres ont volé en éclats et des fragments de verre ont été projetés dans toutes les directions. L'onde de choc a poussé les panneaux de la carrosserie principale hors de la voiture, qui ont pivoté vers le haut et l'extérieur, l'un d'eux heurtant de plein fouet le Yukon le plus proche. Une seconde plus tard, une explosion secondaire projeta une nouvelle salve de flammes à l'arrière de la voiture, le réservoir d'essence s'enflammant.

Sur la banquette arrière de la Yukon de tête, Richard a regardé brûler la carcasse sans fenêtre de la citadine tandis que Josh enfouissait sa tête dans la poitrine de son père. Sanglotant de soulagement, il se pencha et embrassa le sommet de la tête de son fils, ses doigts passant rapidement dans ses cheveux. De l'autre côté de la rue, il pouvait voir un homme bien bâti avec une queue de cheval graisseuse être traîné hors d'un pick-up par quatre hommes portant des coupe-vent bleus ornés des lettres JTTF. L'homme proférait un flot d'obscénités tandis qu'on lui arrachait les bras dans le dos et qu'on le soulevait pour le mettre debout.

Il faut se tirer d'ici", dit Brand.

Hizzard n'a pas eu besoin de se faire prier pour appuyer sur l'accélérateur et s'éloigner de la carcasse fumante de la voiture de ville.

Sur la banquette arrière, Richard s'accroche à son fils. C'est bon, Josh, tu es en sécurité maintenant. Tu es en sécurité avec moi.

42

Dans un nouveau rebondissement de l'affaire de l'enlèvement de Josh Hulme, le libérateur d'animaux autoproclamé Cody Parker, également connu de la police sous le nom de Lone Wolf, comparaîtra lundi devant la justice fédérale pour enlèvement présumé de Josh Hulme, âgé de sept ans.

Carrie s'est arrêtée, a repoussé quelques cheveux qui s'étaient détachés et étaient tombés sur son œil gauche. Désolé, Bob, je vais réessayer", dit-elle à son caméraman, en se redressant et en se mettant en scène.

Dans un rebondissement dramatique de l'affaire de l'enlèvement de Josh Hulme, Cody Parker, trente-sept ans, militant des droits des animaux, également connu des autorités sous le nom de Lone Wolf, doit être traduit en justice lundi pour enlèvement au niveau fédéral. Parker fait également l'objet d'une enquête sur l'exhumation du corps d'Eleanor Van Straten, âgée de 72 ans. Il nie cependant toute implication dans l'enlèvement de Hulme".

Elle maintient son expression jusqu'à ce qu'elle compte trois. Comment c'était ?

Super, si c'est ce qui s'est réellement passé", dit Lock en contournant la fontaine à l'extérieur de Federal Plaza.

Ils ne s'étaient pas parlé depuis le dîner chez elle. Lock avait passé la nuit avec Paul, le nouveau compagnon de Carrie, qui jubilait devant lui depuis le buffet. Même Angel, le chien de sauvetage, l'avait abandonné pour se réfugier dans la chambre de Carrie, où elle s'était blottie dans les oreillers et refusait catégoriquement de bouger. Entre-temps, Carrie avait été occupée à essayer de suivre l'évolution de l'histoire de Josh Hulme à une vitesse vertigineuse, tandis que Lock avait lui aussi fait des recherches. Ils ont joué au chat et à la souris quelques fois, mais Lock n'était pas prêt à faire confiance à ce qu'il avait découvert sur la boîte vocale.

Tandis que son caméraman démontait son équipement, Carrie s'est jointe à lui.

Verrouiller à la fontaine. Qu'est-ce qui s'est passé ?

Je ne dispose pas encore de tous les éléments, mais je peux vous dire une chose : Cody

Parker n'a rien à voir avec l'enlèvement de Josh Hulme".

Le FBI n'est pas d'accord. Ils semblent penser qu'ils ont un dossier assez solide. Il a de la chance que l'État de New York n'applique pas la peine de mort, si vous voulez mon avis.

New York ne l'a pas à cause d'affaires comme celle-ci.

Qu'est-ce que tu veux dire ?

Qu'est-ce qui fait que quelqu'un est attaché à un vieux Sparky ou à une grosse seringue de chlorure de potassium de nos jours ?

Comment se fait-il que j'aie l'impression d'être sur le point de recevoir l'une de vos petites conférences ?

Faites-moi plaisir".

Un crime qui horrifie. Meurtre d'enfant, enlèvement.

Et dans ce genre d'affaires, les autorités subissent une pression énorme pour faire comparaître quelqu'un devant les tribunaux.

Ce n'est pas comme s'ils avaient choisi Cody Parker dans l'annuaire. Ils ont des preuves assez solides".

Et je parierais que tout cela est circonstanciel.

Je n'arrive pas à croire que tu défendes ce type ! Tu as entendu ce que j'ai dit il y a un instant. Il est certainement coupable d'avoir déterré une petite vieille et d'avoir jeté son corps au milieu de Times Square".

Et il devrait aller en prison pour cela. Pour une longue période. Mais ce qu'ils font, dit Lock en jetant un coup d'œil sur le bâtiment fédéral Jacob K. Javits, c'est de l'accuser de l'enlèvement.

Si Cody Parker ne l'a pas fait, qui l'a fait ?

Meditech".

Elle éclate de rire. Lock soutient son regard.

Oh mon Dieu, tu es sérieux !

D'accord, ce n'était pas un effort collectif. Je suppose que très peu de gens étaient au courant. Je ne suis même pas sûr que Nicholas Van Straten l'ait su".

Mais c'est le PDG.

Précisément. Écoute, Carrie, si les gens te prennent pour une folle quand tu parles de ce genre de chose, c'est parce qu'ils ont en tête l'image d'une grande réunion de direction où Van Straten est assis dans un fauteuil à haut dossier et caresse un chat blanc. Ce genre de chose ne se passe pas comme ça. La société avait besoin que Richard Hulme revienne travailler pour elle".

Alors pourquoi ne pas lui offrir, je ne sais pas, dix millions de dollars ?

Parce que quelqu'un comme Richard est le pire cauchemar de toute entreprise.

Et qu'est-ce que c'est ?

Un homme avec des principes qui ne peuvent être compromis par un grand nombre de zéros.

Alors ils enlèvent son enfant ?

A mon avis, oui. Hulme était un problème à résoudre. Quelqu'un a sorti des sentiers battus".

Vous voulez dire "hors de la stratosphère" ?

La couverture était déjà là. L'enfant disparaît, tout le monde se tourne vers les défenseurs des animaux. Après tout ce qui s'est passé, qui ne croirait pas qu'ils sont impliqués ? Surtout après que leur leader bien-aimé s'est fait fumer sur les marches de l'entreprise.

Et Meditech l'a fait aussi ?

Vous ne voyez pas les choses de la bonne façon. Vous pensez que Nicholas Van Straten a ordonné l'assassinat de Gray Stokes".

Ce n'est pas ce que vous suggérez ? dit Carrie.

Lock soupira. La vérité était que cela n'avait pas beaucoup de sens pour lui non plus. Mais la version officielle non plus. En fait, elle avait encore moins de sens.

Le fait est qu'une grande entreprise comme Meditech ne fonctionne pas comme l'armée. Dans l'armée, chaque tâche est décomposée en toutes petites étapes. Cela permet d'être à l'abri des erreurs, mais cela signifie aussi que personne ne peut aller de l'avant et faire ce qu'il veut. Dans une entreprise privée, c'est différent. Ils se fichent éperdument de la manière dont une tâche est accomplie, tout ce qui les intéresse, c'est le résultat net. C'est ainsi que l'on trouve en Irak des types qui travaillent dans des sociétés de sécurité et qui tuent des civils à tour de bras. Ce sont tous d'anciens soldats, mais tout d'un coup, ils n'ont plus de structure de commandement, plus personne pour leur mettre la main au collet s'ils font ce qu'il faut de la mauvaise manière". Il marqua une pause, frottant ses points de suture. Supposons que Meditech fasse chanter quelqu'un, que la mauvaise personne s'empare de l'information et qu'ils décident de résoudre le problème directement. Et dès que cette ligne a été franchie une fois...

Alors, qui a enlevé Josh Hulme ? demande Carrie.

Lock la regarde droit dans les yeux. Quelqu'un qui a le soutien du conseil d'administration de Stafford. Plus que probablement Brand.

Vous en êtes sûr ? Vous et lui n'avez jamais été d'accord".

C'est vrai, mais ce n'est pas pour cela que je pense qu'il est impliqué.

Alors pourquoi le faites-vous ?

Parce que Brand couchait avec Natalya Verovsky. Mais il lui a dit qu'il s'appelait Cody Parker".

43

Josh Hulme était assis, blotti contre son père, tandis que le croiseur se dirigeait vers le quai en faisant bouillonner l'écume dans son sillage. Devant eux s'étendait l'ancien chantier naval de Brooklyn, où se trouvait le nouveau centre de recherche de Meditech.

Richard contemple l'imposante enceinte. Un mur de vingt pieds de long bordait sa vision périphérique. Au sommet du mur, un drapeau solitaire à la bannière étoilée claquait au vent. Sous le drapeau, deux gardes rôdaient dans une allée. Ils étaient tous deux armés.

Richard rapproche Josh et embrasse le sommet de la tête de son fils. Ça va, mon gars ? Il fouille dans sa poche et en sort un paquet de comprimés Scopace. Si tu as le mal de mer, je peux t'en donner un.

Josh lui fait signe de s'éloigner. Papa, quand est-ce qu'on rentre à la maison ?

Papa doit d'abord terminer son travail.

Aujourd'hui ?

Peut-être dans une semaine ou deux.

Mais c'est bientôt le Nouvel An.

Je sais, mon grand, je sais, mais papa a fait une promesse.

En vérité, Richard se détestait. Josh avait besoin de lui. Il avait besoin de lui plus que jamais. Mais sans l'engagement qu'il avait donné à Meditech, Josh ne serait pas là, peut-être même pas en vie, alors que pouvait-il faire ?

Stafford descendit dans la cabine du croiseur. La mer est un peu agitée. Il s'installe sur la banquette à côté de Richard et ébouriffe les cheveux de Josh. Ne vous inquiétez pas, nous serons là dans une minute ou deux.

Josh se raidit et repousse sa main.

Ecoute, je peux t'emprunter ton père une seconde, mon gars ? Richard suit Stafford sur le pont, tandis que le bateau se met en marche.

a poursuivi son chemin.

Quatre-vingts millions de dollars. C'est beau, n'est-ce pas ?

Tout ce que Richard pouvait voir, c'était un mur vide qui s'étendait sur une longueur d'environ trois cents mètres le long d'une parcelle de terrain faisant face au quai. La seule chose remarquable était sa hauteur. Une bonne vingtaine de pieds. Peut-être plus.

Stafford donne une tape dans le dos de Richard. Il s'en sortira.

Ce n'est pas votre fils. Vous ne pouvez pas imaginer ce que cela a été pour nous".

C'est vrai. Mais le plus important, c'est qu'il est en sécurité maintenant. Richard regarde droit devant lui.

Stafford regarde lui aussi le mur. Je ne pense pas qu'il y aura beaucoup de fous qui viendront protester ici, d'une manière ou d'une autre.

Vous ne pensez pas que toute cette sécurité est exagérée ?

Richard, je sais que vous, les universitaires, vous n'avez pas toujours une vue d'ensemble, mais pour l'amour du ciel, je vous en prie. Nous allons avoir affaire à un niveau 4, catégorie A. Vous pourriez détruire la moitié du pays avec ce que nous aurons à l'intérieur. On pourrait détruire la moitié du pays avec ce que nous aurons à l'intérieur".

Mais pas d'animaux ?

Rien avec une queue, des pattes ou de la fourrure. Vous avez fait valoir votre point de vue, Richard. Et je suis d'accord avec vous. Ce que nous faisions était de la mauvaise science. Ce qui en faisait une mauvaise affaire".

Le bateau s'est arrêté à l'une des jetées et s'est amarré. Stafford en descend. Il tend la main à Richard qui, à son tour, aide Josh à rejoindre la terre ferme.

Ils suivirent Stafford le long d'une passerelle et jusqu'à un tablier en béton, Josh ayant du mal à suivre les longues enjambées de Stafford. Ils marchèrent ensuite jusqu'à l'extrémité du mur et tournèrent à gauche.

Stafford jette un coup d'œil à Richard par-dessus son épaule. Il ne reste plus beaucoup de chemin à parcourir. J'ai pensé que l'approche par la rivière était une meilleure idée. Cela vous donnera une meilleure idée de la taille de l'endroit".

Quatre cents mètres plus loin, le mur était séparé par une allée suffisamment grande pour que des camions puissent passer de chaque côté et par un guichet en métal tenu par un Afro-Américain d'âge moyen vêtu d'un uniforme de sécurité Meditech. Ils s'arrêtèrent devant la cabine et Stafford présenta sa carte Meditech plastifiée. Richard fait de même. Le garde les a contrôlés sans dire un mot, puis a comparé leur nom à la liste des visiteurs.

Pourriez-vous lever la tête pour moi, s'il vous plaît ?", dit-il en désignant un endroit derrière lui.

Ils s'exécutent et un flash jaillit d'un point fixe sur le mur où une caméra avait été installée.

Le garde regarde un écran d'ordinateur. C'est bon, vous pouvez passer maintenant.

Logiciel de reconnaissance faciale", a déclaré Stafford, qui a poursuivi son chemin.

La sécurité ici est comparable à celle de Fort Knox", a déclaré Richard.

Pas comme, dit Stafford. 'Mieux'.

Une fois la porte franchie, ils traversèrent un poste de garde tenu par deux gardes, tous deux armés. Il était suffisamment large pour cacher la vue de la zone située derrière lui à toute personne se trouvant au premier point de contrôle. Ils suivirent la même procédure et pénétrèrent dans l'enceinte du complexe où Missy les attendait, tapant des pieds pour éviter qu'ils ne gèlent, mais toujours aussi enjouée.

Hey, Josh, laisse-moi te montrer où tu es logé", a-t-elle gazouillé. Stafford l'avait apparemment recrutée pour assurer la garde officieuse des enfants. Ils passèrent devant une série de bâtiments blancs à un étage, dont les plus remarquables étaient les suivants

uniquement pour leur uniformité. L'ampleur de l'endroit était impressionnante, surtout si près de la ville.

Josh ne lâche pas la main de son père.

Nous avons un arbre de Noël pour toi et tout le reste", dit Missy.

C'est bon, Josh, rassure Richard, tu peux aller avec elle. Je te rejoindrai dans quelques minutes.

À contrecœur, Josh a lâché la main de son père et Missy l'a emmené. Richard les regarde partir.

Cela ne pouvait pas attendre la fin des vacances ?

Richard, nous avons un délai à respecter. Si nous attendons, nous perdons notre avantage concurrentiel". Stafford donne une tape dans le dos de Richard.

Ecoutez, si le procès se passe bien, vous aurez trois mois de congés payés. Je pourrais même vous accompagner. Laissez-moi d'abord vous montrer le laboratoire de recherche. Je pense que vous allez être époustouflé". Stafford tourna à gauche, mais Richard ne bougea pas. Son attention avait été attirée par une zone située à environ deux cents pieds de là. Un bâtiment identique aux autres, entouré d'une clôture à mailles losangées.

surmonté de fils barbelés. Qu'est-ce que c'est ? demande-t-il.

C'est un immeuble d'habitation. Ne vous inquiétez pas, vous n'aurez pas à vous en approcher si vous ne le voulez pas.

Qu'est-ce que nous accommodons ?

Les sujets d'expérience".

Tu m'as menti.

Sémantique, Richard. C'est tout".

Et il y a autre chose", dit Richard. Il n'y avait même pas pensé jusqu'à présent. C'était quelque chose que Lock lui avait dit dans son appartement et qui ne remontait à la surface que maintenant. Quelque chose à propos de la présence de l'anormal et de l'absence du normal. Les barbelés se trouvaient dans la colonne des anomalies, mais il y avait quelque chose d'autre dans cet endroit qui n'était pas normal. Cela fait cinq minutes que je suis ici et les seules personnes que j'ai vues sont des gardes. Où sont les techniciens ?

Nous disposons d'un personnel réduit pendant cette phase.

Alors pourquoi avez-vous besoin de moi pour cela ?

Parce que vous devez approuver les données. Votre nom compte beaucoup pour la Food and Drug Administration, sans parler du ministère de la Défense.

Alors, faites-le et envoyez-moi les résultats cliniques. Je pourrai juger sur la base de...".

Stafford l'a interrompu en lui attrapant le bras et en le serrant très fort. Cela lui fait mal. Nous n'avons plus de place pour les dilemmes éthiques, même après les essais. C'est pourquoi nous préférerions que vous mettiez la main à la pâte autant que possible.

Richard sentit une petite terreur se former au fond de son estomac. Alors, ces sujets d'expérience, qu'est-ce qu'ils sont exactement ? Qu'est-ce qu'ils sont exactement ?

Considérez-les comme des primates de niveau supérieur.

44

Un vent latéral violent secoue le Gulfstream alors qu'il entame son approche finale vers la piste d'atterrissage, la visibilité étant fortement réduite par la pluie battante qui s'abat sur les flancs de l'appareil. Les masques de ski portés par le pilote et le copilote n'ont pas aidé non plus. Aucun des deux hommes ne connaissait le nom de l'autre, ni ne savait pour qui il travaillait. Il en va de même pour les huit autres membres de l'équipage.

Dans la cabine, les sièges en cuir cossu, habituellement utilisés pour amortir les fesses déjà bien rembourrées des cadres supérieurs, ont été remplacés par six brancards. Sur chaque brancard repose une personne. Six au total. Cinq hommes et une femme.

Leur tête était recouverte d'une cagoule, une fente ayant été pratiquée dans le tissu aux deux tiers de sa longueur pour leur permettre de respirer. Leurs mains sont menottées, chaque menotte étant attachée à un support soudé de part et d'autre du brancard. Leurs pieds étaient attachés de la même manière. Ils étaient vêtus d'un tee-shirt et d'un pantalon rouge vif. Sous leurs pantalons, ils portaient des couches pour adultes. Aucun d'entre eux n'avait été détaché pendant le vol pour aller aux toilettes.

De toute façon, ils n'avaient pas vraiment envie de bouger. Avant le départ, on leur a injecté à chacun une quantité d'Haldol, un puissant antipsychotique. Les pilules pouvant être glissées sous la langue ou recrachées, l'administration par voie intraveineuse a été jugée comme le moyen le plus efficace de s'assurer que les médicaments pénètrent dans leur organisme.

Mareta Yuzik, la langue bien pendue et groggy, ouvre les yeux sur l'obscurité. Pendant un instant, elle se demanda si elle n'avait pas été aveuglée. Puis elle se souvint de la cagoule. Elle pouvait sentir le tissu contre son visage. Elle sourit de soulagement.

Elle ressent une douleur fulgurante sur le côté gauche. Elle essaya de tendre la main vers le bas pour toucher l'endroit le plus sensible, mais sa main ne bougeait pas. La tension autour de ses poignets et de ses chevilles lui indiqua qu'elle était enchaînée.

Pas aveugle, seulement encapuchonné. Elle n'est pas paralysée, mais simplement enchaînée. Et, miraculeusement, elle pouvait entendre. Au cours des dernières semaines, lorsqu'elle avait été déplacée d'un endroit à l'autre, des protections auditives avaient été placées sur sa tête, de sorte qu'elle ne pouvait percevoir que les bruits les plus forts, plus par vibration qu'autre chose. Le fait de pouvoir entendre signifie qu'elle sait qu'elle est à bord d'un avion. Cela signifiait aussi qu'elle pouvait entendre les gardes, même par-dessus le bruit des moteurs. Elle a reconnu leurs accents d'après les films. Ils étaient américains. Elle pouvait entendre deux d'entre eux parler.

C'est bon d'être à la maison.

Quelle est la durée de l'escale ?

La semaine, peut-être. Ça dépend de comment ça se passe. Et vous ?

C'est à peu près la même chose. Laissez-moi vous dire que je serai heureux de quitter cette chose. Ces types me donnent la chair de poule.

Détendez-vous, ils ont assez de merde dans leur système pour aplatir un éléphant.

Pourquoi les a-t-on ramenés ici, d'ailleurs ?

Je ne sais pas. J'ai entendu parler d'un procès.

Bien. J'espère qu'ils les fumeront.

Je leur mettrais une balle pour économiser l'énergie.

Le Gulfstream roula jusqu'au bout de la piste et tourna à droite, en direction d'un hangar éloigné, situé à moins de cinq cents mètres. Les portes du hangar étaient déjà ouvertes et plus d'une douzaine d'hommes se trouvaient à l'intérieur, ainsi que six SUV. Comme tous ceux qui se trouvaient à bord, tous les hommes étaient masqués.

L'avion s'est frayé un chemin à l'intérieur du hangar et les vastes portes métalliques se sont refermées derrière lui. Quelques secondes plus tard, la porte de l'avion s'est ouverte et les marches ont été dépliées et abaissées jusqu'au sol. L'un des hommes les gravit et disparaît à l'intérieur de l'avion.

Un seul des détenus a été libéré de ses entraves. Il s'agit de la femme. L'un des gardes a dégainé son arme de poing et l'a passée à son partenaire. Il l'aida à descendre du brancard et à se mettre debout. Elle luttait pour rester debout et il ne pouvait rien faire de plus pour l'empêcher de s'écrouler. Ils descendirent les marches de l'avion en titubant, comme des amoureux sortant d'un bar.

En posant le pied sur le béton, elle s'est mise à genoux.

Elle va bien ?

Attention, elle fait peut-être semblant.

'Mec, tu as une imagination débordante'.

Vous avez lu son dossier ? Elle a tué plus de gens que Ben Laden".

45

C'est des conneries. Je n'ai pas pris d'enfant !

Alors qu'est-ce que tu faisais là, Cody ?

Frisk faisait face à Cody Parker et à son avocat commis d'office, une femme hispanique d'une vingtaine d'années, en face d'une table dans une salle d'interrogatoire située au troisième étage de la Federal Plaza.

Je vous l'ai dit. J'ai reçu un appel téléphonique.

C'est très pratique. De la part de qui ?

Je ne sais pas. Ils ont dit qu'ils savaient qui avait tué Gray Stokes et que si je voulais le savoir, je devais les rencontrer à cette adresse.

Ils ne vous ont pas donné de nom ? Vous n'avez pas reconnu la voix ?

Non. Si j'ai kidnappé ce gamin, où est l'argent ? Ou tu l'as mis dans mon camion ?

Pourquoi ne pas nous dire où il se trouve ?

Quelqu'un m'a piégé.

Frisk se renverse sur son siège, étire ses bras et bâille.

Je suis prêt à explorer d'autres scénarios".

C'était cette entreprise. Ils voulaient se venger de moi". Frisk rit. Ce n'est pas très professionnel, mais c'est plus fort que lui. Ils ont organisé l'enlèvement de l'enfant d'un de leurs employés pour se venger de vous personnellement ? D'accord, c'est une hypothèse intéressante. Mais elle ne permet pas de déterminer le mobile. Pourquoi vous ?

Comment ça, "pourquoi moi" ? Je me suis occupé d'eux. Et pourquoi n'êtes-vous pas en train d'essayer d'attraper celui qui a tué ma mère ?

Parce que nous n'avons aucune preuve qu'elle soit morte d'une autre cause que naturelle. Mais cela nous amène à un autre événement. Déterrer le cadavre d'Eleanor Van Straten. C'est ce que vous entendez par "s'en prendre à eux" ?

Cody lève les yeux au plafond. Je ne sais pas de quoi tu parles.

Sauf que nous avons trouvé sur vos bottes des particules de terre qui correspondent à la terre de la tombe de Mme Van Straten.

La mâchoire de Cody se crispe. Il jeta un bref coup d'œil à son avocat.

OK, c'était donc moi.

Enfin", dit Frisk. Et qui était avec vous ?

J'étais seul.

Le déplacement d'un corps, même d'une petite vieille, se fait à deux. Au minimum.

Je vous l'ai dit. J'étais seul.

Alors votre ami, celui qui a fait exploser la voiture, s'est débarrassé de tous les documents médico-légaux ?

Vous voulez que je fasse exploser de la merde pour me débarrasser de la police scientifique et que je m'assoie en face de ce garçon ?

Eh bien, vous devez admettre que vous étiez là. Je veux dire, personne ne vous a téléporté ou quoi que ce soit d'autre".

J'étais là. Et je vous ai dit pourquoi. Vérifiez les relevés téléphoniques de la maison si vous ne me croyez pas'.

Nous l'avons déjà fait.

Et ?

Vous avez reçu un appel quand vous l'avez dit.

Alors je dis la vérité.

Les dossiers ne disent rien sur ce qui a été dit. Et pour ce qui est de dire la vérité, combien de fois avez-vous été interrogé au sujet de Mme Van Straten ?

Je ne m'en souviens pas vraiment.

Trois fois. Et trois fois, vous avez nié toute implication. Permettez-moi donc d'être un peu sceptique quant à votre honnêteté".

Cody tend les bras vers le plafond. Qu'est-ce qui se passe maintenant ?

Vous êtes mis en accusation. Vous attendez d'être jugé. Vous aurez tout le temps de réfléchir si vous voulez ou non plaider coupable".

Vous ne pouvez pas me mettre ça sur le dos. Ni sur personne au sein du mouvement".

C'est vrai ? dit Frisk en se levant de son siège et en se dirigeant vers une boîte de rangement en plastique dans le coin de la pièce. Il en a retiré le couvercle et en a sorti un sac de preuves en plastique transparent. À l'intérieur se trouvait un album photo au dos rouge et à la couverture grise unie. Il l'a ramené sur la table. Allez-y.

Cody ouvrit le sac comme si quelque chose allait surgir des pages de l'album et le mordre. C'est à moi. Et alors ?

Oh, nous savons que c'est le vôtre. Il y a vos empreintes partout".

Pourquoi me demandez-vous cela alors ?

Parce qu'il était avec Josh Hulme quand il a été retrouvé. Quelqu'un l'a laissé tomber au point d'échange. Et il y a vos empreintes dessus ainsi que celles de Josh Hulme.

J'ai été dépouillé d'un tas de trucs lors d'un cambriolage", dit Cody sans ambages.

Vous le signalez ?

Non", répond Cody en secouant la tête.

Josh Hulme nous a dit que cet album se trouvait dans la pièce où il a été enfermé après son enlèvement.

Frisk tendit la main et ouvrit l'album à une page au hasard. Les yeux étaient grands, bruns et familiers à Frisk et Cody. Il en était de même pour la chair rouge à vif sur le sommet du crâne du chien.

La porte s'ouvre et un officier en uniforme entre. Il se penche à côté de Frisk et baisse la voix. Il y a un Ryan Lock qui demande à vous parler.

Frisk se lève. Il prend l'album et le présente au visage de Cody. C'est plutôt malsain d'exposer un enfant à cela, n'est-ce pas, M. Parker ?

46

Vous voulez que je mène cette enquête sur la foi d'une prostituée adolescente que vous avez trouvée dans un club de strip-tease ? Dans lequel, soit dit en passant, vous êtes entré avec une arme à feu. Si vous continuez comme ça, Lock, nous allons devoir inscrire de nouveaux délits dans les registres pour pouvoir suivre".

Mais tu vas t'en occuper ?

Lock savait que Frisk serait difficile à vendre. Il n'était même pas sûr que Carrie le croie. Mais il était là, dans le bureau de Frisk, à lui demander une faveur.

Pour ce que ça vaut, dit Frisk sans ambages.

Tout ce que je vous demande, c'est de garder l'esprit ouvert.

Cela n'a rien à voir avec le fait que Brand vous remplace en tant qu'administrateur.

Le chef de la sécurité de Meditech, n'est-ce pas ?

Je suis en convalescence.

La plupart des gens le font chez eux, au lit, avec un bon bol de soupe au poulet.

Lock sourit. Je n'ai pas dit que j'étais doué pour cela.

Frisk ouvre le tiroir du bas de son bureau et en sort un récipient Tupperware en plastique. C'est ma femme qui me prépare le déjeuner. Vous savez, elle essaie de s'assurer que je mange des légumes verts". Il enleva le couvercle et le montra à Lock pour qu'il l'inspecte. Je veux dire, sérieusement, est-ce que tu mangerais cette merde ?

Lock l'a repoussé.

Tu as la trique pour Brand depuis la première fois que je t'ai rencontrée", poursuit Frisk.

Il a eu la trique pour moi.

Se porter volontaire pour témoigner contre l'un de ses propres hommes ? Ce n'est pas ce qui vous vaut d'habitude d'être condamné dans l'armée ?

Pas là où j'ai servi. Pas si quelqu'un avait franchi la ligne".

Ah oui, j'avais oublié que tu avais servi avec les Limeys. C'est pour ça que toi et

Brand ne s'entendent pas ?

Allez en Écosse. Essayez de les appeler Limeys et voyez ce qui se passe. J'ai servi dans la même branche de l'armée que mon père. J'ai servi sa mémoire. J'ai essuyé beaucoup d'insultes des deux côtés parce que j'étais un cabotin pendant que je le faisais. Mais je n'ai jamais ressenti le besoin de me draper dans un quelconque drapeau pour prouver mon patriotisme".

Joli discours", dit Frisk en remettant le couvercle sur sa boîte à lunch.

Ecoutez, j'ai un coupable.

Qui ne l'a pas fait ?

Il y a des preuves dont vous n'êtes pas au courant.

Comme ?

Frisk se lève. Qui es-tu d'ailleurs, Lock ? Un simple mercenaire".

Cette affaire est une connerie et vous le savez.

Je sais que j'ai un type qui a admis avoir déterré le corps

d'Eleanor Van Straten et qui était présent lors de la remise des clés. Tout ce que vous avez, c'est le fait que l'un de vos collègues se tapait la nounou de Richard Hulme".

Qui a dû être impliqué dans l'enlèvement.

Quelques mois plus tôt, elle faisait des branlettes à l'arrière d'un club de strip-tease, alors comment savez-vous qu'elle ne baissait pas sa culotte pour plus d'un homme ?

Lock se remémora les minutes qu'il avait passées dans la chambre de Natalya après que Richard Hulme l'ait retrouvé. Cela semblait remonter à une éternité, mais il voyait encore dans son esprit la photo de la jeune fille avec sa famille. Tout cet optimisme, toute cette promesse. Il serra son poing droit et commença à le ramener en arrière, sans même se rendre compte qu'il le faisait.

Frisk regarda le sang s'écouler des articulations de Lock, qui recula d'un pas. Ce serait une très mauvaise idée.

Lock est conscient que deux agents l'observent depuis les bureaux voisins.

Tu sais, quand j'ai appris que tu avais couru vers ce sniper, j'ai

Je me suis dit que vous étiez peut-être folle. Mais maintenant, j'en suis certain. Lock respire profondément et compte lentement jusqu'à dix.

On en a fini ? lui demande Frisk.

Eh bien, puisque vous en avez parlé. Qu'en est-il de Gray Stokes ? Quelqu'un va-t-il être inculpé pour son meurtre ?

C'est en cours.

Que dit la police scientifique à propos du fusil qui a tué Stokes ?

Un M-107.

Traçable ?

Disparu d'une unité de combat en Irak.

Il s'agit donc probablement d'anciens militaires", a déclaré Lock sans ambages.

Je dirais que c'est une bonne supposition.

Et cela ne convient à aucun des défenseurs des droits des animaux.

Ils ne sont pas tous connus de nous", objecte Frisk. Cody Parker s'est fait discret, et regardez ce dont il était capable.

Écoutez, quand je suis entré dans l'arrière-boutique, j'ai tout de suite su que j'avais affaire à autre chose qu'à une bande de gens qui se mettent en colère parce qu'un beagle s'est vu offrir un paquet de cigarettes. Si quelqu'un était prêt à se donner du mal pour mettre la main sur un M107 et apprendre à s'en servir, vous pensez qu'il raterait Van Straten et qu'il attraperait l'autre ?

Frisk enfile son manteau et se dirige vers la porte. Pour l'amour du ciel, Lock, la prochaine fois, apporte-moi quelque chose de plus qu'une rancune.

47

Brand se tient devant la porte avec deux autres membres de l'équipe. Ils étaient tous en tenue anti-émeute : casques à visière, gilets pare-balles et grosses bottes. Maintenant que la situation à Hulme a été résolue de manière satisfaisante, Brand va prendre personnellement en charge le fonctionnement quotidien de l'unité d'isolement. Au total, ils doivent s'occuper de douze individus, arrivés par deux vols distincts. Chacun d'entre eux est considéré comme extrêmement dangereux.

Brand tient dans sa main un petit moniteur qui reçoit en direct les images de la caméra placée de l'autre côté de la porte. Un judas, même en verre ou en plexiglas, serait beaucoup trop dangereux.

La femme était allongée sur le lit et regardait le plafond. Les deux autres hommes entraient dans la cellule, l'enchaînaient et la menottaient, tandis que lui restait de l'autre côté de la porte. S'il y avait plus de deux hommes dans la cellule avec la personne jugée, les mouvements seraient trop difficiles. Ils finiraient par se gêner mutuellement. Pour la même raison, aucune arme à feu n'était autorisée à l'intérieur de la cellule, ni dans le reste du bloc d'hébergement d'ailleurs.

Prêts ? leur demande Brand.

Les hommes vérifient une dernière fois leur équipement.

Je ne comprends pas pourquoi ils ne peuvent pas être dopés", a déclaré l'un d'eux.

Cela rendrait les choses beaucoup plus faciles.

On ne peut pas faire de tests sur quelqu'un qui a toute cette merde dans son système.

Que faire en cas de problème avec l'un d'entre eux ?

Quel genre de problème ?

Comme ils nous sautent dessus.

Brand soulève sa visière et pointe le moniteur. Vous avez peur d'une femme ?

Je pose une question, c'est tout.

La procédure est la suivante : vous êtes seul.

Cinq minutes plus tard, Mareta est conduite dans la salle d'examen, enchaînée et entravée. Elle n'avait pas l'air effrayée. Elle n'avait pas l'air effrayée, ni défiante d'ailleurs. Elle avait l'air vide.

L'estomac de Richard fit un bond en arrière. Depuis sa conversation avec Stafford, il savait qu'ils utiliseraient des sujets d'essai humains et s'était dit qu'il s'agissait peut-être de volontaires. Les paiements pour les essais cliniques pouvaient atteindre des milliers de dollars. Beaucoup d'argent pour certaines personnes. Mais qui se porterait volontaire pour cela ?

Il savait également que la recherche sur les vaccins contre les armes biologiques avait une histoire mouvementée. Qu'il s'agisse de soldats délibérément exposés à de fortes doses de radiations lors d'essais nucléaires ou d'essais de médicaments civils qui ont mal tourné, les essais en conditions réelles constituaient un champ de mines éthique et juridique. S'ils étaient réussis, ils pouvaient sauver des milliers, voire des millions de vies ; s'ils étaient ratés, les conséquences perduraient. Parfois sous la forme de malformations congénitales, pendant des générations.

C'est pourquoi Stafford avait été si désireux de l'avoir à bord, quoi qu'il en coûte. Sa meilleure chance, peut-être sa seule chance maintenant, était d'accepter ce qui se passait.

Pourquoi est-elle retenue de la sorte ? demanda-t-il à Brand.

Ne vous inquiétez pas, doc, c'est avant tout pour votre sécurité.

Puis-je vous parler en privé pendant un moment ?

Bien sûr, docteur.

Richard ouvre une porte au fond de la salle d'examen et

Brand l'a suivi dans un petit bureau.

Qu'est-ce qui se passe ? demande-t-il.

Je suis juste là pour m'assurer que tout le monde est en sécurité.

Oui, c'est vrai, pensa Richard, en remarquant l'expression de plaisir sur le visage de l'enfant.

Visage de la marque.

Vous pensiez que nous allions mettre une annonce dans le Village Voice et trouver des volontaires pour cela, doc ?

Qui est-elle ?

Quelqu'un qui ne manquera pas à la planète si tout va mal. C'est tout ce que vous avez besoin de savoir.

Ce n'est pas suffisant. Je refuse d'effectuer des tests tant que personne ne m'aura dit ce qui se passe ici".

Alors parlez à Stafford. Il sera là plus tard.

Et si je ne suis pas là ?

C'est à vous de décider. Mais pour l'instant, tout ce qu'on vous demande, c'est de les vérifier et de vous assurer qu'ils sont adaptés à l'objectif visé.

La porte qui reliait les deux pièces était encore entrouverte, et Richard pouvait voir Mareta avec ses deux gardes. Elle paraissait minuscule en comparaison, la différence étant accentuée par le gilet pare-balles. D'un pas las, il se dirigea vers elle, conscient que son fils se trouvait dans l'enceinte.

Le corps de Mareta était une tapisserie de torture. Richard l'avait deviné lorsqu'il l'avait vue entrer pour la première fois. Sa démarche était lente, son pas plus court qu'il n'aurait dû l'être. Elle marchait presque sur la pointe des pieds, hésitant à poser ses talons au sol - résultat d'une technique connue sous le nom de falanga. En termes simples, il s'agit de frapper la plante des pieds avec un instrument contondant. De manière répétée.

Je ne peux pas l'examiner correctement quand elle est attachée comme ça.

Brand échange un regard avec ses deux hommes. Elle est trop dangereuse pour ne pas l'être.

Richard dut réprimer une envie de rire. La femme mesurait cinq pieds six pouces, ne pesait pas plus de cent cinq livres et semblait sur le point de s'effondrer.

Elle n'a peut-être pas l'air de grand-chose, doc, mais il suffit d'un coup dans la gorge ou d'un doigt au bon endroit pour étouffer quelqu'un.

Richard tire la chaise de derrière son bureau et la pose à côté du divan d'examen. Laissez-la au moins s'asseoir.

Mareta a été poussée sur les quelques mètres qui la séparaient de la chaise. Un homme la soutient sous chaque bras pour qu'elle puisse s'asseoir.

Richard s'agenouille devant elle pour être à la hauteur de ses yeux. Elle semble l'étudier.

Bonjour, je m'appelle Dr Hulme, quel est le vôtre ? dit Richard, sur un ton qui laisse penser qu'il s'adresse à un enfant.

L'un des gardes ricane.

No habla anglais, doc", a déclaré Brand.

Elle parle espagnol ? Un autre ricanement.

Non, nous n'avons pas kidnappé de fayots", répond Brand. Même si j'aurais aimé y penser, j'aurais pu passer un accord avec les Minutemen et économiser un paquet de transferts aériens. J'aurais pu passer un accord avec les Minutemen et économiser un paquet sur les transferts aériens.

Ecoutez, j'ai besoin d'un nom pour mon dossier.

Nous avons un numéro pour vous, si cela peut vous aider. Cela pourrait simplifier les choses. Surtout quand il s'agira de lui injecter ce que vous testez".

Merci, je connais la théorie", a répondu Richard.

Après le premier essai du médicament DH-741, une note de service avait été envoyée à tous les employés de Meditech impliqués dans l'expérimentation animale, indiquant que tous les sujets ne devaient être connus que par un numéro et qu'en aucun cas on ne devait leur donner un nom ou les désigner par autre chose que leur numéro. Toute personne désignant un animal par son nom devait être immédiatement signalée aux ressources humaines. La raison apparente est que cela réduirait la probabilité que les données des sujets soient mélangées, mais Richard soupçonne une autre raison. Donner un nom à quelque chose, c'est lui donner une identité.

De toute façon, très peu de scientifiques ont pris la peine de nommer leurs sujets. Ils se moquaient de toute tendance anthropomorphique chez leurs collègues, considérant comme puéril le fait d'attribuer des traits humains à des animaux. Richard soupçonne cependant que leur attitude découle d'un désir de fermer les yeux sur leurs propres sentiments. Au mieux, les animaux souffrent d'inconfort, au pire, ils meurent dans d'atroces souffrances.

Richard avait vu les choses différemment. Si deux douzaines de primates devaient vivre l'enfer pour mettre au point un traitement susceptible de sauver des milliers de vies, alors la fin justifiait les moyens. La mort de sa femme, atteinte d'un cancer, n'avait fait que renforcer sa conviction. Aujourd'hui, dans cette salle, il se rend compte que les moyens viennent d'augmenter de façon exponentielle. Et pour lui, la fin l'était aussi. En refusant, il risquait de mettre fin à la chose à laquelle il tenait le plus au monde : Josh. L'acceptation l'obligeait à franchir un territoire moral sans retour.

D'accord, je l'inscris comme sujet zéro", dit Richard en tournant le cou pour regarder Brand.

Catchy", a répondu Brand.

Richard se retourna vers Mareta, juste au moment où elle gonflait ses joues et lui lançait une gerbe de salive en plein visage. Elle l'atteignit juste au-dessus de l'œil gauche et commença à dégouliner le long de sa joue en direction de sa bouche.

Essayant de ne pas la regarder, il l'essuie avec la manche de sa blouse. Lorsqu'il faisait des prises de sang, il demandait au laboratoire de vérifier la présence d'hépatite.

Il était temps de se mettre au travail.

48

Quand les gens imaginent New York, ils pensent d'abord à la ligne d'horizon, puis à la pression des corps. Mais dans le bon quartier, au bon moment, on peut se retrouver seul, sans âme qui vive. C'est là que se trouvait Carrie. À dix rues de chez elle. Et le silence lui permettait d'entendre les bruits de pas derrière elle, aussi clairs que du cristal.

Les pas s'accélèrent. Elle jeta un coup d'œil en arrière mais ne vit personne. Elle pouvait sentir la présence de la personne qui la suivait maintenant. Un homme, presque certainement un homme.

Elle plongea la main dans sa poche et y trouva la petite boîte de masse. C'était un cadeau de Lock, accompagné d'une longue explication. On peut vous enlever un couteau. Idem pour un pistolet. Un taser, le dernier must-have des dames qui déjeunent, trop délicat à déployer. Si vous manquez le dard, vous devez vous approcher. Une alarme anti-viol ? Quelqu'un devait prendre la décision d'intervenir, et on était à New York. Il lui a donc donné un spray au poivre et lui a enseigné quelques mouvements : coup de coude, coup de poing à deux mains. Tout cela dans un seul but : lui donner le temps de s'enfuir. D'après lui, le métier de garde du corps se résume à cela. Une fuitte organisée.

Elle a tâté le bouchon rouge au sommet de la boîte et l'a poussé vers l'avant. Elle a cherché la gâchette juste en dessous. Avec son index, elle fit le tour du métal froid et repéra l'embout. Elle ne voulait surtout pas s'asperger.

Elle sentait le type presque sur son épaule. Elle était sûre qu'il s'agissait d'un homme au son de ses pas.

Elle fit trois pas de plus, se retourna et sortit la masse en même temps.

'Whoa ! Carrie, désolé, je n'étais pas sûr que c'était toi. Je ne voulais pas crier après une inconnue dans la rue et l'effrayer".

Imbécile, Ryan.

On me le dit souvent.

J'ai cru que vous étiez un agresseur.

Vous souhaiteriez que je le sois dans une seconde.

Pourquoi ?

J'ai besoin d'une dernière faveur.

S A JOURNÉE AVAIT COMMENCÉ à six heures par une visite à la salle de sport et une heure de punition sur un Stair Master. Des milliers d'habitants de la ville qui vivent dans des immeubles sans ascenseur rêvent de déménager pour ne plus avoir à monter des volées d'escaliers. Pourtant, elle était là, entourée de femmes de son âge ou plus jeunes, à payer pour ce privilège.

Les hommes pouvaient s'en sortir en prenant leur pied devant la caméra. Quelques kilos en trop et un visage de limier leur conféraient une certaine gravité. Pour une femme, c'était un moyen de terminer sa carrière. C'était la réalité de son métier.

Il était neuf heures du soir et elle se tenait devant une caméra à l'extérieur du siège de Meditech. Trois heures après avoir quitté le travail. Elle en avait passé deux à persuader Gail Reindl d'accepter l'article.

Grâce à son oreillette, elle peut entendre la voix du présentateur dans le studio : Pour un nouveau développement dramatique dans l'affaire de l'enlèvement de Josh Hulme, nous nous tournons vers notre correspondante qui se trouve en direct devant les bureaux de Meditech Corporation pour une mise à jour exclusive. Carrie, quelles sont les nouvelles informations qui ont été révélées ?

Comme un golfeur, Carrie avait une routine chaque fois qu'elle allait en direct. Elle prenait une profonde inspiration qui durait jusqu'à ce qu'elle compte jusqu'à trois. Cette fois-ci, elle comptait jusqu'à cinq.

Merci, Mike. Comme ceux d'entre nous qui ont suivi cette histoire le savent déjà, une arrestation a eu lieu et le FBI a informé les médias qu'il ne recherchait personne d'autre en rapport avec ce crime. Toutefois, plus tôt dans la journée, j'ai parlé officieusement à une source proche de Meditech Corporation qui affirme que la jeune fille au pair de Josh à l'époque, une jeune femme russe qui a été retrouvée morte peu après l'enlèvement, entretenait une relation avec un membre du personnel de sécurité de l'entreprise.

Le présentateur est revenu. Et pourquoi est-ce un développement particulièrement important, Carrie ?

Rob, si tu te souviens bien, Josh Hulme a été vu pour la dernière fois avec la jeune fille au pair en train de monter dans une voiture de ville devant un immeuble de l'Upper East Side, ce qui a amené beaucoup de gens à conclure que cette jeune femme était d'une certaine manière impliquée dans l'enlèvement.

Et que dit le FBI à ce sujet ?

Jusqu'à présent, pas grand-chose, même si l'on pense que ces nouvelles informations ont déjà été portées à leur attention.

Lorsqu'elle a terminé, Lock a ouvert le bal des applaudissements. Angel se joignit à eux, aboyant son approbation en se frottant à la jambe de Lock.

Tu veux manger quelque chose ? lui demande Carrie.

Et Paul ?

Elle est restée silencieuse un moment, puis a soupiré. Nous avons rompu. Lock fit de son mieux pour ne pas montrer sa joie. C'était soudain.

Oui, c'est vrai.

Qui a changé d'avis ?

Quelle importance ?

Lock hésite. Si c'est la personne qui m'invite à dîner, alors peut-être que oui.

Derrière eux, le caméraman a pris le temps d'écouter pour se racler la gorge bruyamment.

Lock se tourne vers lui. Tu as quelque chose à dire ?

Seulement, si c'était moi, je n'aurais pas besoin de demander deux fois.

ILS DÉPOSÈRENT Angel à l'appartement et descendirent au restaurant italien de Carrie. Nappes à carreaux rouges et blancs, éclairage sombre comme celui d'un vampire - l'endroit n'avait pas changé depuis si longtemps qu'on le considérait comme rétro. Ils commandent des pâtes et partagent une bouteille de vin rouge.

D'autres ondulations dans l'étang ? demanda Carrie Lock alors qu'une seule bougie vacillait entre elles. C'est pour cela que vous m'avez demandé de faire cette pièce ?

Non, l'assurance.

Contre ?

Assurance-vie.

Pour qui ?

Moi.

Et comment cela fonctionne-t-il ?

En supposant qu'il s'agisse des mêmes personnes, quelqu'un qui est prêt à kidnapper un mineur et à assassiner quelqu'un en pleine journée dans Midtown ne va pas hésiter à m'étouffer.

Mais si vous êtes l'accusateur... . .'

Ça commence à faire mauvais genre si j'ai un accident. Cela ne me met pas à l'abri, mais cela leur donne à coup sûr matière à réflexion.

Et qu'en est-il de moi ?

Ils ne vous toucheront pas.

Heureux que vous soyez si confiant.

Si les journalistes étaient des cibles faciles, vous seriez déjà une espèce en voie de disparition. De toute façon, il y a de meilleures façons de manipuler une histoire que de tuer le messager. Ils comptent sur le fait qu'avec un peu de temps, tout cela disparaîtra".

Et le fera-t-il ?

Tout se fait avec le temps.

Alors pourquoi continuer d'insister ?

Lock sourit, tendit la main et remplit leurs deux verres.

Parce que je suis un idiot comme ça.

Elle plongea la main dans son sac et en sortit une grosse enveloppe. Je sais. C'est pourquoi je vous ai apporté tout ce que j'ai réussi à rassembler sur Meditech. Et le colonel à la retraite Brand.

Il prit l'enveloppe. Cela vous dérange que je lise à table ?

Si vous le pouvez dans cette lumière.

Il est passé à la rubrique "Brand" et deux mots ont attiré son attention. Abu Ghraib.

Il était là quand Lindy King et son petit ami tenaient les prisonniers en laisse", a déclaré Carrie.

Comment se fait-il que personne n'ait jamais entendu parler de lui ? demande Lock en poursuivant sa lecture.

Dès que les photos d'Abu Ghraib ont été révélées, Brand s'est vu offrir, et a accepté, une décharge honorable. S'il avait su ce qui se passait là-bas, il avait été assez avisé pour ne pas mettre son visage en évidence.

Meditech a effectué un contrôle complet lorsqu'il m'a pris en charge. J'ai parlé à plusieurs personnes. Ils ont dû faire la même chose pour Brand".

C'est peut-être pour cela qu'ils l'ont pris en charge", dit Carrie.

PLUS TARD DANS LA SOIRÉE, ils font l'amour dans l'appartement de Carrie. Ce n'était pas comme avant. C'était plus lent, avec une plus grande connexion. Avant, c'était récréatif. Là, c'était le prélude à quelque chose de plus profond.

Carrie se blottit ensuite contre lui, la tête sur sa poitrine. Elle s'est endormie, toujours bercée dans les bras de Lock. Lock n'a pas eu à se poser la question *"Quand Harry rencontre Sally"*. Il se sentait bien. Ils restèrent allongés ainsi pendant un long moment.

Quand elle se réveilla, il faisait encore nuit et il n'était plus là. Angel avait dû se glisser à l'intérieur et dormait au pied du lit. Carrie se leva et enfila son peignoir. Elle se dirigea vers le salon.

Lock se tenait près de la fenêtre, enfilant sa veste tout en regardant la rue vide en contrebas. Il est tôt, retourne te coucher. Elle bailla, étirant ses bras au-dessus de sa tête. Je me lève tôt.

Pas si tôt.

Pourquoi ? Quelle heure est-il ?

Quatre.

Où allez-vous ?

Brooklyn.

À quatre heures du matin ?

Il s'est approché d'elle et l'a embrassée doucement sur les lèvres. Le meilleur moment pour voir Brooklyn. Quand il fait nuit noire.

49

Le lever du soleil n'était encore qu'une menace lointaine lorsque Lock et Ty, vêtus de leur équipement d'occultation, se précipitèrent vers la clôture du périmètre secondaire du complexe Meditech.

Lock a mouillé son doigt et l'a pointé sur la clôture pour voir si elle était électrifiée.

Je parie que vous avez enfoncé des fourchettes dans des prises de courant lorsque vous étiez enfant, juste pour voir ce qui se passerait, n'est-ce pas ? demande Ty.

Un éclair bleu et vous êtes projeté à l'autre bout de la pièce.

Et tu sais qu'il ne faut pas recommencer", dit Ty.

Non, j'ai recommencé un an plus tard. Je voulais m'assurer qu'il ne s'agissait pas d'un cas isolé".

Lock s'arrêta, embrassa d'un seul regard tout l'intérieur de l'enceinte. Ses yeux se posèrent sur l'immeuble d'habitation.

OK, dit Ty, nous avons regardé. Maintenant, fichons le camp d'ici".

Qu'est-ce que c'est que ça ?

Je ne sais pas. Je n'ai jamais été aussi loin".

Alors, à quoi ça ressemble ?

Ty scruta la même clôture que Lock, repéra le même fil de fer barbelé, nota la façon dont il se recourbait sur lui-même. La courbe du sommet d'une clôture pouvait en dire long. Plus important encore, était-elle là pour empêcher quelqu'un d'entrer ou de sortir ?

On dirait une cellule, dit Ty.

Qu'est-ce qu'une maquette de Guantanamo Bay fait au milieu d'un complexe de recherche ?

Ty regarde vers le ciel. Comment le saurais-je ?

Vous retournez en arrière. Je vais jeter un coup d'œil plus approfondi".

D'accord, je vous retrouve devant", dit-il à contrecœur.

Lock lui donna ses clés et regarda Ty disparaître dans la pénombre. Puis, posant le sac à dos noir, il sortit une pince coupante et se mit au travail dans une zone où la caméra de surveillance était dirigée sur une large bande de terrain ouvert au-delà de la clôture.

En moins de deux minutes, il y avait deux fentes dans la clôture, suffisamment éloignées l'une de l'autre pour qu'il puisse s'y glisser. En sécurité de l'autre côté, il a déroulé la clôture de façon à ce qu'elle paraisse intacte, du moins de loin. Il a ensuite parcouru rapidement la distance qui sépare le poteau métallique le plus proche de sa trappe d'évacuation toute prête.

Alors que Lock rangeait la pince coupante dans son sac à dos, il sentit le canon d'un M-16 s'enfoncer dans le creux de son dos.

Tu sais, Lock, si tu veux faire le grand tour, tu n'as qu'à demander.

50

Lock est resté allongé face contre terre pendant qu'ils le fouillaient, lui prenant son portefeuille, son téléphone portable et son Gerber. Son 226, heureusement, se trouvait dans sa voiture.

Brand fait défiler les noms sur le portable de Lock. Il s'arrêta sur Ty et brandit l'écran pour que Lock puisse le voir. Il t'attend toujours à l'extérieur. Tu ferais mieux de lui dire que tu trouveras toi-même le chemin du retour, que tu n'as pas trouvé ce que tu cherchais et que tu quittes la ville pour un moment.

Et pourquoi voudrais-je faire cela ?

Je croyais que c'était ton ami. Tu ne voudrais pas l'entraîner plus loin que tu ne l'as déjà fait, n'est-ce pas ?

Brand appuie sur le bouton d'appel vert et rend le portable à Lock. Il prend ensuite un M-16 à l'un des deux hommes qui l'accompagnent, rentre la crosse dans son épaule et enfonce l'extrémité de l'arme au centre du front de Lock.

Ty ? Ouais, écoute, pas besoin de traîner... Non, j'ai trouvé une autre sortie. Écoute, j'ai des choses à faire. Je te rejoindrai dans quelques jours. Il marque une pause. Non, je vais bien.

Il met fin à l'appel et Brand lui reprend le portable, l'éteint et le met dans sa poche.

Maintenant, tu veux cette tournée ou pas ?

Ai-je le choix ?

Non. C'est comme la vieille malédiction de Chink. Fais attention à ce que tu souhaites, car tu pourrais bien l'obtenir.

Ils atteignirent ce que Lock devina être l'entrée principale de ce qui, selon Ty, avait ressemblé à un brick. Il n'y avait ni poignée ni serrure extérieure. L'entrée s'ouvrit d'un simple clic.

Aucune dépense n'a été épargnée", a-t-il demandé à Brand.

Pas quand on voit ce qu'il y a à l'intérieur.

Oh, je suis aussi étourdi qu'un enfant à Noël", répond Lock.

À l'intérieur, il y avait un couloir. Il mesurait environ six pieds de large et s'étendait sur une trentaine de pieds, se terminant par une porte du même type que celle qu'ils venaient de franchir. Les murs sont en béton nu et blanchi à la chaux.

C'est là que vous avez gardé l'enfant ? Lock demande à Brand.

Continuez à marcher.

Ils atteignent la porte suivante et s'arrêtent. Brand a poussé devant

Verrouillez et allez de l'avant. Je vais préparer votre chambre.

La porte s'ouvrit avec un déclic et Brand la franchit, laissant Lock avec les deux gardes. De l'autre côté, Brand demande à une autre équipe de deux hommes de le rejoindre à la porte de l'une des cellules. Ils ont reçu l'ordre d'apporter leur équipement anti-émeute avec eux.

Cinq minutes se sont écoulées. Puis dix.

Enfin, Lock entendit des bottes lourdes et une porte s'ouvrir, suivie du bruit d'une lutte brève mais violente. Puis la porte qui lui faisait face s'ouvrit à nouveau et Brand passa à travers, enlevant son casque. Il avait de profondes égratignures sur un côté du visage, mais il souriait. Tu veux rencontrer ton nouveau colocataire ?

On a fait passer Lock. Ils s'arrêtent devant la cellule de Mareta. Il y avait une trace de sang sur le mur à côté de la porte. Lock compta six portes de chaque côté. Des bruits de coups et des cris venaient de derrière chacune d'entre elles, sauf une. Celle devant laquelle ils se tenaient.

Brand sort à nouveau le téléphone portable de Lock. Il l'ouvre.

Quelqu'un à qui vous voulez dire au revoir ?

Lock resta là où il était et ne dit rien.

Brand commence à faire défiler les chiffres. En voici un. Que pensez-vous de Carrie ? Puis il s'arrête et se frappe la tête avec la paume de la main pour simuler l'embarras. 'Je suis bête. J'aurais dû te le dire plus tôt. Ce n'était pas la peine de l'appeler. Brand brandit le téléphone pour que Lock puisse le voir effacer son numéro. Accident avec délit de fuite. Le conducteur ne s'est même pas arrêté. Un connard dans un Hummer.

Lock s'élance vers lui. La paume ouverte de sa main droite s'abattit en biais sur le menton de Brand, lui brisant la nuque et le faisant trébucher en arrière. Les cris provenant des autres cellules s'intensifient.

Une matraque a frappé l'arrière des genoux de Lock, et ses jambes se sont repliées sous lui. Des formes noires défilent devant lui alors qu'il reçoit un second coup à l'arrière de la tête. Il entendit ensuite la porte s'ouvrir, on le souleva et on le jeta à l'intérieur.

Il atterrit à quelques mètres de la porte et l'entendit se refermer avec fracas. Puis il entendit le bruit de quelque chose de métallique qui glissait sur le sol. Il cligna des yeux à plusieurs reprises pour essayer de clarifier sa vision.

Son Gerber est posé sur le sol de la cellule, la lame déployée. Une main de femme s'est approchée et l'a ramassé. Il a levé la tête. Elle se tenait au-dessus de lui. Les doigts de sa main droite formaient un poing serré autour du manche en une prise en marteau.

Lock la fixa dans les yeux et se prépara à recevoir le coup.

51

Carrie s'est couchée tard. Son apparition tardive et imprévue la veille au soir signifiait qu'elle n'arriverait au travail qu'à l'heure du déjeuner. D'habitude, elle s'empresse de prendre une douche, mais ce matin, elle sentait Lock sur sa peau et elle ne voulait pas la perdre. Dans la cuisine, elle prépara le petit déjeuner pour elle et Angel. Ils débarrassèrent tous deux leurs assiettes en un temps record.

Elle se dirigea vers le salon et alluma la télévision. Quelques-unes des autres chaînes avaient repris l'histoire de Meditech. Elles suivaient son sillage, et ce depuis l'assassinat de Gray Stokes. Le mois prochain serait le bon moment pour demander un déménagement dans le studio. Elle aimait l'effervescence de la chasse aux histoires, mais elle savait aussi que les gens qui faisaient son travail étaient comparés à des requins pour une raison bien précise : on avançait ou on mourait.

Sur le comptoir de la cuisine, son PDA clignote en rouge. Elle l'a pris et a fait défiler les courriels. Il y en avait un tout frais de Gail Reindl qui lui donnait les nuits de travail. Gail voulait la féliciter en personne lorsqu'elle arriverait au bureau. Le poste de présentatrice se rapprochait.

Angel avait pris position à la porte et aboyait. Carrie retourna dans la chambre, enfila quelques sweats et attacha ses cheveux en queue de cheval. Elle prit la laisse d'Angel dans le placard à côté de la porte, ainsi qu'une veste, et descendit. Dans le hall d'entrée, le portier les salua tous les deux.

Dehors, il fait encore froid, mais le ciel est d'un bleu éclatant et le soleil brille. Le temps reflète l'humeur de Carrie. Elle marcha et trottina jusqu'au bout du pâté de maisons. Angel trottinait à ses côtés, la dépassant parfois et tirant sur la laisse, désespéré d'arriver au parc.

Carrie donna un coup sec à la laisse alors qu'ils atteignaient le passage piéton.

Hé, tout doux !

Le chien s'est arrêté et a levé les yeux vers elle. Le panneau clignote WALK.

Maintenant, nous pouvons partir.

Carrie descendit du trottoir. Elle n'a même pas vu le Hummer qui a grillé le feu et foncé droit sur elle, dix mille kilos de chaos à quarante miles à l'heure et accélérant à chaque pied de terre noire qui roulait sous lui. Elle a levé les yeux au dernier moment et s'est hissée avec le chien sur le trottoir alors que les jantes du véhicule raclaient le béton au sommet d'un trou d'évacuation.

Un vieil homme d'une soixantaine d'années, aux lunettes épaisses comme une bouteille de lait, lui touche le bras. "Vous allez bien ?

Son cœur tambourine contre sa poitrine. Tout son corps semblait vibrer. Il venait droit sur moi ! pensa-t-elle.

Ces maudits engins n'ont rien à faire sur les routes", a crié le vieil homme après le Hummer qui s'éloignait et qui passait le feu suivant, ralentissait et s'éloignait à gauche pour disparaître de la vue.

52

Nous devrions avoir du pop-corn pour ça.

Brand était comme un type qui doit aller travailler au début du quatrième quart-temps du Super Bowl et qui décide de regarder tout le match sur TIVO pour le regarder plus tard. Dès que Lock est entré dans la cellule, il a demandé par radio à l'opérateur du système de vidéosurveillance de s'assurer que les images de la cellule de Mareta soient transférées sur le disque dur.

Vous l'avez enregistré ?

L'opérateur acquiesce. Tout est prêt. Celui-ci", dit-il en désignant l'écran central d'une rangée de moniteurs.

L'image est figée : Mareta, la veuve éplorée, fixant le soldat blessé qui s'approche d'elle en rampant.

Quand ce sera fini, je téléchargerai cette merde sur Live Leak. Allez, laisse-moi voir.

L'opérateur a appuyé sur "play" et Brand s'est penché en avant pour profiter de l'action.

. . .

Lock avait déjà réglé quelques points avant que la porte de la cellule ne s'ouvre. Il était clair que Brand s'amusait énormément et d'une manière qui allait bien au-delà de la satisfaction qu'il aurait eue en l'enfermant. De l'autre côté de la porte, il y avait quelque chose qui donnait un sacré coup de fouet à Brand.

La conception du bâtiment, tant à l'intérieur qu'à l'extérieur, montre clairement que Lock n'a pas été construit uniquement pour empêcher les fuites, mais aussi pour limiter et contenir les mouvements à l'extrême. Cela signifiait que les occupants étaient considérés comme dangereux pour le personnel.

Lock s'était préparé à se battre. Jusqu'à la mort, si nécessaire. La sienne ou celle de l'autre. Puis Brand avait lâché la bombe à propos de Carrie. Brand s'attendait manifestement à ce que cette nouvelle coupe l'herbe sous le pied de Lock, mais elle avait eu l'effet inverse. Il avait ressenti une poussée d'énergie, et avec elle une poussée d'adrénaline. Même dans son état physique amoindri, il avait senti que la colère brute le porterait à bout de bras.

Lorsqu'il a levé les yeux du sol de la cellule pour voir une femme, la décision a été simple. Natalya jetée dans l'East River avec la cervelle éclatée. Carrie, victime d'un malheureux accident de voiture.

accident". Deux femmes mortes, c'était suffisant.

Il resta immobile et attendit.

Vous êtes sûr que ce truc fonctionne ? demande Brand en posant une main charnue à côté du clavier.

Lock et le détenu n'avaient pratiquement pas bougé sur la bande. Ils étaient restés là où ils étaient, se regardant l'un l'autre dans une putain d'impasse mexicaine.

Oui, monsieur", répond l'opérateur.

'Passez à autre chose. Passons à l'action".

L'opérateur déplace sa souris et fait glisser le curseur. La femme a fait un bond en avant et Lock s'est couché sur le sol.

OK. Voilà.

Sur l'écran, Mareta a posé le couteau sur le sol. Il est toujours à portée de main en cas de besoin. Puis elle s'agenouilla à côté de Lock et l'aida à se lever.

C'est quoi ce bordel ? explose Brand. Il était arrivé à la moitié du premier quart-temps lorsqu'il a vu l'un des joueurs de ligne défensifs se frayer un chemin et commencer à valser avec le quaterback de l'équipe adverse.

MARETA AVAIT ENTENDU les hommes approcher. Même après tout ce temps, elle n'avait pas pu échapper à l'effroi qui avait envahi son esprit lorsque la porte de la cellule s'était ouverte. Elle avait tendu puis détendu chaque partie de son corps. Il y avait moins de risques de se casser un os si on était détendu. Les contusions et les lacérations étaient une chose, mais elle avait passé trois mois dans une prison de Moscou avec un péroné fracturé sans aucun soin médical. L'os avait guéri tout seul, mais elle boitait et gardait le souvenir d'une douleur intense.

Ils s'étaient précipités, un par un. Le plus grand d'entre eux l'avait tirée du lit et lui avait plaqué les épaules contre le mur. L'autre homme était descendu jusqu'à sa taille et avait saisi ses poignets d'une main tandis que son autre main fouillait dans sa poche. Il y eut un déclic et l'une de ses mains fut libérée. Elle attendit qu'il lui détache l'autre main et lui griffa le visage. Elle avait senti sa peau se coincer dans une bande sous ses ongles. Elle avait essayé d'attraper ses cheveux, mais ils étaient trop courts. Il lui avait crié dessus, la traitant de salope, et lui avait donné un coup de poing au visage.

Elle s'est effondrée sous la force de ce coup de poing. L'un des hommes s'était assis sur sa poitrine et l'autre sur ses jambes, envoyant un éclat de douleur dans sa jambe gauche, celle qui avait été cassée à Moscou. Elle avait entendu les chaînes s'entrechoquer contre le béton lorsqu'on les lui avait enlevées.

Les hommes s'étaient alors retirés de la cellule, et elle s'était précipitée sur la porte lorsqu'elle s'était refermée. Elle avait frappé de ses poings contre l'acier. Elle a entendu une porte s'ouvrir et se refermer. Puis ils étaient revenus, la porte de sa cellule s'était ouverte à nouveau et un autre homme avait été jeté à l'intérieur.

Il était habillé normalement. Il avait l'air américain, ou du moins ce qu'elle imaginait des Américains lorsqu'ils n'étaient pas en uniforme. Ses cheveux étaient plus courts que ceux des gardes et il avait une cicatrice récente sur le dessus de la tête. Il avait regardé le couteau vers elle, mais n'avait fait aucun geste, pas même lorsqu'elle s'était penchée pour le ramasser.

Son regard avait rencontré le sien. Il n'y avait pas de peur dans ses yeux. Elle avait tenu le couteau avec une poignée en forme de marteau, comme le lui avait appris son mari. Il n'avait toujours pas bougé. Ils sont restés ainsi pendant ce qui a semblé être une éternité. Elle avait senti qu'il était conscient du couteau, mais il ne l'avait jamais regardé. Pas une seule fois.

Puis, enfin, il a parlé. Je ne vais pas me battre avec vous. Alors si vous voulez le faire, faisons-le".

Elle a regardé de l'homme à l'œil aveugle de la caméra installée dans le coin, a posé le couteau et a tendu la main. Il l'a prise et elle l'a aidé à se relever.

De retour dans la salle de contrôle, Brand s'est lassé de cette histoire d'amour. OK, en direct".

L'opérateur a appuyé sur une touche. L'écran s'est éteint. L'opérateur appuie à nouveau sur une touche.

Qu'est-ce qu'il y a ? Quel est le problème ?" demande Brand, agité.

Nous ne recevons aucun signal de cette caméra.

Réessayez.

Je viens de le faire.

Brand donna un coup de pied au mur en signe de frustration. Il y a une demi-heure, la cellule était occupée par une femme seule, menottée et entravée. Maintenant, c'était elle, Lock et un couteau. Qu'est-ce qui avait bien pu se passer ?

53

Lock rendit le couteau à Mareta - une preuve de confiance calculée qu'il espérait ne pas avoir à regretter. S'il voulait sortir d'ici, il aurait besoin de sa coopération.

L'alarme qui hurlait en arrière-plan depuis cinq minutes se tut. Lock rôda autour de la cellule, examinant sa construction sous tous les angles. Mareta l'observait.

La seule façon de sortir est de passer par la porte", dit-elle.

Vous parlez anglais ? Désolé, question stupide".

Ils ne savent pas que je les comprends", dit-elle en faisant un signe de tête vers la caméra éventrée posée sur le lit.

Qui êtes-vous ? Pourquoi êtes-vous ici ?

Je m'appelle Mareta Yuzik.

Cette seule information a permis de répondre en grande partie aux deux questions. Lock n'aurait pas reconnu son visage, car très peu de gens l'avaient vu. Et la plupart de ceux qui l'avaient vu étaient morts. Mais il connaissait à coup sûr le nom. En fait, ce nom provoqua un frisson involontaire de la base de sa colonne vertébrale jusqu'à sa nuque.

Mareta était la plus célèbre des veuves noires de Tchétchénie, des femmes dont les maris avaient été tués par les Russes et qui se faisaient kamikazes dans la sanglante guérilla menée par les Tchétchènes pour obtenir l'indépendance de leur mère patrie. Le mari de Mareta était un chef de guerre tchétchène notoire. Mais ce n'est pas ce qui l'a rendue exceptionnelle. Ce qui la distinguait, c'était le fait qu'elle avait renoncé au martyre pour prendre le commandement du groupe de combattants de son ancien mari.

Le groupe de Mareta avait passé les dernières années à commettre des meurtres. Parmi les faits marquants, citons le massacre en masse de quelques personnalités de Moscou lors d'une représentation du Bolchoï. Faisant preuve d'une horrible compréhension de la théâtralité nécessaire pour se faire remarquer en tant que terroriste dans le monde moderne, Mareta avait donné le coup d'envoi en décapitant personnellement la première ballerine en direct sur scène. Bien entendu, les gardes du corps des nouveaux riches Russes n'étaient pas en reste. Une fusillade a éclaté, au cours de laquelle les équipes de protection rapprochée respectives ont tué plus de clients de l'autre que les Tchétchènes. Le tout s'est terminé par une énorme explosion.

Dans cette bouffée de fumée, Mareta et ses camarades avaient disparu, ce qui avait donné lieu à des spéculations selon lesquelles il s'agissait d'un coup monté par le Kremlin, qui avait vu l'un de ses principaux rivaux politiques éliminé au cours de l'indignation. Les apparatchiks n'y ont vu qu'une heureuse coïncidence.

La suite de l'opération de Mareta n'a pas été moins exigeante en termes de couverture médiatique. Ses combattants sont entrés dans un jardin d'enfants juste après la frontière tchétchène et ont pris en otage deux douzaines d'enfants avant de les massacrer de sang-froid, enregistrant les événements pour la postérité. Une fois de plus, Mareta s'est glissée dans la nuit avant que le bâtiment ne soit envahi et que la plupart de ses combattants ne soient tués par les forces spéciales russes.

C'est cette deuxième évasion qui lui a valu le surnom de

Fantôme dans les médias russes. Depuis, elle a été aperçue à de nombreuses reprises, notamment dans le nord de l'Irak, au Pakistan et dans la province d'Helmand. Sa réapparition ici les surpasse toutes.

Lock décida de suivre l'exemple de Mareta et de jouer les idiots. Savez-vous pourquoi vous êtes ici ?

Pour mourir", dit-elle, sans ambages.

Les autres personnes qu'ils ont amenées ici sont-elles également originaires de votre pays ?

Certains. D'autres viennent d'ailleurs". Elle a gratté un clou suspendu avec la pointe du Gerber. Maintenant, laissez-moi vous poser la même question que vous m'avez posée. Pourquoi êtes-vous ici ?

C'est une longue histoire.

Mareta jette un coup d'œil autour de la cellule. Nous avons peut-être beaucoup de temps devant nous. Lock faisait autant confiance à son nouveau compagnon de cellule qu'à Brand.

lui a donné une version édulcorée des événements, en lui disant qu'il était un journaliste d'investigation qui enquêtait sur les activités d'une entreprise pharmaceutique.

Vous avez des journalistes d'investigation, n'est-ce pas ?

Enquête ? Elle a fait tourner le mot dans sa bouche comme si c'était la chose la plus drôle qu'elle ait entendue. Oui, nous avons ces gens. Le gouvernement les tue.

Elle était clairement du genre à voir le verre à moitié vide.

Quand j'ai cherché dans cet endroit, poursuit Lock, ils m'ont trouvé et m'ont battu. Je suppose qu'ils m'ont jeté ici en espérant que vous en finiriez avec moi.

Mareta écoutait calmement. Elle fit les cent pas jusqu'à la porte et revint en arrière, dessinant des formes dans l'air avec la lame du couteau. Pourquoi pensez-vous que je suis ici ?

Vous voulez dire, qu'est-ce qu'un laboratoire pharmaceutique voudrait de vous ?

Oui.

Je pense que vous êtes un cobaye.

Cochon d'Inde ?

Oui. Ils vont vous utiliser pour vérifier si un produit qu'ils développent peut être utilisé sans danger sur les humains.

Quoi ?

Je ne sais pas.

En fait, il avait quelques idées. La présence de Mareta ici devait avoir été approuvée au plus haut niveau. Il s'agissait peut-être d'un accord privé entre gouvernements. Meditech était peut-être en train de mettre au point quelque chose que les Russes pensaient pouvoir soumettre à un interrogatoire. La CIA et le KGB avaient tous deux traqué les drogues dites "de vérité" pendant la guerre froide, qu'il s'agisse de pentathol de sodium ou d'un délier la langue plus orthodoxe comme le whisky, ou encore d'une photo de la cible dans une position compromettante. Dans un monde où des renseignements de qualité peuvent sauver des milliers de vies, un produit infaillible vaudrait plus que son poids en or.

Alors, pour quel journal travaillez-vous ? demande Mareta.

Je suis indépendant", dit Lock. Ce n'était qu'un demi-mensonge, mais l'expression de Mareta lui indiqua qu'elle n'y croyait pas - et lui non plus d'ailleurs. Ce n'était pas si mal d'être doué pour jouer les idiots, supposa-t-il.

Mareta arrêta de faire les cent pas dans la cellule et s'approcha de Lock. Elle tenait la pointe du couteau à un mètre de son œil droit - pas assez près pour qu'il puisse le lui prendre. Et dis que je ne te crois pas.

Lock fit de son mieux pour ne pas cligner des yeux. Il savait qu'en discutant, il aurait l'air encore plus suspect. Je ne peux pas y faire grand-chose.

Elle garda la pointe de la lame à l'endroit où elle se trouvait. Ils ont déjà essayé une fois. À Moscou. Ils m'ont mise dans une cellule avec une autre femme. J'ai fait en sorte qu'elle n'ait jamais d'enfants. Et cette fois-là, je n'avais pas de couteau.

Vous avez été capturé ?

Deux fois. Deux fois, je me suis échappé.

Lock jeta un coup d'œil au couteau, puis reporta son regard sur Mareta.

Si vous pensez que je suis un espion, pourquoi ne m'avez-vous pas déjà tué ?

Obtenir des informations de quelqu'un peut aller dans les deux sens. Au fil des ans, j'ai plus appris de mes interrogateurs qu'ils n'ont jamais appris de moi.

'Sans déconner'.

Ne prononcez pas de tels mots, s'il vous plaît.

Lock a pris une note mentale. *Aime : la décapitation publique. N'aime pas : Le langage inapproprié.*

Peut-être que je ferai en sorte que vous ne puissiez pas avoir d'enfants non plus.

Elle a lentement éloigné le couteau de son visage et l'a laissé reposer au niveau de son entrejambe.

54

Lock est assis sur le sol, le dos appuyé contre le mur de la cellule. Il ne lui manquait qu'une balle de base-ball pour compléter son look de Steve McQueen.

Alors, comment pensez-vous que nous devrions appeler les enfants ?

Mareta, qui était sur le lit, a de nouveau pointé le couteau en direction de son visage. Tu parles trop.

J'essaie juste de passer le temps.

Tu devrais penser à la façon dont nous allons sortir d'ici.

Je pensais que vous vous en occupiez.

Elle le regarde droit dans les yeux. Et pourquoi cela ?

Bon sang. Rien de ce que Lock avait dit depuis qu'il était entré dans la cellule n'avait suggéré qu'il la connaissait de réputation, et c'était trop proche. Vous avez dit que vous vous étiez échappée deux fois après avoir été capturée, n'est-ce pas ? répliqua-t-il, réfléchissant rapidement.

Elle ricana, passa ses jambes par-dessus le bord du cadre du lit. Elle a appuyé doucement la pointe du couteau sur son bras, comme une ménagère qui vérifie que le poulet est bien vidé de son jus.

Vous n'êtes pas un journaliste", a-t-elle dit.

Pourquoi dites-vous cela ?

J'en ai rencontré beaucoup.

Lock repensa à un autre article dans lequel Mareta avait été réputé figurer en bonne place. Six reporters pro-Kremlin envoyés de Moscou pour montrer à quel point l'effort de guerre se déroulait bien en Tchétchénie. La première tête est arrivée au bureau de Moscou dans une grande boîte brune une semaine plus tard. Un jour plus tard, une deuxième tête. En l'espace d'une semaine, toutes les têtes avaient été renvoyées. Puis les mains ont commencé à arriver. Cela a pris deux semaines. Au total, le processus a duré trois mois. Un goutte-à-goutte constant de détails macabres. Seuls les cœurs ne sont pas revenus. Ils les ont probablement laissés en Tchétchénie.

La plupart des journalistes sont obèses", poursuit Mareta. À force de rester assis sur leur derrière et de mettre leur nez dans l'auge du gouvernement".

Pas ici, madame, dit Lock. Nous avons la liberté de la presse.

La Russie aussi. Ils sont libres de dire ou d'écrire ce qu'ils veulent. Mais ce qu'ils écrivent correspond à ce que les gens qui les paient veulent entendre. Une grande coïncidence. Elle continue de le fixer. Alors, qui êtes-vous ?

Elle n'avait pas l'air d'avoir l'intention d'abandonner ce genre de questions de sitôt.

Je vous l'ai déjà dit.

Vous voulez dire que vous avez déjà menti.

Écoutez, si nous voulons sortir d'ici en un seul morceau, nous devons nous faire confiance.

La confiance passe par l'honnêteté".

Lock concéda ce point. Il était sur le point d'enfreindre la règle principale de la capture : choisir une histoire de couverture et s'y tenir. Mais ce n'était pas une situation normale. D'une part, Brand n'hésiterait pas à rompre sa couverture, surtout s'il pensait que cela le ferait tuer.

Il examina Mareta. Dans un combat direct, elle n'aurait rien à envier aux autres, malgré sa réputation. Mais elle avait le couteau. Les gars qui regardaient l'Ultimate Fighting Championship pouvaient parler de couteau

Mais en réalité, il n'y a rien eu de tel. Il n'y avait que des coups de couteau. Rapidement suivi d'une hémorragie à mort.

OK, vous avez raison", a-t-il dit.

Elle l'écouta calmement lui parler de son travail pour Medi-tech et lui raconter les détails qui l'avaient conduit à être fait prisonnier dans l'établissement. Elle ne disait rien, restait résolument sans expression, ne l'arrêtant qu'occasionnellement pour lui demander des précisions sur un mot ou une phrase qu'elle ne comprenait pas. La seule fois où elle réagit au récit de Lock fut lorsqu'il mentionna les défenseurs des droits des animaux et leur cause. L'idée même lui semblait absurde. Lock comprenait son scepticisme. Pour quelqu'un qui avait été témoin et acteur du massacre d'êtres humains, ce concept devait lui sembler étranger. Il pensa à répéter la citation de Gandhi que Janice lui avait lancée depuis son lit d'hôpital, mais n'y tint plus.

Il termina et attendit que Mareta dise quelque chose. Le silence régnait entre eux. En temps normal, il s'en serait contenté, mais ce qu'il fallait maintenant, c'était établir un rapport. Raconter une histoire était le meilleur moyen de l'établir, à sa connaissance.

Alors, qu'en est-il de vous ? Pourquoi êtes-vous ici ?

Vous savez déjà qui je suis", répond Mareta.

Oui, c'est vrai.

Mais tu n'as pas l'air d'avoir peur.

Devrais-je l'être ?

Tout le monde a peur des fantômes.

Lock y réfléchit. Peut-être suis-je différent.

Mareta étudia les murs de la cellule, tout aussi réfléchie. C'est vrai, répondit-elle. Tu es toujours en vie. Et si tu veux le rester, tu devrais réfléchir à la façon dont nous pouvons sortir d'ici.

55

Lock fut le premier à entendre la porte s'ouvrir au fond du couloir. Il fit signe à Mareta de se lever. Ils s'aplatirent de part et d'autre de la porte de la cellule tandis que deux groupes de pas s'approchaient, accompagnés par le cliquetis d'un chariot métallique. Il y eut d'autres cliquetis de métal, suivis d'un homme criant quelque chose dans une langue que Lock ne comprenait pas.

Qu'est-ce qu'il dit ?

Il demande qui d'autre est ici.

Mareta colla son visage à la porte de la cellule et cria quelque chose. Lock remarqua qu'il s'agissait de son nom. Dans sa propre langue, il semblait plus guttural et chargé de menaces.

C'est une belle petite réunion que vous organisez", note Lock.

Mareta cria quelque chose d'autre, peut-être en tchétchène cette fois. Il pouvait entendre l'homme rire de ce qu'elle avait dit.

Qu'est-ce que tu viens de dire ?

Je lui ai dit que nous nous laverions dans le sang de nos ravisseurs.

Pas étonnant qu'il n'y ait pas d'humoristes tchétchènes dans les clubs d'ici. Pourquoi ne pas essayer de lui demander combien vous êtes ?

Elle a crié quelque chose d'autre, et l'homme a rugi en réponse.

Dix. Peut-être plus".

Qu'est-ce qui se passe maintenant ?

Mareta appuie son visage sur le panneau d'accès au bas de la porte. Lock la saisit par l'épaule et la tira en arrière. Elle lui lance un regard noir.

Si vous vous en approchez de trop près, ils risquent de l'ouvrir et de vous administrer une bonne dose de gaz lacrymogène", a-t-il averti.

Un autre échange de cris.

C'est l'heure du repas, dit Mareta à Lock.

En effet, quelques instants plus tard, le rabat s'ouvrit et un plateau fut poussé à l'intérieur - en métal, de sorte qu'il serait difficile de le briser pour en faire une arme. Les compartiments striés du plateau étaient remplis de ce que Lock imaginait être de la nourriture standard pour prisonniers. Deux tranches de pain. Du jus d'orange. Une sorte de ragoût avec du riz. Un carré de chocolat de cuisine bas de gamme et une banane. Ce n'est pas si mal. Mieux que la classe économique de la plupart des compagnies aériennes qu'il avait empruntées.

Il prit une tranche de pain et tendit l'autre à Mareta. Elle la repoussa en fronçant le nez. Tu manges d'abord.

Il devine que ce n'est pas un signe d'hospitalité de sa part.

Tu n'as pas faim ?

Je ne sais pas ce qu'il y a dedans.

Si c'est de la mort aux rats, vous aimeriez que je le découvre d'abord ?

Exactement, dit-elle.

Lock remet le pain sur le plateau.

Tu ne penses pas à ces choses-là", observe Mareta avec un sourire narquois.

Elle avait raison. Lock ne l'avait pas fait.

Elle récupère le pain sur le plateau, en arrache un morceau et le tend à Lock. Ils ne m'ont pas amenée ici pour m'empoisonner. Mais il pourrait y avoir quelque chose dedans pour nous faire dormir".

Alors pourquoi veux-tu encore que je le goûte ?

Vous verrez.

Lock prit le pain et le mit dans sa bouche. Alors qu'il mâchait timidement, le pain devint sucré dans sa bouche. Il avala. Il prit une petite gorgée de jus d'orange pour le faire passer. Le goût était bizarre. Il a versé le reste du jus dans le compartiment du plateau. Un résidu granuleux flottait au fond. Il l'a fait tourner avec un doigt.

Ils auraient au moins pu acheter du Rohypnol. Au moins, ça se dissout.

Il s'assit sur le sol, sa tête reposant sur le béton froid.

Alors, qu'est-ce qu'une gentille fille comme toi fait dans un endroit pareil ? Lock lui posa la question, dans le but de relancer la conversation et d'éviter la frustration qu'il sentait monter en lui.

Vous n'êtes pas intéressé.

C'est là que vous avez tort. Je suppose que vous n'êtes pas née comme une salope diabolique qui pense qu'il est acceptable de massacrer brutalement des civils".

Vous voulez savoir pourquoi j'ai coupé la tête d'Anya Versoko-vich ? Lock hausse les épaules.

Je l'ai fait parce que... elle était là.

Lock se sentait fatigué, plus probablement à cause de la semaine mouvementée qu'il avait eue et des séquelles des décharges répétées d'adrénaline qu'à cause de la petite gorgée de jus de fruit qui avait déferlé dans son système sanguin. C'est tout ?

C'est la raison pour laquelle tu as décapité la danseuse étoile du Bolchoï ?

C'est la même raison que les Russes m'ont donnée.

'Je vous ai donné quoi ?

Ce qu'ils m'ont fait. Tu veux que je te le dise ?

Lock appuya sa tête contre le mur de la cellule et ferma les yeux. Bien sûr.

Vous savez que mon mari est mort ?

Je connais sa réputation.

J'étais en train de donner le bain à mes deux enfants quand ils sont arrivés. Mon fils avait quatre ans. Ma fille avait trois ans. Lorsque le commandant des Russes n'a pas trouvé mon mari, il a laissé deux de ses soldats dans la pièce avec nous. Il ne voulait pas que quelqu'un dise plus tard qu'il était là.

Mareta continua avec une sinistre prévisibilité. Lock garda les yeux fermés. Il n'était pas sûr de vouloir la regarder alors qu'elle terminait son histoire.

Pendant qu'un des soldats me violait, l'autre mettait un couteau sous la gorge de mes enfants. Il les a forcés à regarder. Quand le premier homme a eu fini, l'autre a pris son tour. Puis ils m'ont attaché les mains derrière le dos et m'ont forcée à regarder. Ils ont noyé mon fils en premier. Puis sa sœur. Ensuite, on m'a emmenée en bas pour parler au commandant. Mon mari avait tué des Russes, mais qu'avais-je fait ? Alors je lui ai demandé : "Pour-quoi avez-vous fait ça ?" Et il m'a dit : "Parce que vous étiez là."

Lock ouvre les yeux. Le visage de Mareta était figé. Sans expression. Seuls ses yeux trahissaient un quelconque sentiment. Sa voix se brisa un peu lorsqu'il prit la parole. Que s'est-il passé ensuite ?

Ils m'ont quitté, mais je les ai suivis.

Vous les avez tués ?

Jusqu'au dernier.

Où cela se termine-t-il, Mareta ?

Il n'y en a pas.

Tu sais qu'il n'y a pas d'issue cette fois-ci.

Il y a toujours un moyen de s'en sortir", dit-elle en regardant au loin.

Toujours ?

La mort est un moyen de s'en sortir.

C'est vrai, mais ce que je ne comprends pas, c'est comment se fait-il que tu aies toujours été le seul à t'en sortir avant ?

C'est simple. Plus on regarde, moins on voit".

D'autres énigmes. Et qu'est-ce que ça veut dire ?

Quand ils ont l'air haut, je reste bas. Ils ont l'air bas, je reste haut.

Vous voulez essayer en anglais ?

La même gaufre de sourire. Tu t'en sortiras.

56

Pourquoi ne pas lancer une grenade là-dedans, fragiliser tout le monde et laisser Dieu faire le tri ? demande Brand.

Stafford s'est retourné contre lui. Parce que douze est le minimum clinique pour la première phase.

Alors nous trouvons une autre personne", a rétorqué Brand.

Et où suggérez-vous que nous fassions cela, colonel ? Sur Craigslist ? Stafford pointe un doigt vers l'écran vide. Emmenez-moi là-bas. Je vais leur parler.

Brand ricane. Elle ne parle pas anglais et Lock n'est pas assez bête pour sortir de là alors que nous l'attendons. On n'a pas le temps de les affamer non plus".

Alors nous trouverons un autre moyen.

Brand haussa les épaules tandis que Stafford sortait de la salle de contrôle.

J'ai hâte de voir ça".

Apportez votre arme avec vous", dit Stafford en avançant à grands pas.

Les armes à feu ne sont pas autorisées dans le bloc d'hébergement", lui rappelle Brand, qui saisit son Glock et le suit dans le couloir.

Faites une exception.

Je ne pense vraiment pas que ce soit une bonne idée.

Ils ont un couteau. Vous l'avez dit vous-même.

Et s'ils s'emparent d'une arme ?

On n'en arrivera pas là.

Quelques minutes plus tard, ils arrivent devant la porte de la cellule de Mareta. Brand se tenait d'un côté de la porte, Stafford de l'autre.

Donnez-moi votre arme", dit Stafford.

Brand a dégainé le Glock, tiré la glissière vers l'arrière pour charger une cartouche, et l'a tendu, poignée en avant, à Stafford.

Vous n'allez pas entrer là-dedans, n'est-ce pas ?

Non, dit Stafford en prenant le Glock et en le pointant sur son chef de la sécurité. C'est vous qui l'êtes.

Brand a gardé son sang-froid. Vous n'avez pas la force de le faire".

Je l'avais en moi quand j'ai tué Stokes", a déclaré Stafford.

C'était différent. Tout était prévu pour vous. Tout ce que vous aviez à faire, c'était d'appuyer sur la gâchette".

Le coussinet de l'index de Stafford s'est gonflé lorsqu'il a appuyé sur la gâchette. En quoi est-ce différent ?

Brand lève les mains en signe de reddition. D'ACCORD, D'ACCORD.

Voyez les choses sous cet angle, dit Stafford. Tu m'as toujours dit que Lock était un spectateur et que toi, tu étais le vrai. C'est maintenant l'occasion de le prouver".

Tu vas bien ?

Carrie n'a même pas remarqué que Gail Reindl est entrée dans l'ascenseur.

Très bien. Pourquoi ?

Vos mains tremblent.

Carrie fait semblant de sourire. Trop de caféine".

Gail semble scruter le visage de Carrie. Tu es sûre que c'est tout ?

Un abruti dans un Hummer a grillé un stop alors que je traversais la rue. Il a failli me tuer. Ça m'a un peu secoué. Je serai rétabli dans une seconde".

Gail a fait une grimace : *"Qu'est-ce que tu vas faire, cette ville est folle".* Les portes s'ouvrirent et elle sortit, au grand soulagement de Carrie.

Qu'allait-elle dire d'autre ? Qu'il s'agissait d'un Hummer comme celui qui avait renversé la femme de Gray Stokes, sauf que celui-ci était noir et non rouge. Qu'elle ne pensait pas que c'était un accident. Que quelqu'un essayait de la tuer. Que ce n'est pas parce qu'on est paranoïaque qu'on ne veut pas se faire avoir. Depuis que le film *Network* est sorti, avec son présentateur fou furieux, le seul moyen sûr de se faire virer comme présentateur est de montrer le moindre signe d'instabilité mentale. Et Carrie n'en était pas encore là. Non, si elle devait parler à quelqu'un, ce serait à Lock.

Carrie s'est arrêtée à la fontaine d'eau. L'un des producteurs était là, en train de remplir sa tasse de café.

Vous avez un invité", dit-il en faisant un signe de tête vers le bureau de Carrie.

La première chose que Carrie vit fut le fauteuil roulant, puis Janice Stokes. Avant que Carrie ne puisse censurer sa prochaine pensée, celle-ci avait déjà surgi dans son esprit. *Elle ressemble à la mort.*

Carrie s'est assise, déplaçant sa chaise de façon à se trouver du côté de Janice.

Ils ont arrêté mon frère.

Quel est le montant de l'amende ?

Aide à l'enlèvement d'une mineure. Lock nous a promis que si nous l'aidions, il nous mettrait à l'abri. Don ne supporterait pas d'être en prison".

Est-ce qu'il l'a fait ?

Non. Et je dois le faire sortir de Rikers avant qu'il ne lui arrive malheur.

Vous ne feriez pas mieux de parler à un avocat ?

Je l'ai déjà fait.

Et qu'ont-ils dit ?

Que je devrais attendre le procès.

Votre frère pourrait demander à être placé sous protection.

Ce qui le rendrait encore plus coupable.

Désolé, je ne veux pas paraître désagréable, mais que pensez-vous que je puisse faire ?

J'ai pensé que vous sauriez où se trouve Ryan Lock, pour

commencer. J'ai essayé de l'appeler, mais son portable est éteint. Je n'arrive pas non plus à joindre son pote Ty.

Carrie l'a crue. Elle avait appelé Lock juste après l'incident avec le Hummer et lui avait laissé un message vocal. Il n'est pas rare que Lock disparaisse du radar. Croyez-moi, je le sais.

Janice marque une pause, comme si elle prenait une décision. Puis elle s'est penchée sur le côté de sa chaise et a sorti une enveloppe en papier. Des amis m'ont aidée à trier les affaires de mes parents. Je n'ai pas pu y faire face jusqu'à hier". Elle tend l'enveloppe à Carrie. Ryan a demandé si mon père avait quelque chose sur Meditech. Vous savez, pour les faire changer d'avis sur les tests sur les animaux.

Carrie a mis la main dans l'enveloppe et en est ressortie avec une simple feuille de papier. Un lien Internet était imprimé en haut de la feuille : www.uploader.tv/Meditech.

Le plateau de nourriture était vide près de la porte, Mareta à côté, recroquevillé en position fœtale. Les genoux serrés contre la poitrine, les yeux fermés. Sa main droite est repliée sous son corps pour dissimuler le couteau.

Lock était allongé à côté d'elle, tout aussi abattu. Ses jambes étaient tendues de telle sorte que l'une d'elles touchait presque la porte. Ainsi, même s'il s'assoupissait, il saurait quand quelqu'un entrerait.

Cela faisait une heure que le silence de mort régnait. Puis des pas se firent entendre dans le couloir directement à l'extérieur. Une seule personne, se déplaçant lentement, trahie uniquement par l'acoustique, qui semblait conçue pour trahir le moindre son.

Les pas s'arrêtèrent. Un filet de salive coula du coin de la bouche de Lock jusqu'au sol.

La porte a claqué sur la jambe de Lock. Il remua, mais garda les yeux fermés.

OK", murmure Brand.

Deux autres jeux de bottes se succédèrent dans le couloir. Lock ouvrit légèrement les deux yeux. De son côté gauche, il pouvait voir la botte de Brand qui s'apprêtait à l'enjamber.

Lock tend une main pour attraper la cheville de Brand. Brand lutte pour garder l'équilibre mais tombe au sol. Il atterrit sur Lock, son genou s'enfonçant dans l'orbite gauche de Lock.

Le couteau s'abattit en arc de cercle, glissant le long de l'intérieur du casque de Brand et lui tranchant l'oreille. Il hurla et s'arracha au casque. Le lobe de son oreille se détacha du côté de sa tête comme un poisson empalé.

Brand avance son bras vers Lock. Lock tente de le saisir au poignet, mais il n'est pas assez rapide. Brand accélère son bras vers le visage de Mareta, le coup de coude arrière l'envoyant valser sur le lit. Le déplacement du poids de Brand permet à Lock de se dégager du poids de l'homme.

Les deux autres gardes étaient presque à la porte. Dans une seconde, ils la franchiront. Ensuite, ce serait une loterie pour savoir qui vivrait et qui mourrait. Et quelqu'un allait certainement mourir.

Lock passa devant Brand et se jeta sur la porte. Mareta s'élance sur Brand, le couteau s'enfonce dans son protège-épaule. Mareta le retira, mais pas avant d'avoir reçu un autre coup de coude au visage. L'une des dents de devant de Mareta sortit de sa bouche et atterrit sur le sol.

Le gilet pare-balles de Brand la déconcerte. Sa tête était recouverte d'un casque renforcé de Kevlar. Les panneaux de protection du cou et de la gorge font la transition avec le gilet principal. Les manches blindées font la transition avec les gants anti-éclats. Au-dessous de la taille, la protection était tout aussi complète. Jusqu'en bas.

Brand la frappe à nouveau. Elle esquiva le coup et plongea vers ses pieds. Son genou l'atteignit sur le côté du visage, lui fendant la pommette. Elle planta le couteau aussi fort que possible dans la languette de sa botte droite, perçant le cuir souple et enfonçant la lame dans son pied. C'était au tour de Brand de crier.

Le bruit des autres cellules atteignait une masse critique. Ce que Lock croyait être des exhortations à la victoire et des louanges divines constituait un arrière-plan surréaliste.

MARETA TOURNAIT AUTOUR du dos de Brand, sa main se tordant tout en gardant une prise ferme sur le manche du couteau qui dépassait du pied de Brand. Puis elle lâcha prise et passa son avant-bras autour de son cou, l'étranglant. Cette fois, elle était trop près pour que ses coudes puissent l'atteindre.

Brand s'agita tandis que Lock luttait pour se faire entendre au-dessus du bruit. La porte était en train d'être forcée et ses forces s'épuisaient de seconde en seconde. Vous entrez, il est mort ! cria-t-il.

La poussée s'est arrêtée.

Lock jeta un coup d'œil vers l'endroit où se tenait Brand, Mareta derrière lui, l'avant-bras droit lui tordant le cou, la main gauche remontant au niveau de l'extrémité du menton de son casque. Lock savait qu'elle était prête à faire pivoter sa tête au-delà du point de non-retour pour ses vertèbres cervicales supérieures dès que la porte s'ouvrirait.

Restez en position ! hurle Brand, d'une voix à moitié étranglée.

Dites-leur de se retirer.

Vous l'avez entendu. Repliez-vous.

Lock est resté à la porte. Si je vois quelqu'un, il est mort. Il compta jusqu'à dix et ouvrit la porte. Il jeta un coup d'œil rapide. Rien à signaler. Un couloir vide jusqu'au portique de sécurité situé à l'autre bout, qui était fermé.

Il retourna à l'intérieur de la cellule et débarrassa Brand de sa matraque, de sa radio, de son taser et de la bombe lacrymogène qu'il n'avait jamais eu l'occasion de déployer. Le problème de presque toutes les armes non mortelles est que l'exiguïté des lieux les rend inutiles. Il n'y avait pas de place pour balancer une matraque, le spray au poivre n'était pas sélectif, seul le taser était une option, mais une fois qu'il était en main, il était facile de s'en emparer.

Lock enfonce le taser dans le bas du dos de Brand, trouvant la fente entre son gilet et sa protection de l'aine. Mareta relâche sa prise, puis Lock appuie sur le bouton.

Le corps de Brand sursaute. Merde. C'était pour quoi faire ?

Ma satisfaction personnelle".

Le verrou a sorti le connecteur de l'écouteur et du microphone de l'appareil.

La radio de la marque. OK, quel est votre canal de secours ?

Trois", grogne Brand.

Lock savait qu'il y avait toujours un autre canal de diffusion pour les communications au cas où le canal original serait compromis. C'était une chose convenue à l'avance. Parfois, il s'agissait d'incréments prédéterminés, par deux ou par trois. En général, les schémas étaient faciles à décrypter, car ils devaient être aussi simples que le plus simple des hommes.

Je ferais mieux d'entendre des discussions ou je vais enlever cette armure et laisser Mareta s'en occuper avec ce Gerber, dit Lock en surfant jusqu'à trois.

En effet, un véritable parlement chinois était en place. Les transmissions se coupaient les unes les autres, ponctuées d'éclats statiques. Lock baissa le volume.

Il n'est pas question que tu sortes d'ici, Lock. Lock envoya à nouveau le taser à Brand. Il glapit.

Quand j'aurai besoin de ton avis, je te le donnerai", lui a dit Lock.

Vous ne pouvez pas au moins retirer ce maudit couteau de mon pied ? s'exclame Brand.

Bien sûr.

Lock s'agenouille et la retire de la botte de Brand. Elle en sortit avec un bruit de succion et une pulsation de sang. Il essuie la lame et la garde dans sa main.

Il y avait un certain nombre de questions qui taraudaient Lock. Pas seulement au sujet de Josh - il en avait déjà compris la plupart - mais au sujet de la présence de Mareta et de ses collègues.

Qu'est-ce qu'elle fait ici ? demanda Lock à Brand en secouant la tête.

Sujet d'essai. Ils doivent l'essayer sur des êtres humains et elle était la plus proche que nous pouvions avoir".

La réponse du petit malin a valu à Brand une autre impulsion à haute tension du taser.

C'est pour cela qu'elle est encore en vie ?

"A peu près".

Et vous avez enlevé le fils de Hulme pour lui faire croire que c'était les défenseurs des animaux ? Pour l'effrayer et le faire revenir à bord.

Ce n'est pas mon idée.

Et Stokes ?

Il a eu vent des essais sur les humains. Un honnête citoyen de l'entreprise a dû le divulguer. Il s'en est servi comme levier pour négocier l'accord, mais vous savez à quel point l'entreprise aime les détails.

Hulme est-il au courant de tout cela ? demanda Lock.

J'en doute. Il avait l'air assez choqué quand il a compris qui remplaçait les singes". Brand jeta un coup d'œil à Mareta, qui se tenait debout, la tête penchée en arrière, se pinçant le nez pour étouffer le saignement.

Pourquoi un Tchétchène ?

Cherchez-moi. Ils ont probablement été ramassés au Moyen-Orient. Je pensais que nous aurions surtout des têtes de linotte ou des restes de Guantanamo Bay, mais les cœurs sensibles en ont comptabilisé la plupart".

OK, Brand. Comment sortir ?

Je te l'ai dit, Lock, tu ne peux pas. En ce moment, cet endroit est plus verrouillé que le trou du cul d'un moucheron. Si tu passes nos gars, il y aura l'armée sur le périmètre.'

Nous vous tenons.

"C'est pas grave. Je suis aussi dispensable que toi. Dès qu'ils auront jeté un coup d'œil, ils t'allumeront comme un sapin de Noël".

Il vaudrait mieux enlever ce gilet pare-balles alors.

Mareta et Lock observèrent attentivement Brand pendant qu'il se déshabillait. Lock, peu fier de lui, prit le rembourrage supplémentaire des vêtements de Brand et les mit par-dessus les siens avant d'enfiler l'armure, laissant le casque de côté pour l'instant. Il se rassura en se disant que Mareta était la personne la plus en sécurité parmi eux trois. Son statut de sujet d'expérimentation le garantissait.

Le bruit de la radio s'est estompé. Lock augmenta le volume et attendit. Au moment où il se demandait s'il y avait eu un autre changement de canal, il y eut un éclat de statique et la voix de Stafford crépita dans le haut-parleur. Lock ? Vous êtes là ?

Lock porte le talkie-walkie à ses lèvres. Je suis là.

Brand est-il vivant ?

Tout le monde est en vie. Pour l'instant.

Dans cinq minutes, les militaires seront là.

L'armée ?

C'est exact.

Ne les mêlez pas à ça, Stafford. Si les militaires savaient ce que vous faites, ils vous déposeraient d'un hélicoptère au-dessus de Téhéran avec une photo dédicacée de Dick Cheney épinglée à votre short".

Cinq minutes, Lock. Je tuerai tout le monde dans cette cellule s'il le faut".

C'est de la foutaise. Vous avez besoin de la femme pour faire les chiffres". Stafford ne répond pas, ce qui en dit long.

Lock se tourne vers Mareta. Tu es l'experte en matière d'évasion. Qu'est-ce qu'on fait maintenant ?

Nous faisons cela", dit Mareta en tranchant la gorge de Brand.

59

Stafford se tient au bout du couloir, le Glock de Brand bien au chaud dans sa main. Trois portes plus loin, la porte de la cellule de Lock s'ouvrit et un objet largement sphérique en sortit. Il lui fallut une seconde pour comprendre de quoi il s'agissait. Les yeux bandés. Le cuir chevelu rasé. Une blessure déchiquetée serpentant le long du crâne. C'était la tête de Lock. Cette folle avait massacré Lock et jeté sa tête dans le couloir comme une boule de bowling.

L'estomac de Stafford a fait un bond, et un dîner à deux cents dollars s'est répandu sur des chaussures Harris à bouts séparés à cinq cents dollars.

Une personne est sortie de la cellule, le visage caché par sa visière anti-émeute, poussant Mareta vers l'avant sous la menace d'un couteau. Son visage était en désordre, ses cheveux étaient couverts de sang.

Eh bien, je m'en fous", dit Stafford en faisant signe aux deux gardes qui l'accompagnent d'ouvrir la porte. C'est lui qui l'a fait.

La silhouette donna une nouvelle poussée à Mareta. De toutes ses forces. Sous l'effet de l'élan, elle passa à travers la porte ouverte et tomba sur les deux gardes. Ils se précipitèrent pour la saisir.

Ce faisant, la silhouette a tendu la main et pris le Glock de Stafford. Stupéfait, Stafford n'a même pas essayé de l'arrêter.

Vous avez réussi, Brand ! Tu l'as fait !

La silhouette a pointé l'arme sur sa tête.

Stafford trébuche sur ses mots. Ecoutez, il n'y a pas lieu de vous énerver. Je savais que vous le feriez. Lock n'a jamais été à la hauteur.

La visière s'est relevée.

C'est vrai ? dit Lock, en attrapant Stafford et en lui enfonçant le canon du Glock dans la tempe.

L'un des deux gardes poussa un cri lorsque Mareta s'accrocha à lui, essayant de lui arracher son protège-gorge. Il leva la main pour la repousser et elle la mordit. Alors que son arme de poing tombait sur le sol, l'autre main de Mareta, qui tenait le couteau, s'approcha du visage de l'homme, trouvant une faille dans son armure et enfonçant la pointe du couteau directement dans sa carotide. Un jet de sang pulsa irrégulièrement et coula abondamment le long du mur tandis que son partenaire tentait de la repousser.

Lock écarta Stafford de son chemin, orienta le Glock vers le bas et choisit son emplacement du mieux qu'il put à l'aide d'une mire à bout portant. Il tira une seule balle dans la jambe de Mareta. Elle relâcha sa prise, sa main se portant à l'endroit où elle avait été touchée. Le garde indemne la tira au sol, lui arracha le couteau et lui enfonça son genou dans le dos.

Une seconde trop tard, Lock aperçut Stafford qui se baissait pour récupérer l'arme de poing du garde mourant. Il tourna sur lui-même et braqua son Glock sur Stafford, mais pas avant que le garde agenouillé sur Mareta n'ait réussi à pointer son arme directement sur le visage non protégé de Lock.

Il sentit le point rouge d'une visée laser qui partait de sa bouche, passait par son visage et remontait jusqu'à un point situé directement entre ses deux yeux. Lentement, il retira son doigt de la gâchette du Glock et le posa délicatement sur le sol.

60

Dans le bloc hospitalier, Lock est immobilisé sur un brancard. De l'autre côté de la pièce, Mareta est attachée de la même façon, sa jambe gauche ensanglantée. Richard Hulme, qui avait été désigné comme médecin suppléant des urgences, se tenait au-dessus d'elle.

Il demande à Stafford, qui fait les cent pas dans la pièce, comment c'est arrivé.

Demandez au Ranger solitaire là-bas", dit Stafford en faisant un geste vers Lock.

Lock posa son menton sur sa poitrine. Ses seules véritables blessures étaient des coupures et des ecchymoses subies lors de la raclée qu'il avait reçue après avoir posé le Glock. Tous les gardes avaient fait partie de l'équipe de Brand. Le chagrin, dans ce cas, s'est manifesté sous la forme de coups de pied et de poing donnés à Lock jusqu'au bloc médical.

Mais, avait remarqué Lock alors qu'il se faisait battre, ils n'avaient pas touché à Mareta. C'était une femme. Elle était blessée. Mais il ne pensait pas que cela les aurait arrêtés. Ils avaient besoin d'elle. Et maintenant, il espérait qu'ils auraient besoin de lui juste assez pour le garder en vie un peu plus longtemps.

La bonne nouvelle, c'est que je ne pense pas qu'il faille l'amputer, dit Richard. Mais nous devons l'emmener dans un centre d'urgence approprié dès que possible.

Impossible, dit Stafford. Vous devrez la rafistoler ici. Nous pouvons vous apporter tout ce dont vous avez besoin.

Cela fait vingt ans que je ne me suis pas approché d'une telle chose.

C'est une bonne occasion de rafraîchir ses connaissances.

Papa !

Josh se tient dans l'embrasure de la pièce, flanqué de deux gardes.

Désolé", dit l'un d'eux tandis que l'autre tente de faire sortir Josh de la pièce. Tout ce que nous avons entendu, c'est que le Dr Hulme était ici.

Josh se dégagea de leur emprise et se précipita vers son père. Qu'est-ce qui ne va pas avec ces gens ? demanda-t-il en regardant Lock et Mareta par-dessus l'épaule de son père.

Ils ont eu un accident. Mais ne t'inquiète pas, papa va tout arranger. Maintenant, pourquoi ne retournes-tu pas dans ta chambre ?

L'un des gardes s'est approché pour le guider vers la sortie.

Viens, mon fils.

Non, laissez-le rester", interrompt Stafford.

Lock observa Josh qui faisait la navette entre son père et Stafford, ne sachant pas à qui obéir. C'était la première fois qu'il voyait le garçon autrement qu'en photo. La colère qu'il ressentait d'avoir été utilisé comme un pion dans toute cette histoire par Stafford agissait comme un opiacé pour atténuer sa douleur. Bon sang. Il aurait dû l'abattre dès qu'il en avait eu l'occasion et en finir.

Stafford reporte son attention sur Mareta et grimace devant sa blessure à la jambe. Elle est toujours prête pour le procès ? demanda-t-il à Richard.

Vous avez perdu la tête ? Bien sûr que non.

Vous ne pouviez pas jongler avec les résultats ?

Attendez un peu. Une minute, vous voulez que je signe, et maintenant vous voulez que je les falsifie ?

Vous avez raison. Mais il nous en manque toujours un. Nous devrons trouver quelqu'un d'autre pour la remplacer.

Lock vit le regard de Stafford se poser sur Josh.

Je me demande s'il y aurait un avantage clinique à vérifier l'effi-cacité du vaccin dans un groupe d'âge différent". se demande Stafford.

Richard se place entre Stafford et son fils. Tu peux aller au diable, Stafford".

Lock s'efforça de relever la tête. Vous pouvez vous servir de moi.

61

Carrie a affiché en plein écran la fenêtre de RealPlayer sur son ordinateur. L'écran était noir, à l'exception d'un horodateur dans le coin inférieur gauche. Si elle était exacte, la cassette avait été tournée à minuit moins dix, un mois avant que Gray Stokes ne soit abattu à l'extérieur de Meditech.

Un texte blanc défile sur l'écran. Quelqu'un avait pris son temps pour le rédiger. Carrie sortit un bloc-notes jaune d'un tiroir et nota ce qui était écrit.

1ère PHASE D'ESSAI DU DH-741
    SALLE D'EXPÉRIMENTATION ANIMALE MEDITECH
    RÉACTION DU SUJET DE L'ESSAI ANIMAL
    L'EXPOSITION AU FILOVIRUS APRÈS LA VACCINATION

ALORS QUE LE texte défilait hors de l'écran, il y a eu une coupure abrupte vers une séquence vidéo - tremblante, tenue à la main, prise à l'arraché. Le cadre est rempli de métal gris. Un lent zoom arrière a révélé que le gris était le barreau d'une cage. Il est rejoint par un autre barreau, puis Carrie peut distinguer un singe rhésus brun qui regarde à l'extérieur. Les mains du singe s'agrippent aux barreaux, sa bouche s'ouvre plus grand qu'il ne semble possible. Il hurle. Des larmes rouge sang coulèrent de ses yeux. Il secoua les barreaux de la cage.

La caméra a fait un panoramique, prenant son voisin en train de se cogner la tête contre les barreaux, tout en s'arrachant les yeux avec ses doigts. Des cris fusent de toutes parts.

Dans la cage voisine, un autre rhésus se tordait. Son dos s'arquait et s'abaissait, comme si un courant électrique puissant le traversait. Ses traits presque humains se contorsionnent sous l'effet de la douleur. Puis il s'est à nouveau arqué, est retombé et n'a plus bougé.

La personne qui tourne les images se déplace le long de la ligne. Les animaux morts ou mourants se succèdent.

On entendit le cliquetis d'une lourde porte qui se refermait et quelqu'un qui entrait.

Dr Hulme ?

Puis l'écran est devenu noir.

De retour dans la cellule, Lock tente de s'assoupir, mais le sommeil est rendu presque impossible par les fers, les menottes, un corps douloureux et un mauvais cas de remords de l'acheteur.

Il avait pris la décision d'abattre Mareta dans le feu de l'action, se disant qu'elle n'était pas la meilleure chose à lâcher sur un public américain sans méfiance, mais n'ayant ni le courage ni l'envie de tuer une femme. En l'abattant, il les a gardés tous les deux en vie et a gagné du temps, mais pour quoi faire ? C'était sa meilleure, probablement sa seule chance de s'échapper, et il l'avait royalement gâchée. Le singe était peut-être mort, mais le broyeur d'organes était bien vivant. Et il devinait que Mareta n'était pas très content non plus.

La porte de la cellule s'ouvre inopinément et deux gardes en tenue anti-émeute entrent.

Détendez-vous. Je ne suis pas sur le point de vomir, dit Lock en se mettant sur le côté. 'Mais il se peut que je vomisse'.

Ils l'ont mis debout et l'ont traîné hors de la cellule. Il attend que les coups de poing et de pied reprennent, mais il n'y en a pas.

La grille s'ouvrit au bout du couloir et ils le firent passer et sortir du bâtiment. Le soleil hivernal bas et aqueux lui faisait mal aux yeux tandis qu'ils le conduisaient sur un terrain dégagé jusqu'au bloc médical. Ici, il y avait d'autres portes, d'autres points de sécurité à franchir.

Ils finirent par arriver dans une pièce que Lock se souvenait vaguement d'avoir croisée en accompagnant Mareta dans la zone médicale quelques heures plus tôt. Il n'y avait pas de brancard à l'intérieur, juste un divan d'examen, un bureau et une chaise. Richard Hulme était assis derrière le bureau.

Les gardes soulèvent Lock sur le canapé.

Je ne risque rien, dit Richard.

Les gardes ne bougent pas. Désolé, Dr Hulme, nous avons des ordres à respecter. Lock se demandait ce que les deux gardes savaient de ce qui s'était passé avant son apparition dans la cellule de Mareta. Il doutait que Brand eût confié à ses confidents les plus proches la connaissance de l'enlèvement de Josh, ou le rôle de Lock dans la tentative d'enlèvement de Josh.

pour le retrouver.

Il est complètement attaché", répond Richard.

Comme nous venons de le dire, nous sommes ici pour assurer votre sécurité", répond le second garde.

Et j'apprécie. Et si vous prenez votre pied en me voyant faire subir à un homme adulte un examen médical complet, y compris un examen de la prostate, c'est votre affaire.

Prostate ?" dit le premier gardien.

Il va m'enfoncer son doigt dans le cul", répond Lock. Les deux gardes échangent un regard.

Il est attaché", dit le second garde, qui ne se réjouit pas à l'idée de ce qui va se passer dans la pièce. OK, nous serons juste à l'extérieur, mais laissez la porte ouverte. Si elle se referme, nous passerons par là.

Une fois seuls, Richard commence l'examen, en commençant par une évaluation visuelle. Vous avez pris une sacrée claque.

J'ai connu pire", a menti Lock.

Richard se pencha plus près et vérifia que les oreilles de Lock ne saignaient pas. Tu crois qu'il y a une caméra sur nous ? chuchota-t-il. Puis il se recula. Est-ce que tu as mal ?

Je pense qu'on peut le supposer sans risque", a déclaré M. Lock. Mais tant que ce n'est pas trop grave, je pense que tout ira bien.

Richard saisit l'allusion et baisse le ton en continuant l'examen. Écoutez, connaissez-vous la procédure de ce test ?

Lock haussa les épaules. Est-ce que cela a de l'importance ?

Dans votre cas, oui. Je vais vous donner un placebo mais je veux que vous fassiez comme si vous aviez une réaction violente juste après que je vous l'ai donné. Il a encore haussé le ton. Pouvez-vous lever les bras pour moi ?

Et les autres ? Allez-vous les tester aussi ? demande Lock tandis que Richard place un stéthoscope contre son dos.

J'espère pouvoir vous tester en premier.

C'est trop risqué. Surtout maintenant qu'ils ont Josh ici".

Ils ne peuvent pas me blâmer si le vaccin ne fonctionne pas.

Vous ne pensez pas que ça va marcher ?

Non, je pense que c'est le cas, mais je ne vais pas jouer à Dieu avec ces personnes, quelles qu'elles soient.

Vous n'avez peut-être pas le choix, Dr Hulme.

63

Josh est allongé sur le lit et lit une bande dessinée, une bande dessinée pour les garçons de son âge. Pas comme cet horrible album. Il avait déjà compris qu'en regardant suffisamment d'autres choses, il pouvait chasser ces images de son cerveau. Mais il n'arrivait pas à se débarrasser de l'odeur de l'endroit où il avait été enfermé. Cette odeur était omniprésente.

Il lève les yeux lorsque son père entre dans la pièce. Qu'est-ce qui ne va pas avec cette dame ?

Elle a été blessée dans un accident.

On aurait dit qu'on lui avait tiré dessus.

Elle l'a fait. Mais comme je l'ai dit, c'était un accident. C'est pourquoi il ne faut jamais prendre une arme à feu quand on en voit une.

Elle a été méchante ?

Oui, mais ce n'est pas pour cela qu'on lui a tiré dessus.

Natalya était-elle mauvaise ?

Non, pas vraiment.

Un peu ? Josh lève les yeux vers son père, constatant qu'il a l'air fatigué.

Elle a fait confiance à la mauvaise personne, c'est tout.

MARETA DORMAIT lorsque Richard est venu la voir, sa respiration était lente mais insistante. Il lui tendit la main, enchaînée au lit. Ses doigts se plièrent dans les siens alors qu'elle se réveillait. Sa main était douce et chaude.

Comment vous sentez-vous ?

Ses pupilles se dilatent et se contractent, luttant pour se concentrer à travers un rideau de morphine. Yani ?

Yani était-il son mari ? Son fils ?

Non, c'est le Dr Hulme. Je suis venu voir comment vous alliez.

Ma jambe, tu l'as sauvée ?

Oui, mais nous devons vous emmener dans un hôpital digne de ce nom.

Tu sais ce que j'ai fait à cet homme ?

Richard avait appris par bribes, de la bouche des gardes, comment Brand avait trouvé la mort. Chaque récit était plus horrible que le précédent. Ce n'est pas à moi de vous juger, dit-il.

Je devais le faire", a-t-elle chuchoté. Il allait me tuer. Je n'avais pas le choix.

Il étudia son visage, la peau olivâtre, les yeux bruns calmes, les pommettes hautes. Êtes-vous à l'aise ? Puis-je vous apporter quelque chose ?

Peut-être de l'eau.

Richard se dirigea vers un évier au fond de la pièce et remplit un gobelet au robinet. Il l'aida à se redresser et porta le gobelet à ses lèvres. Elle but de petites gorgées puis s'enfonça dans les oreillers.

Merci.

Puis elle tenta de lui tendre la main, les menottes s'entrechoquant contre le cadre du lit. Le bout de ses doigts traça un cercle sur sa paume.

Aidez-moi. Si je reste ici, je vais mourir.

64

Menotté et entravé, Lock est conduit par un sas dans la salle de test. Des tuyaux d'air rouges pendent du plafond à des intervalles de deux mètres. Les deux gardes en tenue biologique qui l'ont amené font une dernière vérification des entraves.

Lock leva la tête à temps pour les voir retourner dans le sas. Un autre homme en combinaison biologique arrivait dans l'autre sens. Sur son dos se trouvait un respirateur. Richard Hulme ressemblait à l'astronaute le plus improbable du monde.

Lock remarqua que les mains de Richard tremblaient tandis qu'il disposait sur le banc tout ce dont il aurait besoin. Écouvillons. Des seringues stérilisées. Il traversa la pièce jusqu'à quelque chose qui ressemblait pour Lock à une glacière à bière à température contrôlée superchargée, branchée au mur.

Richard l'ouvrit, en sortit la première des douze fioles en aluminium, puis referma le couvercle. Lock savait que le vaccin devait être maintenu à une température constante. Richard le lui avait dit. Un minuscule marqueur thermique rouge sur l'étiquette devenait bleu dès qu'il se déplaçait de plus de trois degrés au-dessus. Sur cette fiole, il y avait deux marqueurs thermiques. Le second avait été placé par

Richard pour indiquer que le contenu est une solution saline.

Richard retroussa la manche de Lock. Lock avait assisté à suffisamment d'exécutions dans sa vie pour savoir que la personne sur le point de mourir manifestait rarement une grande hystérie, soit parce qu'elle avait déjà perdu la tête, soit parce qu'elle avait reçu un petit quelque chose pour équilibrer son humeur avant d'entrer dans la chambre.

Lock n'aimait pas les aiguilles. Il ne les a jamais aimées. Il a donc détourné le regard lorsque Richard a tamponné une veine de son bras à l'aide d'un tampon stérile. Une précaution presque comique, compte tenu des circonstances. Si Lock devait mourir, il doutait que le manque d'hygiène joue un rôle quelconque.

Un écran transparent court le long d'un mur. Il pouvait voir Stafford qui l'observait. Lorsque l'aiguille s'est enfoncée, Lock lui a fait un doigt d'honneur. C'était ce à quoi Stafford s'attendait. Et si Stafford le regardait, il ne serait pas trop concentré sur Richard.

Cela semble fonctionner. Lock étant attaché et les deux hommes disposant d'une grande puissance de feu, Stafford sourit, agitant quatre doigts en signe d'adieu.

Richard finit de remplir la seringue. Il a tapé sur le cylindre pour faire sortir les petites bulles d'air.

Alors que l'aiguille se presse contre la peau de Lock, Stafford s'avance et appuie sur un bouton de la console devant lui. Il se penche en avant pour parler dans un microphone. Un haut-parleur situé sur le mur de la salle de test retransmet sa voix. Changement de plan.

Mais... Richard commence à objecter.

Le sas s'ouvrit en sifflant et les deux gardes firent entrer une autre civière. L'homme qui s'y trouvait était d'un âge indéterminé, sa peau était abîmée par le temps et le reste de son visage était presque entièrement masqué par une barbe touffue. Il marmonnait tout seul. Les gardes poussèrent le brancard de l'homme au niveau de Lock et partirent. Richard haussa les épaules et attrapa une nouvelle aiguille.

Stafford revient sur le Tannoy. Vous ne devriez pas utiliser la seringue déjà remplie, Dr Hulme ?

Richard ramasse la seringue destinée à Lock et enfonce l'aiguille dans le bras de l'homme. L'homme ferma les yeux avec un air de sérénité digne d'un junkie. Peut-être rêvait-il de toutes ces vierges, pensa Lock.

Richard appuie sur le piston, vide le contenu du baril, retire l'aiguille du bras de l'homme et le tamponne à nouveau.

Les yeux de l'homme s'ouvrent. Une vague déception traverse son visage.

Verrouillez maintenant", ordonne Stafford.

Richard ouvre à nouveau la glacière, sort une nouvelle seringue de son emballage et la remplit d'un lot de vaccins vivants.

Une fine pellicule de sueur se dépose sur les paumes de Lock. Sa bouche était sèche et avait un goût de cuivre.

De l'autre côté de l'écran, le visage de Stafford reste neutre.

Réfléchis, Lock. Tu es en train d'écrire une page d'histoire.

Lock lui fait un deuxième signe de la main. Cette fois, il le pensait vraiment. Les préparatifs terminés, Lock fixa stoïquement le plafond. La dernière chose qu'il voulait voir au monde, c'était l'air suffisant de Stafford.

La piqûre de l'aiguille s'inscrit à peine dans le contexte de la douleur que son corps subit déjà en permanence. Il sentit une sensation de chaleur se répandre sur son avant-bras. Il est trop tard pour faire quoi que ce soit, sauf attendre. Il avait envisagé de s'en tenir à son plan initial et de feindre une crise, mais Stafford ne l'aurait pas cru, même si tout le monde l'avait cru. De plus, il n'appréciait pas ses talents d'acteur.

L'instant d'après, Richard tamponnait le point de ponction,

une petite tache de sang s'étalant sur le tampon. Richard l'a fixé avec du ruban adhésif chirurgical.

Comment te sens-tu ? lui demande Richard.

Aussi mal qu'avant".

OK, candidat numéro trois", dit Stafford, avec toute la gaieté d'un animateur de jeu télévisé.

Qu'est-ce qui se passe maintenant ? demande Lock à Richard.

Nous lui laissons vingt-quatre heures, puis nous l'exposons à l'agent vivant.

Et ensuite ?

Nous attendons de voir si le vaccin est efficace", a déclaré Richard.

Et si ce n'est pas le cas ?

Richard rompt le contact visuel. Tu vas mourir.

65

Il a fallu plus d'une heure pour faire passer le cortège de sujets d'expérience. Emmenés deux par deux, pour gagner du temps, la plupart d'entre eux se sont montrés dociles. D'autres moins. Dans un cas, beaucoup moins : le sujet numéro onze a terrassé l'un des gardes d'un coup de tête dévastateur, la méthode d'attaque par défaut pour quelqu'un dont les bras et les jambes sont attachés. Richard a dû injecter l'homme dans la jambe. Aucun des sujets n'a réagi au vaccin.

Une fois la séance terminée, Richard rejoint Stafford dans la salle d'observation.

Bon travail.

Une infirmière responsable aurait pu le faire", a déclaré Richard en sortant de sa combinaison de biosécurité.

Ils auraient pu le faire, mais il est important que vous sentiez que vous faites partie de l'équipe", a déclaré Stafford.

Richard n'y avait pas pensé jusqu'à présent. En lui faisant accomplir la tâche subalterne d'injecter les sujets d'essai, il s'était rendu complice. Il avait violé leurs droits humains autant que n'importe qui d'autre. Il pouvait invoquer la contrainte, mais qu'avait fait Meditech pour "sauver" Josh des mains des défenseurs des droits des animaux et le mettre ensuite en sécurité ?

Toute réclamation de sa part ressemblerait désormais à un plaidoyer spécial. Stafford a parfaitement joué son jeu.

N'ayez pas l'air si abattu, Richard", poursuit Stafford. Si cela fonctionne, pensez aux vies qui pourraient être sauvées".

Et l'argent que vous gagnerez.

L'argent que *nous allons* gagner. Il s'agit d'une entreprise collaborative, c'est pourquoi nous avons tous des options d'achat d'actions.

Est-ce que j'en ai fini ici ? demande Richard.

Pour l'instant.

Richard est revenu à pied, sans escorte, pour voir Josh. Il y avait un air de soulagement palpable dans la salle. La tension collective qui s'était développée avant l'ouverture du procès semblait s'être dissipée. Même les gardes, qui s'étaient montrés hyper-vigilants, à la limite de la gâchette facile, depuis l'incident avec Brand, semblaient avoir baissé d'un cran. L'un d'entre eux parvint même à reconnaître Richard en marmonnant.

Peut-être que tout se passera bien, se dit-il. Si le vaccin fonctionne, Stafford sera apaisé. Richard pourrait partir. Oublier ce qui s'est passé.

S'accrochant à ces pensées, il ouvrit la porte de sa chambre. Josh était blotti sous la couette. Il s'assit sur le bord du lit et tendit une main pour caresser la tête de son fils.

Mais ses doigts ne trouvèrent que l'oreiller. Il le retire frénétiquement, jetant en même temps la couette sur le sol.

Le lit est vide.

66

Une lumière au-dessus du lit éclairait Mareta. Au-delà, c'est la pénombre. Le garde chargé de veiller sur elle n'était plus là. D'après ce qu'elle avait remarqué de son haleine et de la pâleur de sa peau, elle devina qu'il était sorti fumer une cigarette.

Mais elle n'était pas seule. À côté du lit, Josh est assis sur un siège.

Qu'est-il arrivé à votre jambe ? demande-t-il. Je veux dire, qu'est-ce qui s'est vraiment passé ?

Un homme m'a tiré dessus.

Josh ne réagit pas. C'est ce que je pensais. Pourquoi t'a-t-il tiré dessus ?

Pour se sauver". Elle marqua une pause. 'Et peut-être pour me sauver'.

Les sourcils de Josh se froncent tandis qu'il essaie de suivre la logique et n'y parvient pas. Est-ce que tu t'ennuies tout le temps à rester allongé ici ?

Très, dit Mareta.

Moi aussi.

Mareta tourne la tête et lui sourit. Nous pourrions peut-être jouer à un jeu.

RICHARD S'EST PRÉCIPITÉ depuis le bloc d'hébergement, un garde à ses côtés s'efforçant de le suivre.

Ne vous inquiétez pas, Dr Hulme, nous le trouverons. Il s'est probablement égaré.

Richard aperçoit Stafford qui monte dans sa voiture. Il s'est précipité vers lui. Le garde s'est interposé entre eux.

Qu'avez-vous fait de lui ? demande Richard.

Qu'est-ce que vous racontez ?

Josh est parti.

CE JEU A L'AIR DIFFICILE", dit Josh en comptant sur les doigts d'une main les choses qu'il doit faire.

Je croyais que tu étais doué pour les jeux.

Je le suis.

D'accord, alors prouvez-le moi.

Le menton de Josh se relève. D'accord, je le ferai.

Je vais donc compter jusqu'à deux cents", dit Mareta en fermant les yeux.

Mille".

OK, mille. Un. Deux. Trois... Josh se retourne et sort de la pièce en courant.

APRÈS AVOIR ASSURÉ à Richard qu'il participerait à la recherche de Josh, Stafford s'est réfugié dans sa voiture et a appelé son père. Tout se passe comme dans un rêve", lui dit-il.

La première étape est terminée ?

Le vaccin ne provoque aucune réaction indésirable jusqu'à présent.

Ce n'était pas le cas pour les animaux non plus", a déclaré froidement Nicholas Van Straten.

Mais il a été modifié depuis.

Qu'en est-il de la marque ?

Qu'en est-il de lui ?

Vous pensez que la nouvelle ne me parviendra pas, Stafford ?

Nous avions des problèmes de sécurité. Elle est maintenant résolue.

Faisons en sorte que cela reste ainsi. Je me suis attiré les foudres des médias à cause de ces images".

Quelles séquences ?

Josh avait déjà participé à des chasses au trésor, mais pas à des chasses où il devait essayer de ne pas être vu. C'était difficile. D'autant plus qu'il y avait beaucoup de gens qui se bousculaient. L'avantage, c'est qu'il ne devait trouver qu'un seul objet, mais il ne savait pas comment il allait s'y prendre. Tout ce qu'il pouvait faire, c'était essayer de faire de son mieux.

Alors qu'il s'esquivait dans un renfoncement du couloir, l'un des gardes le dépassa. Il l'avait à la ceinture. Ce n'était pas bon. Il devait trouver quelqu'un qui ne l'avait pas à la ceinture. Il savait où les gardes dormaient quand ils n'étaient pas en service. Missy lui avait montré quand il était arrivé. Il pourrait peut-être essayer là-bas.

Le garde a écrasé sa cigarette lorsque l'homme en blouse blanche s'est précipité vers lui. L'un des scientifiques, plutôt gradé s'il se souvient bien.

J'étais en train de rentrer à l'intérieur, monsieur.

'A l'intérieur où ? Où deviez-vous être ?

Le bloc médical

Richard saisit la manche du garde. Montre-moi.

JOSH A REMIS les clés à Mareta. Quel est le numéro que vous avez atteint ?

Neuf cent quatre-vingt-dix-neuf', dit Mareta en glissant les clés dans les plis de la feuille.

Wow, je suis arrivé juste à temps.

Tu t'es très bien débrouillée.

La porte s'ouvre et Richard se précipite à l'intérieur, encadré par deux gardes. Il prit Josh dans ses bras et appuya la tête de son fils sur son épaule.

Il va bien ? demande l'un des gardes.

Pourquoi ne le serait-il pas ? dit Mareta.

Nous ne faisions que jouer à un jeu. Est-ce que j'ai des ennuis ? La voix de Josh est pleine d'inquiétude.

Ne refais plus jamais ça, tu m'entends ? Richard le gronde.

Qu'est-ce que tu croyais que j'allais faire ? demande Mareta, le petit trousseau de clés de manchette serré dans sa main.

ELLE ATTEND une heure avant d'appeler le gardien.

Je peux avoir de l'eau ?" demande-t-elle, la voix éraillée.

Bien sûr.

Il lui apporte un verre. Elle s'est efforcée de se redresser. Alors qu'il passait son bras dans son dos pour l'aider, elle leva sa main libre et lui enfonça deux doigts aussi fort que possible dans les yeux. Son autre main saisit les cheveux à l'arrière de sa tête, rapprochant son visage si près qu'elle pouvait sentir la fumée de tabac sur son col. Puis elle mordit son nez aussi fort qu'elle le put, arrachant le bout charnu et une bande de cartilage avec ses dents de devant.

Trop près pour lui asséner un coup de poing, il agita les bras. Tranquillement, délibérément, Mareta a mis en boule un coin de drap imbibé de sang et l'a enfoncé dans sa bouche pour étouffer les cris.

67

Lock se réveilla en sursaut, surpris par deux choses. Il était vivant et la porte de sa cellule était grande ouverte. Il se leva péniblement et sortit dans le couloir. Il était vide. Aucun garde en vue.

Il resta là un moment, essayant de s'orienter. Il avait eu son meilleur sommeil depuis des semaines, même si cela n'avait duré que quelques heures. Le goût cuivré était encore présent dans sa bouche, mais au-delà des douleurs habituelles, il se sentait bien.

Il y eut un déclic et la porte de la cellule voisine s'ouvrit. Comme les portes extérieures, elle devait être équipée d'une sorte de commande à distance. Un homme en sortit, celui à qui on avait injecté le placebo destiné à Lock. Il cligna des yeux et tendit la main pour tapoter l'épaule de Lock, comme si un contact physique pouvait le rassurer sur le fait qu'il ne s'agissait pas d'un rêve.

Il y a eu un autre déclic. Une autre porte de cellule s'est ouverte. Puis une autre. Et encore une autre. En moins de deux minutes, tous les sujets d'expérience sont sortis. Ils avaient tous l'air en bonne santé.

Ils se rassemblèrent en petits groupes, certains d'entre eux parlant à voix basse de manière pressante. L'un d'eux s'approcha de Lock et se plaça face à lui.

Le gars du Placebo s'est interposé entre eux, a parlé à l'agresseur. Il a reculé.

Le portail situé à l'autre extrémité pivote sur ses gonds. Ils s'y dirigèrent timidement.

L'un des hommes a dit quelque chose et les autres ont ri. Le type du Placebo a levé ses mains menottées vers son visage et les a fait taire.

Lock ferma la marche et ils se dirigèrent vers la porte ouverte. Lorsqu'il la franchit, celle-ci se referma derrière lui. Les hommes à l'arrière sursautèrent lorsqu'elle se referma avec fracas. Au bout du couloir, la porte s'ouvrit avec un déclic. Ils la franchirent et sortirent dans l'obscurité.

Les douze étaient toujours menottés et offraient un spectacle surréaliste tandis qu'ils avançaient au clair de lune, comme un gang de chaînes en manœuvres nocturnes, Placebo semblant assumer une sorte de rôle de leader. Il leur siffla de se disperser, leur ordonnant de reculer dans l'ombre.

Lock choisit son moment et s'éloigna du groupe. Il avait autant d'idées qu'eux sur ce qui se passait - aucune. Mais il savait qu'avec la puissance de feu présente dans les environs, se retrouver en terrain découvert était la pire des idées.

Le type Placebo fit signe à deux des hommes d'aller de l'avant. Ils s'exécutèrent, avançant en rampant jusqu'au bord du bâtiment. Puis ils s'arrêtèrent brusquement.

Lock pouvait entendre le garde arriver au coin de la rue, non pas à cause des bruits de pas, mais parce qu'il était sur sa radio pour informer la salle de contrôle qu'il avait nettoyé un secteur et qu'il s'apprêtait à passer au suivant. Procédure standard pour la sécurité non statique. Dégagez et confirmez. Dégager et confirmer. Répéter jusqu'à ce que mort s'ensuive. Presque certainement au sens propre dans le cas de ce pauvre bougre.

Base de Leech. Jaune clair, passe au rouge. Il y a eu une pause.

Base ? Pouvez-vous accuser réception ?

Il était logique que le garde ne reçoive pas de réponse. Les cellules avaient été ouvertes à distance, et le seul moyen d'y parvenir était de se rendre dans la salle de contrôle.

Ils étaient douze ici. Ce qui ne laisse qu'une seule personne manquante.

68

La chambre était vide quand Lock est arrivé. Il y avait quelques livres, quelques vêtements du garçon, mais pas de Josh. L'idée que les fuyards l'avaient déjà atteint lui traversa brièvement l'esprit, bien qu'il n'y eût ni sang ni signe de lutte.

Il a ramassé l'un des pulls du garçon et est resté là une seconde. Puis il est ressorti et a foncé droit dans le canon d'un M-16 brandi par un Hizzard au visage blanc.

Mettez-vous à quatre pattes.

Hizzard, on n'a pas le temps pour ces conneries.

La peur semblait avoir mis Hizzard en pilote automatique. Comment avez-vous échappé au bloc d'habitation ?

Je me suis téléporté.

Hizzard a pointé son arme sur lui. Mettez-vous à terre.

Lock fait un signe de la main devant son visage. Hizzard, c'est moi, Lock. Vous vous souvenez ?

Vous êtes un détenu. Je suis chargé d'appréhender et de ramener tous les détenus au bloc d'hébergement".

Eh bien, bonne chance avec ça. Vous avez douze personnes en

colère

Les Tchétchènes, ou les Irakiens, ou les Pakistanais, ou quoi que ce soit d'autre, sont en liberté en ce moment, et nous n'avons pas beaucoup de temps pour les contenir". Une rafale de tirs d'armes légères a ponctué le discours condensé de Lock.

de l'entreprise.

Comment puis-je savoir que vous ne mentez pas ?

Qui se soucie de savoir si je mens ou non ? Vous n'avez pas compris ce que je viens de dire ? Il s'agit d'un centre de recherche biologique de niveau 4 qui est en train d'être pris d'assaut par des terroristes. Nous agissons maintenant ou nous mourrons tous.

Hizzard prend sa radio.

Cela ne vous servira pas à grand-chose non plus. Je suppose que la salle des opérations a été violée. Vous n'obtiendrez rien de personne là-haut".

Le doute s'installe dans les yeux de Hizzard. Base de Hizzard".

La réponse fut le grésillement vide de l'électricité statique, puis une voix, féminine, avec un accent. Hizzard de la base. Sortez et posez votre arme sur le sol".

En d'autres circonstances, Lock aurait pu se permettre un sourire en voyant l'expression " oh merde " se dessiner sur le visage de Hizzard. Au lieu de cela, il lui saisit le M-16.

Vous avez une arme de poing ?

Hizzard soulève le pan de sa veste. Glock.

C'est mieux que rien, je suppose", dit Lock, réglant le M-16 sur le tir unique et retournant à l'extérieur, Hizzard le suivant à contrecœur. Combien de gardes avez-vous en service ?

Une douzaine environ.

"A peu près ?

Je crois.

Une opération classique de la marque, pensa Lock. Et les armes ? Des M-16 et des Glocks ?

Il y a d'autres choses dans l'armurerie

Whoa là, soldat, quelle armurerie ? demanda Lock, cherchant autour de lui la porte qui le ramènerait dans son propre univers.

Le bâtiment là-bas.

Hizzard pointa du doigt, dans la pénombre, un petit bâtiment trapu situé à environ 400 mètres de là, entre deux autres blocs. Lock avait supposé qu'il s'agissait d'une sorte de chaufferie ou d'un générateur de secours.

Vous y avez accès ?

Hizzard porte la main à sa ceinture. Bien sûr, j'ai la clé ici.

"Formidable".

Quoi ?

Eh bien, si vous avez la clé, je suppose que les autres "douzaines"

Les gardiens en ont un aussi".

Je ne sais pas.

Allez, Einstein, allons jeter un coup d'œil.

La porte principale était grande ouverte lorsqu'ils sont arrivés, l'acier renforcé étant rendu inutile par une profusion de clés. Amateur ne commençait même pas à décrire l'endroit. Lock laissa Hizzard passer en premier, puis le suivit à l'intérieur.

Quelques boîtes d'obus divers jonchent le sol, mais à en juger par les étagères et les râteliers à fusils vides, l'endroit semble avoir été nettoyé de fond en comble.

Le couvercle déformé d'un grand coffre en métal gris se dressait à quarante-cinq degrés. Hizzard l'ouvrit d'un coup sec et jeta un coup d'œil à l'intérieur. Oh, merde !

Qu'y avait-il là-dedans ? Des lance-roquettes ? demande Lock.

Non, c'est là que Brand gardait les explosifs en plastique.

69

Lock et Hizzard se frayent un chemin hors de l'armurerie. Des rafales de tirs d'armes légères ponctuent le silence.

Ils tournèrent au coin de la rue, Lock faisant une large roue au cas où les fuyards seraient juste là, Hizzard assurant la couverture, le Glock sortant de sa main droite.

Dégagé", chuchote Lock, une seconde avant qu'un des détenus n'apparaisse en traînant les pieds.

Lock commença à lever son M-16 réquisitionné. Mais trop tard. Le détenu avait déjà Lock en ligne de mire. Le temps ralentit pour Lock. Hizzard se retourna, mais il allait arriver trop tard.

Puis, alors que le détenu offrait un sourire aux dents cassées et que son doigt entamait le voyage millimètre par millimètre sur la gâchette, une balle vint s'écraser au milieu de son front. Il s'effondra en avant, sa balle attrapant de la terre plutôt que Lock, tandis que Ty sortait de son abri sur leur gauche. Un de moins, onze de plus ", dit-il en se dirigeant vers le détenu.

Lock regarda fixement son second. Vous étiez là tout le temps, n'est-ce pas ?

Ty sourit. Oui, c'est ça.

Tu es parfois un gros con, Tyrone, tu le sais ?

Qu'est-ce que je peux te dire ? J'ai appris des meilleurs". Il se tourna vers Hizzard, qui avait toujours son Glock braqué sur le détenu mort. Comment tu tiens le coup, Hizzard ?

Lock répond à sa place. Une bouteille de Jack, un tube d'Anusol, et l'homme sera prêt à partir.

Ty retourne le détenu avec sa botte. Yup. Très mort. Il laissa l'homme s'affaisser, face contre terre, et donna à Hizzard un coup de poing amusant sur l'épaule. N'est-ce pas amusant ?

Au loin, ils entendent des sirènes et d'autres tirs d'armes légères en provenance d'un contact proche du périmètre. Ils poursuivent leur route vers leur objectif, la salle de contrôle, dont l'entrée se trouve à cinq cents pieds devant eux.

L'approche finale de la porte se fait en terrain découvert. Lock ne voyait aucun fuyard, ni aucun garde d'ailleurs. On peut supposer que les évadés se trouvaient à la périphérie du complexe, en train d'établir le contact, tandis que les gardes de Brand étaient terrés quelque part, essayant de comprendre ce qui avait si mal tourné, si vite.

Lock laissa Ty et Hizzard se mettre à l'abri et se prépara à faire la course. Comme lorsqu'on descend d'une haute planche, il savait qu'il ne fallait pas s'y attarder. Le secret, comme la plupart des choses dans la vie, était de mettre un pied devant l'autre. Dans ce cas, le plus rapidement possible.

Allez-y. Il s'élança vers l'entrée, conscient seulement de sa propre respiration et des secousses de ses pieds sur le sol. Le M-16 qu'il tenait à deux mains. Il attendit d'entendre les tirs de couverture de Hizzard et de Ty, mais il n'y en eut pas.

Il arriva jusqu'à la porte, s'arrêta pour aspirer l'air dans ses poumons en trois grandes bouffées, s'agenouilla et mit son M-16 en joue, visant un point au milieu du bâtiment le plus proche. Il fit signe aux deux autres de s'élancer.

Regarder Ty se faire écraser était pire que de le faire soi-même.

Il attendait le pétillement des balles traçantes ou le craquement d'un seul coup de feu. Il n'y en eut pas.

Ty et Hizzard se frappent les poings, la mort sur leurs talons, ce qui crée un esprit de corps instantané.

À l'intérieur, tout est calme. Une traînée sporadique d'éclaboussures de sang marquait le chemin vers la salle d'opérations. Lock et Ty la suivirent jusqu'au bout, laissant Hizzard sécuriser l'entrée.

La salle de contrôle est en verre renforcé sur trois côtés. Mareta les reconnut à peine lorsqu'ils s'approchèrent. Lock pouvait également voir Richard. Josh était blotti dans ses bras, endormi.

Il pouvait viser Mareta. Il doutait que la première balle pénètre, mais une deuxième pourrait le faire, ou une troisième. Mais elle resta imperturbable. Puis elle se leva. Ty baissa son arme. Lorsqu'elle se tourna vers eux, Lock comprit pourquoi. Autour de sa poitrine se trouvait une ceinture d'explosifs assemblée à la hâte. Des bandes de C4 avec ce qui ressemblait à des clous, toutes enveloppées dans du ruban adhésif et reliées entre elles à des intervalles d'un pouce, un détonateur fixé au niveau de la taille.

Lock avait déjà vu des ceintures suicides, mais celle-ci se distinguait de la variété ordinaire par un aspect qui faisait froid dans le dos. Les explosifs, en particulier ceux de type C4, étaient difficiles à trouver et étaient donc utilisés avec le plus de parcimonie possible. Ce sont les matériaux d'emballage entourant les charges - roulements à billes, clous, vis, boulons - qui causaient les dégâts. Ce qui rendait cet engin différent, c'était la quantité d'explosifs. Au moins quatre ou cinq livres. Mareta ne ferait pas qu'exploser, elle s'évaporerait en une fine brume. Comme, très probablement, toutes les autres personnes présentes dans la pièce.

70

Frisk se tenait à cinquante mètres du périmètre de l'enceinte et observait, de l'autre côté du mur, des formes sombres qui se faufilaient entre les bâtiments. Il a regardé autour de lui les groupes d'agents de la force publique regroupés en petits cercles. FBI. ATF. SWAT. Ils étaient tous là, et ils avaient tous un plan différent sur la façon de procéder. Bien que la task force conjointe sur le terrorisme dont il faisait partie ait été conçue pour établir une chaîne de commandement claire, les vieilles habitudes avaient la vie dure.

Frisk lève les yeux et aperçoit une silhouette solitaire qui s'avance dans la lumière des projecteurs installés par l'équipe du SWAT à l'entrée principale. La personne levait les mains en signe de reddition. Frisk tendit les yeux pour mieux voir.

La silhouette fut bientôt assez proche pour que Frisk puisse l'identifier.

'Fils de pute'. Il aurait dû s'en douter.

Deux officiers du SWAT en combinaison biologique s'élancèrent vers Ty, boucliers balistiques brandis devant eux, armes de poing calées sur les côtés. L'un d'eux cria : " Mettez-vous à terre ".

Ty les rejette. Écoutez, je n'ai pas été exposé. Mais j'ai besoin de parler à quelqu'un, tout de suite.

Le SWAT a dit : "Mettez-vous à terre tout de suite ou vous serez abattu !

a prévenu l'officier en faisant un geste avec son arme.

Frisk regarda Ty prendre la position, et des menottes furent passées autour de son poignet. Ils le ramenèrent vers le périmètre. Les hommes et les femmes qui avaient passé leur vie à affronter ce que la race humaine avait de pire à offrir reculèrent.

Frisk a suivi Ty, qui a été conduit vers un Winnebago blanc. Trois pas et il était à l'intérieur. Il était équipé comme un laboratoire mobile. Deux autres personnes en combinaison biologique l'accueillirent.

Je vous l'ai dit, c'est bon.

Nous devons nous en assurer.

Ty lui tend le bras. Combien de temps cela va-t-il prendre ?

Trente minutes.

L'une des combinaisons biologiques a prélevé un échantillon de sang. Cela nous permettra de savoir si vous êtes atteint de l'une des dix principales maladies hémorragiques virales.

Et si je le fais ?

Vous serez mis en quarantaine et soigné.

Vous pouvez traiter ce produit ?

La plupart d'entre eux. À l'exception de la variante Ebola. Nous n'avons pas encore de vaccin pour cette variante.

Dix minutes plus tard, Frisk entra dans la caravane, également vêtu d'une combinaison biologique. Ty le salue d'un signe de tête. Plutôt bien pour un Blanc, dit-il, mais tu devrais peut-être songer à te procurer la combinaison bio.

Les pantalons ont pris un ou deux centimètres".

J'aurais pu savoir que Lock et toi seriez au milieu de tout ça. Qu'est-ce qui se passe là-dedans ?

Version courte ou version longue ?

Court.

lui dit Ty. À chaque nouvelle information, Frisk pâlit. Tout ce qu'il savait, c'est qu'un incendie majeur avait éclaté dans une installation biologique de niveau 4.

Pourquoi t'ont-ils envoyé en mission ? demanda-t-il à Ty.

Messager".

Quel est le message ? Que veulent-ils ?

Un engagement signé du président garantissant leur statut de prisonniers de guerre en vertu de la Convention de Genève, ainsi que l'engagement qu'ils ne seront pas expulsés. Ah oui, et une photo signée de Will Smith".

C'est tout, hein ? demande Frisk.

La dernière partie est négociable. Je pense qu'ils se contenteraient d'Eddie Murphy à la rigueur".

Je suis heureux de voir que vous trouvez tout cela si amusant, mais je suis à environ six niveaux de pouvoir commencer à proposer des engagements exécutifs signés.

Dans ce cas, vous feriez mieux de remonter la chaîne.

Même si nous parvenons à un accord, ils iront tous en prison pour le reste de leur vie naturelle.

Ils le savent.

D'accord, je transmettrai", dit Frisk, en sortant de la salle.

Winnebago. Mais c'est tout, n'est-ce pas ? Il n'y a rien d'autre.

C'est tout.

Ty regarda Frisk sortir de la caravane. Il décroisa les doigts et laissa échapper un soupir. Mareta avait une autre demande, mais Lock lui avait dit de ne pas la mentionner, bien que Ty n'ait pas eu besoin de le dire. Dès qu'il aurait obtenu le feu vert, Ty allait s'en occuper lui-même. En fait, il avait hâte d'y être.

71

Ty a trouvé Carrie parmi les rangées de camions de presse qui avaient été poussés jusqu'au bord d'une route de service. La bonne nouvelle était qu'il était hors de danger. La mauvaise, c'est qu'il allait devoir la convaincre d'assister à quelque chose qui pourrait les amener tous deux à passer le reste de leur vie derrière les barreaux.

Dès qu'elle l'a aperçu, elle s'est précipitée. Où est Ryan ? Qu'est-ce qui se passe là-dedans ?

Tu dérapes, ma fille. Tu n'es pas censée inverser l'ordre des questions ? Vous êtes membre de la presse et tout le reste.

Dis-le-moi.

Il est à l'intérieur. Je ne dirais pas qu'il est en sécurité, mais il est en bonne santé.

Envisager quoi ?

Ty la tire vers l'arrière du camion. Il a besoin de notre aide. Carrie respire et se recentre. OK. Quel genre de

de l'aide ?

Ty avait déjà décidé de lui donner à manger, morceau par morceau. Vous avez une voiture ici ?

Non.

Il a sorti un trousseau de clés. Bon sang, je vais devoir utiliser celles de Lock.

Ty, que se passe-t-il ?

Où est le chien stupide qu'il t'a laissé ?

Dans le camion, endormi.

Nous devrons l'emmener avec nous.

Où allons-nous ? Où allons-nous ? Elle jette un coup d'œil vers le camion de reportage. Je suis en service ici. Je ne peux pas partir comme ça".

Ryan a besoin que tu fasses ça.

Vous ne m'avez toujours pas dit ce qu'il veut que je fasse. Et je n'irai nulle part tant que vous ne l'aurez pas fait".

Ty appuya sa main sur la roue de secours à l'arrière du camping-car de la chaîne d'information. Deuxièmement, nous pouvons utiliser ceci aussi. On ferait d'une pierre deux coups. Tu peux faire ton reportage pendant que je vais chercher mon véhicule.

Vous êtes sourd ? Je n'irai nulle part tant qu'on ne m'aura pas dit pourquoi".

Dans ce cas, beaucoup de gens vont être tués.

D'accord, mais tu dois au moins me dire où nous allons.

Ty fait signe au caméraman de Carrie. En selle ! Puis il se retourna vers Carrie. Nous allons faire respecter la responsabilité de l'entreprise.

72

Mareta observait les formes sombres qui défilaient périodiquement sur le mur d'écrans avec autant d'intérêt qu'un flic à la retraite relégué à l'équipe du cimetière dans un centre commercial en dehors de la ville. Elle prit quelques calmants, vérifia le code temporel affiché en bas à gauche de l'écran le plus proche, pivota sur sa chaise et tira une balle dans le visage du garde le plus proche d'elle.

Josh s'agite dans son sommeil lorsque Richard le confie à Lock et se précipite vers le mourant. Une giclée de sang recouvre le visage de Richard - récompense injuste pour un acte de compassion.

Lock mit sa main derrière la tête de Josh et serra le visage du petit garçon contre sa poitrine. Même avec la capacité d'absorption apparemment infinie des enfants, il y a des choses qu'il vaut mieux ne pas voir.

Lock sentait les bras et les jambes de Josh se raidir en regardant Richard s'occuper du garde mourant. Il s'étira du mieux qu'il put, croisant le regard de Richard.

Laisse-le partir, Mareta. Il a déjà été assez utilisé.

Je ne ferai pas de mal au garçon". Mareta marqua une pause. 'Tant que mes demandes sont satisfaites'.

Ce pays ne négocie pas avec les terroristes.

Correction. Ce n'est pas vu. Il y a une différence.

Il n'y a pas d'autre solution que d'aller à l'école, mais il y a des gens qui ne sont pas là.

Richard.

Elle pivota sur sa chaise, et la soudaineté du mouvement laissa Lock le cœur serré. Cette situation n'est pas de mon fait, dit-elle.

Il y a eu du mouvement à l'extérieur de la salle de contrôle. L'un des détenus, un jeune Pakistanais que les autres appelaient Khalid, a fait entrer trois des gardes de Meditech sous la menace d'une arme. Leurs uniformes étaient déchirés et l'un des hommes avait les yeux fermés à cause des coups qu'il avait reçus. Mareta a fait sonner la porte et ils ont été poussés à l'intérieur, forcés de s'asseoir sur le sol.

D'accord, je vous propose un marché, dit Mareta. Une fois que votre ami nous aura livré sa cargaison, le garçon pourra partir. Mais en attendant, pour chaque heure qui passe, un de ces hommes mourra.

Lock savait que discuter ne le mènerait nulle part. Je vous ai déjà expliqué que cela prendrait au moins deux heures. Rien que le temps de trajet en fera autant, sans parler de l'extraction proprement dite.

Mareta semble réfléchir à la question. Alors seuls deux de ces hommes mourront.

73

Deux bergers allemands rôdaient autour de la clôture entourant la propriété de Nicholas Van Straten dans la baie de Shinnecock, les dents blanches montées. Ty plongea la main dans un sac en papier brun, en ressortit une demi-douzaine de galettes de hamburger qu'ils avaient récupérées en chemin auprès d'un employé de fast-food stupéfait, recula et les lança par-dessus la clôture. Les chiens les reniflent avec méfiance. Puis l'un d'eux, probablement le mâle dominant, a levé la patte et s'est mis à pisser dessus. L'autre lui emboîta le pas une seconde plus tard.

Les chiens avaient donc été dressés à ne manger que ce que leur donnait leur maître, généralement grâce à une forme assez rudimentaire de thérapie par aversion consistant à les frapper avec un bâton chaque fois qu'ils s'approchaient d'une nourriture qui ne leur était pas fournie par lui.

Alors, c'est le plan B, dit Ty en retournant à la voiture. Il ouvrit la porte arrière et Angel sortit en trombe.

Carrie l'a suivie. Whoa, où l'emmenez-vous ?

C'est le plus vieux truc du livre. Ne t'inquiète pas", dit-il en tapotant la tête d'Angel, "elle aime les mauvais garçons".

Carrie croise les bras. Comment le sais-tu ?

Elle a suivi Ryan, n'est-ce pas ? Carrie regarde autour d'elle. Je ne devrais même pas être ici.

Le prix à payer pour obtenir le scoop du siècle".

Il a détaché Angel de sa laisse et elle a erré jusqu'à la clôture.

Continue, murmura Ty, avant de se retourner vers Carrie. Quel est le chemin vers le cœur d'un homme si ce n'est par son estomac ?

C'est vraiment dégoûtant.

Hé, c'était l'idée de ton copain, pas la mienne.

Les bergers étaient frénétiques maintenant, le nez noir et humide pressé contre la clôture. Les dents cassées et les aboiements avaient cédé la place à des queues frémissantes et à des cris de désir. Au grand soulagement de Ty, Angel lui rendit la pareille, apparemment ravi de l'attention que lui portaient non pas un mais deux Allemands costauds. L'un des bergers commença à donner des coups de patte sur le sol près de la clôture, faisant voler des mottes de terre. L'autre le rejoignit, et bientôt les deux chiens s'engagèrent dans une course pour voir lequel d'entre eux parviendrait le premier à creuser un tunnel jusqu'à Angel.

Les deux chiens mirent un peu moins de dix minutes à creuser un trou sous la clôture, suffisamment grand pour qu'ils puissent se faufiler de l'autre côté. Ils n'ont même pas regardé Ty ou Carrie une seconde fois en reniflant autour d'Angel.

Ty se mit au travail, découpant un trou dans la clôture à l'aide d'une pince coupante, puis se retourna vers Carrie. Tu as bien compris ce que tu dois faire maintenant ?

Carrie a commencé à marcher jusqu'à l'endroit où le camion de reportage était garé avant les portes de l'enceinte. C'est loin d'être sorcier", dit-elle.

Les deux chiens grognèrent et Ty jeta un coup d'œil par-dessus son épaule, craignant qu'ils ne se soient désintéressés d'Angel. Il fut soulagé de voir qu'ils se faisaient face, probablement pour voir qui tirerait le premier. Angel les observait en remuant la queue. Ty laissa Carrie profiter du spectacle et s'éclipsa dans les sous-bois.

Alors qu'il se dirigeait vers le manoir, il passa en revue dans sa tête les systèmes de sécurité en place. Les chiens étaient les plus visibles et, selon toute vraisemblance, le moyen de dissuasion le plus efficace, en particulier pour les intrus occasionnels. Des détecteurs de mouvement étaient installés à l'extérieur de la maison. Des lampes infrarouges et des caméras de télévision en circuit fermé permettaient au membre de la sécurité qui se trouvait dans la salle d'opérations, un espace aménagé à côté de la buanderie au rez-de-chaussée, d'avoir une vue d'ensemble de la zone entourant la maison. Toute personne échappant à la détection à son approche devait alors faire face à des contacts sans fil à tous les points d'entrée, ainsi qu'à des détecteurs de mouvement dans chaque pièce, à l'exception des quatre chambres à coucher et des couloirs. Personne ne voulait que Van Straten se lève pour aller pisser au milieu de la nuit au son d'une alarme à cent cinquante décibels.

Ty arriva à une cinquantaine de mètres de la façade de la maison et s'arrêta. Les lumières étaient allumées dans deux des pièces principales. Il fit un rapide ajustement mental sur le temps dont il disposerait une fois sur place.

Il contourna les détecteurs de mouvement et se dirigea vers le garage. Il était adjacent à la maison, mais séparé de celle-ci. Il n'y a pas de caméras ici. Pas de détecteurs de mouvement non plus. Il força la porte latérale et entra. L'endroit sentait l'huile de moteur et le détergent. Trois voitures étaient garées dans un espace qui aurait pu en accueillir le double. La première était une Mercedes 500 SLK, une belle voiture. Ty l'a immédiatement écartée. La deuxième était celle de Stafford. C'était de mieux en mieux. Mais il ne l'utiliserait pas non plus.

À côté du véhicule de Stafford se trouvait le Hummer blindé. Il était noir et non pas rouge pompier comme il l'avait vu précédemment. La peinture était fraîche. Il devina que c'était celui qu'ils avaient utilisé pour essayer de pincer Carrie. Elle lui en avait parlé pendant le trajet.

Il a sorti son portable et a envoyé quatre lettres au numéro de Carrie : C-A-L-L. Puis il a grimpé sous le Hummer et s'est mis en route.

travail.

C'EST CETTE SALOPE DE NBC", dit Stafford en tendant le téléphone à son père, qui en est déjà à son troisième scotch avec glaçons.

Qu'est-ce qu'elle veut ?

Quelque chose à propos d'une violation de la sécurité sur le site du chantier naval.

Van Straten arrache le combiné des mains de son fils. C'est le Nicholas Van Straten".

M. Van Straten, où êtes-vous ?

Pourquoi ?

Le FBI vous a-t-il parlé ?

Non, pourquoi l'auraient-ils fait ?

Parce que, où que vous soyez, vous devez partir immédiatement. Votre vie et celle de votre fils sont gravement menacées".

Mme Delaney, je peux vous assurer que nous sommes en sécurité là où nous sommes.

M. Van Straten, avez-vous une télévision dans votre chambre ?
Oui.

Alors, allumez-la sur NBC.

Nicholas claqua des doigts en direction de la télécommande posée sur le lit. Stafford la prit et la lança à son père, qui l'attrapa et fit glisser le pouce vers la chaîne. L'écran était divisé. Sur le côté droit, on voyait une masse de véhicules d'intervention d'urgence filmés de loin mais garés de façon reconnaissable à proximité des installations de Meditech. Sur le côté gauche de l'écran, il y avait une image statique de la porte d'entrée de leur maison.

M. Van Straten ?

Je suis là.

Ryan Lock vous rejoindra bientôt. Il m'a appelé il y a une heure pour me dire qu'il était en route pour vous parler. Il avait l'air plutôt en colère...

Carrie n'a pas eu le temps de finir sa phrase avant que Nicholas Van ne la prononce.

Straten raccroche. Satisfaite de ne pas avoir menti, elle se retourne vers son caméraman. OK, retournons au chantier naval.

Il ne veut pas faire d'interview ? demande son caméraman.

Il n'est même pas là", a-t-elle menti.

Le type haussa les épaules et commença à ranger son matériel à la hâte.

Angel revint vers eux en trottinant, couverte de terre et remuant la queue.

Salope", dit Carrie en lui ouvrant la porte arrière du camion.

TY SE CRISPA lorsque la porte latérale du garage s'ouvrit. Une paire de bottes se dirigea vers le Hummer. Elles s'arrêtèrent à la porte du conducteur, juste à côté de la tête de Ty. Ty aurait pu tendre la main et les toucher.

Il attendait que les bottes passent de l'autre côté et commencent l'inspection du véhicule. Ou que le visage du conducteur apparaisse à la hauteur de ses yeux pour qu'il puisse lui fourrer un pistolet dans la figure. Ou que le miroir monté apparaisse pour qu'il puisse l'attraper, traîner le gars en dessous et l'étouffer avec le chiffon glissé dans sa chemise.

Mais rien de tout cela ne s'est produit. Les choses s'étaient vite gâtées depuis que Lock et lui avaient été relevés de leurs fonctions. Ou bien le chauffeur était sacrément pressé. Peut-être les deux.

Le Hummer grésilla lorsque le conducteur appuya sur le déclic, désactivant l'alarme et déverrouillant les quatre portes. Ty regarda une botte se hisser sur le marchepied, la porte s'ouvrir et l'autre botte suivre. La porte du conducteur se referma avec un bruit sourd.

Ty se repoussa avec ses mains, rampant vers l'arrière, émergeant juste à droite du hayon du Hummer. Il dégaina son Glock, prêt à l'emploi, et s'accroupit, marchant en canard sur les quelques pas qui le séparaient de la porte arrière droite du passager. Sa prochaine action nécessitait un élément solide : la vitesse.

Il tendit la main, saisit la poignée, ouvrit la porte et se jeta à l'intérieur. L'intérieur du Hummer était suffisamment grand pour qu'il puisse étendre son bras sans que le conducteur ne puisse l'atteindre.

Il a pointé son arme sur la tête du conducteur. Si tu respires de travers, amigo, tu es fichu".

Croft passa lentement la main sous son épaule et en sortit son arme, un SIG 226. Il la tendit à Ty, la crosse en premier. Ty l'échangea avec le Glock, le coinçant dans son holster comme arme de secours.

Laissez les clés sur le contact et sortez du véhicule. Une fois que Croft s'est exécuté, Ty lui lance un chiffon. Mets-le dans le gros trou au milieu de ton visage et tourne-toi.

Croft attrapa le chiffon et le fourra dans sa bouche. Puis il se retourna. Ty fouilla dans les poches de Croft pour trouver les clés de la Mercedes et les utilisa pour ouvrir le coffre. Il a poussé Croft vers le coffre. Croft est monté à bord, toujours sous la menace d'une arme.

Dès que j'aurai pris un peu de distance, j'appellerai la police locale et j'enverrai quelqu'un pour vous sortir de là.

Ty referma le coffre et s'installa sur le siège conducteur du Hummer. Il sortit le Glock de son étui et le rangea dans le compartiment situé entre les sièges avant ; il laissa le SIG sur ses genoux. Il s'est ensuite levé, a appuyé sur le bouton de l'ouvre-porte du garage et est parti, refermant la porte dès que le Hummer s'est éloigné.

Il fit pivoter le véhicule monstre devant la maison. La porte s'ouvrit et un garde apparut. C'était logique. Il s'attendait à une équipe de trois hommes : un pour conduire, un pour agir en tant que BG, et un pour rester derrière et agir en tant que sécurité résidentielle au cas où ils devraient revenir rapidement.

Le garde est suivi par Nicholas Van Straten. Puis vint Stafford. Dans l'obscurité et à travers les vitres teintées, Ty savait qu'aucun d'entre eux ne pourrait le voir.

Conformément à la procédure habituelle, le garde ouvrit la porte et recula. Van Straten et Stafford étaient trop occupés à parler pour regarder dans la direction de Ty. De plus, le plafonnier intérieur avait été désactivé depuis longtemps - procédure standard pour se prémunir contre les attaques de snipers. Il n'y a rien qu'un tireur n'aime mieux qu'un bon gros faisceau de lumière pour éclairer sa cible.

Les Van Straten prennent place. Stafford parlait comme s'il était en pleine vitesse. Dans le rétroviseur, Ty pouvait voir son père faire de son mieux pour l'ignorer. Pourtant, aucun des deux hommes ne l'avait regardé. Le personnel n'était qu'un décor de fond pour des types comme eux.

Le garde ferma la porte et commença à faire le tour du véhicule pour s'installer sur le siège passager avant. Ty a cliqué sur le bouton de la console à sa gauche pour verrouiller toutes les portes et a accéléré, laissant le garde debout à l'endroit où se trouvait le Hummer.

Les portes étaient ouvertes et il les a franchies à toute vitesse.

Où allez-vous, messieurs ? demanda-t-il en se retournant et en savourant leur expression de choc. Je pourrais aussi m'arrêter dans un endroit tranquille, vous faire sortir tous les deux, vous faire agenouiller au-dessus d'un fossé et vous tirer une balle dans la nuque.

Stafford prend la parole. Écoutez, Tyrone, s'il s'agit de mettre fin à votre contrat...

C'est ainsi que je réagis habituellement à un licenciement.

Faites demi-tour immédiatement", dit Stafford, d'une voix stridente et peu convaincante.

Un œil sur la route, Ty retira sa main droite du volant et pointa le 226 sur lui. Ferme ta gueule.

Oui, dit Nicholas Van Straten. Fermez-la, Stafford.

Ty remarqua que la main de Stafford glissait vers la poignée de la porte, avec autant de désinvolture qu'un adolescent de quatorze ans essayant de se faire une poignée dans une salle de cinéma obscure. Elle est verrouillée. Mais si vous voulez tenter votre chance, attendez au moins que je prenne l'autoroute.

Où nous emmenez-vous ? demande Nicholas.

Ne t'inquiète pas, tu le reconnaîtras quand nous serons arrivés.

75

Josh s'agite dans les bras de son père tandis que Mareta fait s'agenouiller le garde sur le sol, face au mur. Dans sa main droite, elle tenait un Glock ; dans sa main gauche, deux morceaux de métal reliés au détonateur, le contact garantissant la mort de tout le monde. Lock voulait que le gamin sorte de là, et c'était l'occasion.

Il n'a pas vu assez de meurtres ? lui demande Lock.

Alors, emmenez-le dehors.

Je vais le faire", dit Richard.

Vas-y, alors", dit Mareta, comme si le désir d'éviter à un enfant d'assister à un meurtre de sang-froid était un signe évident de faiblesse.

Lock regarda Khalid les escorter jusqu'à la sortie. Merci. Le garde qui faisait face au mur commença à s'effondrer. S'il vous plaît, ne laissez pas

Je n'ai pas besoin d'elle pour faire ça. J'ai une femme et des enfants.

Mareta lui assène un coup de Glock à l'arrière de la tête, laissant une entaille sur le sommet du crâne. Alors pourquoi acceptez-vous ce travail ?

Cinq minutes. Donne-lui encore cinq minutes, Mareta", a dit Verrouiller.

Puis, à la fin de ces cinq minutes, vous en demandez cinq autres. Je connais ces jeux".

Lock espérait que Frisk et le reste de la JTTF en tiendraient également compte. La plupart des terroristes ne survivaient pas à leur premier siège ; Mareta y assistait avec la même fréquence que les femmes nouvellement mariées de Long Island assistent à des baby showers. À présent, elle doit connaître mieux qu'eux les règles du jeu des négociateurs d'otages.

Comment va ta jambe ? demanda Lock, espérant la distraire.

Merveilleux.

Elle vérifie les écrans. D'autres véhicules se massent à l'extérieur du périmètre. La plupart d'entre eux sont regroupés de part et d'autre de la porte.

Aucun signe de votre ami", dit-elle.

Il sera là.

Mareta abaisse son arme. D'accord, vous avez cinq minutes. Mais après cela, il faudra attendre une demi-heure avant que je ne tue le prochain.

Vous avez dit toutes les heures.

Mareta soupire. Nous négocions. Je vous donne quelque chose, vous me donnez quelque chose en retour. C'est comme ça que ça marche, non ?

76

Vingt miles avant le chantier naval, le voyant du réservoir vide sur la console du Hummer s'alluma. Ty grogna. La consommation de carburant d'un Hummer n'était pas très élevée dans le meilleur des cas, mais ajoutez-lui près d'une tonne de blindage B-7 et il avait pratiquement besoin de son propre champ de pétrole.

Un problème ? demande Stafford depuis la banquette arrière.

Rien que je ne puisse gérer, répondit Ty avec une grimace.

Trois miles plus loin, il trouve une station-service. Son plan était simple. Menacer de mort sa cargaison. Obtenir cinquante dollars d'essence. Jeter une Lincoln dans la fente et reprendre la route.

Ty s'est arrêté et s'est retourné. Je serai parti dans moins de deux minutes. Tu seras sous mes yeux pendant tout ce temps. Si je te vois bouger d'une manière ou d'une autre qui me mette mal à l'aise, je te tuerai plus vite que David Duke à une réunion de la Nation de l'Islam".

Il a coupé le contact, pris les clés avec lui, est sorti et a fermé à clé. Il a ensuite saisi le pistolet et l'a enfoncé dans le réservoir d'essence. Ses yeux oscillent entre les dollars et les cents qui défilent sur l'écran et les portières du Hummer. Il fixa l'endroit où Stafford et Van Straten devaient se trouver. Il ne voyait rien à travers la vitre, mais il ne voulait pas qu'ils le croient.

Ces jours-ci, lorsqu'il achetait de l'essence, les chiffres défilaient comme dans une machine à sous, mais cette pompe semblait presque glaciale. Après avoir fait le plein de cinquante dollars, il remit le pistolet dans la pompe, ferma le clapet et alla payer, tout en jetant un coup d'œil au Hummer à quelques mètres de distance.

Il a glissé l'argent dans le bac de l'écran du bandit et est reparti en trottinant.

Alors qu'il s'apprête à ouvrir la porte du conducteur, il se souvient. Bon sang. Le Glock. Il l'avait laissé dans le compartiment avant.

Il jette un coup d'œil en arrière. Le pompiste, un jeune hispanique d'une vingtaine d'années, était perché sur un tabouret et regardait n'importe quelle connerie diffusée à la télévision à cette heure-ci.

Ty dégaina sa propre arme, ouvrit la porte d'un coup sec et s'effaça derrière elle, se préparant à la première lueur de mouvement.

Rien.

De l'angle où il se trouvait, il ne pouvait voir que Nicholas Van Straten. Mais ce n'est pas Pops qui l'inquiète.

Descendez de la voiture. L'un après l'autre. Vous d'abord, Stafford.

Restez dans la voiture. Sortez de la voiture. Laquelle est la bonne ?

Tais-toi, Stafford", entendit Ty marmonner Van Straten.

Pourriez-vous au moins ouvrir la porte ? demanda Stafford, irritable. Ty referma la portière du conducteur, se déplaça sur le côté du véhicule, tendit la main et ouvrit la portière du passager, en veillant à garder la plaque blindée entre lui et Stafford. Stafford sont sortis, les mains levées en l'air.

Ty jeta un coup d'œil par-dessus son épaule pour voir le pompiste qui les fixait, essayant sans doute de comprendre quel genre de criminel aux besoins spéciaux amenait ses victimes dans une station-service pour les dévaliser.

Ty n'a plus rien d'autre à faire que de s'y mettre. Il a tapoté Stafford down. Nettoyer.

OK, maintenant toi.

Nicholas Van Straten est sorti et Ty a répété la procédure. Rien sur lui non plus.

Il leur dit : "Restez là".

Grimpant sur le siège avant, il ouvre le compartiment. L'arme n'est plus là. Il recula pour voir Staff faire des signes frénétiques au préposé, mimant un appel téléphonique.

OK, où est-il ? demande-t-il à Stafford.

Je ne sais pas de quoi vous parlez.

Stafford faisait exactement ce que Ty aurait fait dans cette situation. Il a décroché. Le pompiste était déjà au téléphone, un œil sur ce qui se passait à l'extérieur, crachant ses mots aussi vite qu'il le pouvait dans le combiné.

Stafford devait savoir que Ty avait un but précis pour eux. Sinon, il les aurait tués tous les deux à la maison. Ou se serait arrêté sur la route à Shinnecock Bay et l'aurait fait.

Je n'ai pas besoin de vous deux, dit Ty. Alors, qui sera choisi ?

Je pense que si l'on procédait à un vote, on aboutirait à une impasse", a déclaré M. Nicholas.

dit Van Straten d'un ton badin.

Hmm", dit Ty en réfléchissant à la question. 'Je suppose que cela me laisse la voix prépondérante alors'.

Il a pointé son arme sur la tête de Nicholas Van Straten.

Allez-y, dit Stafford.

Il est rangé sur la banquette arrière", dit Nicholas.

Tant pis pour l'unité de la famille", dit Ty, en remontant dans le véhicule et en sécurisant l'arme.

Il les a poussés à rentrer dans le Hummer, juste au moment où la voiture de police s'est arrêtée.

Une patrouille composée d'un seul officier. D'autres unités étaient probablement en route. A en juger par les gesticulations rapides du préposé, qui était occupé au téléphone à essayer d'expliquer un vol alors qu'il n'était pas volé, Ty devina que l'appel avait été enregistré comme un passage et un rapport. Cependant, s'il laissait la situation évoluer, elle ne pouvait aller que dans un sens.

Il attend que le policier sorte de la voiture de patrouille, passe la marche arrière et appuie sur l'accélérateur. L'arrière de l'imposant

Le SUV s'est concentré sur le bloc moteur de la Chrysler.

Souriant pour la première fois depuis qu'il est entré dans la station-service, Ty s'est enfui, laissant derrière lui un flic très énervé qui cherchait sa radio.

77

Le Hummer se faufile entre une remorque du poste de commandement Nomad et un chariot élévateur blindé de l'équipe de déminage de la police de New York. Van Straten et Stafford ne peuvent que regarder avec perplexité plus d'une centaine d'hommes et de femmes, dont beaucoup sont lourdement armés, se déplacer prudemment entre le périmètre et les véhicules.

Nous y voilà, les gars, proposa Ty. Tout ce qui est à terre va à terre". Il ralentit le Hummer. Sur sa gauche, deux policiers de la police de New York

Les flics l'observent attentivement. L'un d'eux était à la radio, l'autre parlait du côté de la bouche à son partenaire. Alors qu'ils se dirigeaient vers le Hummer, Ty baissa la vitre pour entendre ce qu'ils disaient.

Arrêtez ce véhicule.

Oui, c'est ce qu'il pensait qu'ils disaient.

Il ferma la fenêtre, passa la boîte de vitesses en position basse et visa directement la porte. L'astuce consistait à l'atteindre à la vitesse d'éperonnage, soit environ vingt miles à l'heure, puis à poursuivre sa route jusqu'au centre. L'erreur commise par la plupart des gens lorsqu'ils s'attaquent à un barrage routier, par exemple, est de prendre le plus de vitesse possible et de foncer droit dessus. Dans les milieux de la protection rapprochée, on appelle cela "s'écraser". C'est très différent de ce qu'il s'apprêtait à faire.

Ty ne se retourna pas lorsqu'il arriva à la porte. Il n'avait pas besoin de le faire, car il était pratiquement certain que personne ne le suivrait à l'intérieur. Le périmètre était plus psychologique que physique.

La clôture a tremblé lors de l'impact initial. Le grincement du métal sur le métal a suivi.

A présent, Stafford, au moins, a compris ce qui se passait. Ils étaient le paiement d'une rançon, sous forme humaine. À côté de lui, son père se tenait droit, puisant dans une force patricienne perdue depuis longtemps.

Lorsque le Hummer a franchi la clôture, les deux flics qui couraient à ses côtés, frappant aux portes comme des groupies démentes poursuivant une limousine, ont disparu.

Le Hummer fonce, droit vers le bâtiment abritant la salle de contrôle. Quelques balles se sont écrasées sur le toit, premières gouttes de métal d'un orage qui s'amorce rapidement.

Ty a tiré le Hummer jusqu'à l'entrée du bâtiment principal, en est sorti et a ouvert la porte du passager arrière du côté du conducteur, en guise de couverture. OK, mesdames, fin de la file d'attente. Vous feriez mieux d'entrer avant qu'un scout de l'ATF trop pressé n'utilise vos culs blancs et osseux comme cible d'entraînement.

Van Straten et Stafford se précipitèrent à l'extérieur et à l'intérieur du bâtiment, les trois hommes étant accueillis par la garde d'honneur de Mareta. L'un d'eux s'empara de l'arme de Ty, mais celui-ci le repoussa. Stafford et Van Straten furent conduits dans le long couloir vers la salle de contrôle.

La porte s'ouvrit avec un déclic et Ty les fit entrer.

Mareta a regardé les Van Straten de haut en bas avec tout le détachement professionnel d'un bourreau qui secoue la main d'un homme pour calculer son poids.

Le garçon et le docteur viennent avec moi maintenant", dit Lock.

Ty est resté près de la porte, la main sur la crosse de son arme. Le

Le Glock est confortablement rangé dans le bas de son dos.

Ce n'est pas tout ce que j'ai demandé", a déclaré Mareta après un silence gênant.

Ecoutez, s'il s'agit d'argent...". Nicholas Van Straten bafouille. Mareta l'ignore. Le garçon peut partir, mais j'ai besoin du médecin. Josh se précipita vers son père et lui passa les bras autour de la taille.

Pourquoi est-il ici ? demande Nicholas.

Demandez à votre fils", dit Lock en faisant un geste vers Stafford. Il se penche alors pour être au niveau des yeux de Josh. Et si je te déposais et que je revenais ensuite pour m'occuper de ton père ? Tu te sentirais mieux ?

La tête de Josh a balancé un "non" dans tous les sens.

C'est au tour de Richard. S'il te plaît, Josh. Ça va aller - vraiment". Lock arracha Josh à son père, petit doigt par petit doigt.

OK ?" dit-il enfin.

Josh s'est précipité pour serrer son père dans ses bras.

Prêt ? demanda Lock, une main sur l'épaule du garçon.

Josh déglutit difficilement. Il acquiesça. Sa main se glissa dans celle de Lock et ils sortirent de la salle de contrôle.

Nicholas Van Straten s'en prend à Stafford. Vous êtes une honte !

J'ai fait ce que j'avais à faire. Maman aurait compris.

Ta mère était une salope au cœur froid.

Mieux vaut cela qu'une mauviette.

Mareta regarda l'échange avec mépris. Je vous donnerai à tous deux l'occasion de prouver votre virilité bien assez tôt", leur dit-elle.

Stafford et son père cessent de se disputer et échangent un regard inquiet.

Vous ne pensez pas que je vous ai amené ici simplement pour vous tuer, n'est-ce pas ?

78

Silhouetté par les projecteurs d'un hélicoptère de la police de New York, un morceau de tissu blanc s'échappe de la main de Lock. Son autre main serra celle de Josh et le conduisit jusqu'à la grille d'entrée, dont une section était suspendue à une seule charnière. Il compta au moins deux tireurs d'élite avec des lunettes de visée braquées sur eux. Compte tenu de la tendance récente des terroristes à se servir d'eux-mêmes et, dans certains cas, de civils comme d'engins explosifs improvisés, il n'y a rien d'étonnant à cela.

Josh, peux-tu enlever ta veste pour moi ?

Mais il fait froid.

Juste un instant.

Pourquoi ?

Il pouvait lire dans les yeux du gamin qu'il ne le ferait pas sans avoir d'abord une raison. Parce qu'il y a peut-être une bombe en dessous".

Ne soyez pas stupide. Les petits garçons ne portent pas de bombes".

En général, non.

Mais parfois ? lui demande Josh.

Lock avait déjà vu une fillette de douze ans atteinte du syndrome de Down s'approcher d'un Marine qui tenait un poste de contrôle sur la route Irish à Bagdad, serrer la main du soldat, puis se faire exploser.

Pas vraiment, dit-il, mais j'aimerais quand même que vous le fassiez.

Josh se débarrasse péniblement de sa veste. Lock souleva un instant le haut de Josh, laissant apparaître son ventre.

OK, vous pouvez le remettre.

Les tireurs d'élite ont rouvert les yeux. Il devina qu'ils étaient maintenant tous les deux sur lui. Une tête. Un torse.

Lock ouvrit sa veste et souleva sa chemise, faisant un tour complet, les bras écartés le long du corps. Les tireurs d'élite restent braqués sur lui.

À vingt mètres du portail, il lâche la main de Josh. Allez-y.

Le petit garçon s'avance, puis se retourne pour regarder Lock.

Je rentre, Josh. Je dois aller m'occuper de ton père, tu te souviens ?

Josh réussit presque à sourire avant de prendre ses jambes à son cou et de se précipiter vers un agent du JTTF en combinaison biologique posté sur ce qui restait de la porte. L'agent s'approcha timidement du garçon et l'entoura de ses bras, le caressant au passage.

Verrouillez !

Lock jeta un coup d'œil par-dessus son épaule pour voir Frisk. Il lui faisait signe d'avancer. Lock leva un pouce en direction du complexe.

Frisk sortit des rangs et s'élança dans le no man's land. Lock se déplaça rapidement pour rester entre lui et les bâtiments. Un tir des détenus sur Frisk et ils seraient tous les deux grillés.

Qu'est-ce qui se passe là-dedans ? dit-il, essoufflé par le bref sprint.

Ils n'ont pas voulu relâcher Hulme.

Pourquoi pas Van Straten et Stafford ?

Vous les avez vus, hein ?

Ils ont été portés disparus environ une demi-heure après que votre ami les a récupérés.

Bien, pensa Lock. Croft a dû décider de donner à Ty un bon départ " J'ai donné aux détenus ce qu'ils voulaient ".

Lequel ?

Les responsables de ce gâchis.

Vous voulez dire les Van Straten ? Lock acquiesce.

Et qu'est-ce qu'on obtient ? lui demande Frisk.

Tout le monde est sorti vivant.

Et vous croyez cette folle ?

Écoute, Frisk, nous n'avons pas vraiment le choix pour l'instant.

Et pendant que vous êtes là, pourquoi votre petite amie s'est-elle pointée ? Lock balaya du regard le cirque sur le périmètre, observant la presse et le personnel d'urgence attirés comme des papillons de nuit. Au fait, qu'est-ce que

aux médias ?".

Violation de la sécurité non spécifique".

Cela ne devrait pas durer plus de deux secondes.

C'est pourquoi il est important que cette question soit résolue le plus rapidement possible", a déclaré M. Frisk. D'une manière ou d'une autre.

Je n'ai rien à redire.

Juste avant de faire demi-tour vers le bâtiment, Lock aperçut Josh, recouvert d'une couverture en papier d'aluminium comme celles que l'on distribue habituellement à la fin d'un marathon, aidé par deux personnes en combinaison biologique à monter à l'arrière d'une ambulance. Au moins, il est en sécurité, se dit-il. Cela devait compter pour quelque chose.

Attendez. Tu ne retournes pas là-dedans ? demande Frisk en fronçant les sourcils.

Lock continua à marcher. Il attendait que Frisk se lance à sa poursuite. Que quelqu'un essaie de l'arrêter. Mais personne ne le fit.

79

Déshabillés jusqu'à la taille, menottés et enchaînés aux jambes, Nicholas et Stafford Van Straten, ainsi que les autres gardes capturés par les évadés, se mirent au garde-à-vous. Mareta boitille le long de la ligne, un Sharpie noir dans la main droite. Elle s'arrêta devant Nicholas et traça le numéro un sur sa poitrine avec le marqueur. Stafford reçut le numéro deux. Tout comme le bétail.

Au moment où elle atteint le troisième homme, l'un des gardes, Lock prend la parole.

C'est de la foutaise. Ce sont des mercenaires. Et ce que vous faites n'est pas mieux que ce qu'ils allaient vous faire".

Sauf que nous ne sommes pas des terroristes", ajoute Stafford.

Elle les ignora tous les deux et grava le chiffre trois sur la poitrine de l'homme. Une fois tous les hommes numérotés, Mareta se recula pour admirer son travail. Maintenant, commençons.

Deux des évadés se sont placés de part et d'autre de Nicholas Van Straten et l'ont poussé hors de la pièce.

Ils se rassemblèrent derrière la cloison de verre, Mareta, Lock,

Ty, les terroristes et les gardes restants et, debout au centre, avec le même regard d'intérêt qu'il avait réservé à Lock, Stafford. Enfin, quelqu'un a trouvé une utilité au vieil homme, observa-t-il.

Lock lui jeta un coup d'œil lorsque Richard, désormais vêtu d'une combinaison biologique, émergea de l'autre côté de la cloison et s'approcha de Nicholas. Ne vous inquiétez pas, Stafford, dit-il, votre tour viendra très bientôt.

Est-ce que j'ai l'air inquiet ?

Lock devait admettre que Stafford était beaucoup plus calme qu'il ne l'avait imaginé. Certainement plus que lorsque Lock l'avait conduit sur le toit cette nuit-là.

J'ai vu toutes les données, rappelez-vous, poursuit Stafford. Le vaccin fonctionnera.

Il s'agit d'un soutien sacrément solide si cela fonctionne", a déclaré Ty alors que de l'autre côté de l'écran, Richard ouvrait avec précaution le conteneur et remplissait une seringue à partir de l'une des fioles. Ses mains tremblaient.

Je veux que vous sachiez que je vous administre ceci entièrement contre mon gré", dit-il en appuyant sur le piston et en introduisant le liquide dans la circulation sanguine de Nicholas Van Straten.

Quelques minutes plus tard, alors que Van Straten est conduit à la sortie, Stafford est conduit à l'entrée. Nicholas regarda directement son fils. Son visage était pâle, ses lèvres étaient bordées de blanc.

Pour l'amour du ciel, ce n'est qu'un vaccin", a déclaré Stafford. Il a déjà été administré aux sujets d'essai et ils n'ont montré aucun effet néfaste. Il roula sa nuque, comme s'il s'agissait de faire disparaître les tensions laissées par une partie de tennis particulièrement éprouvante, tandis que deux des hommes de Mareta le poussaient sur le brancard. Je vais rester debout, merci.

Les deux hommes le forcent à s'asseoir sur le brancard et l'attachent tandis que Lock et Ty partagent un regard de surprise.

Hé, ça pourrait être pire, dit Ty, au moins il n'est pas à plat ventre. Dans ce cas, il crierait vraiment pour sa maman".

Ce n'est pas un spectacle pour lequel j'achèterais un billet", a déclaré M. Lock.

Derrière Stafford, Richard se dirigea vers un grand réfrigérateur, ouvrit la porte et récupéra une fiole en acier inoxydable avec un bouchon en caoutchouc dans une grande glacière blanche sur la deuxième étagère. Ses mains sont désormais stables et il sort une nouvelle seringue de son emballage stérile.

Allez, Hulme, finissons-en", lance Stafford.

Oui, allons-y", dit Richard derrière le casque de la combinaison biologique, en remplissant le tonneau.

Stafford lève la tête aussi loin qu'il le peut et fixe l'écran d'un air de défi. Je veux dire qu'ils ont tous été vaccinés et qu'ils n'ont souffert d'aucun effet indésirable.

C'est exact", a déclaré Richard, en vidant le contenu dans le sac à dos.

Le sang de Stafford.

Alors, de quoi dois-je m'inquiéter ? Rien, n'est-ce pas ?

Richard marque une pause. Rien du tout, à part le fait que je viens de vous injecter une variante vivante d'Ebola.

80

L'estomac de Stafford s'est mis à trembler de peur. Il savait que le virus Ebola vidait le corps par les deux bouts. Lorsqu'il n'y avait plus de vomissures ou d'excréments à expulser et que l'on avait l'impression que la situation ne pouvait pas empirer, c'est là que les saignements commençaient. Oreilles, nez, bouche, anus. Lorsque la défaillance d'organes multiples ou le choc hypovolémique sont venus mettre fin à vos souffrances, ce fut un soulagement.

Mais le processus n'a pas été instantané. Loin de là. Le virus prenait son temps pour s'installer dans votre corps, se sécrétait dans vos cellules, se mettait à l'affût, vous laissant le temps de réfléchir à ce qui vous attendait. Et, alors qu'il fixait les traits renversés de Richard, inébranlables derrière la combinaison biologique, Stafford jura qu'il pouvait sentir la variante d'Ebola se disperser dans son corps, s'y réfugier avant de commencer son assaut.

Donnez-moi le vaccin, Richard", a-t-il supplié.

Donnez-moi une bonne raison de le faire.

Vous êtes médecin. Vous avez prêté serment !

C'est vrai. Je l'ai fait. Mais j'ai besoin de quelque chose en retour".

N'importe quoi. Nommez-le. Si ça marche, Meditech pourrait être la première société de biotechnologie d'un billion de dollars. Je doublerai vos options d'achat d'actions. Je les triplerai. Il suffit de donner un chiffre.

Je ne veux pas d'argent. Je veux que vous expliquiez publiquement comment vous avez amené ces gens - il fit un geste vers Mareta et ses compagnes - dans notre pays pour les utiliser comme des animaux et mettre en danger la vie de millions d'Américains, tout cela pour que vous puissiez sortir de l'ombre de votre famille.

Bien sûr, bien sûr. Ce ne sera pas un problème. Dès que j'aurai obtenu ce vaccin.

La confession d'abord, l'absolution ensuite.

Mais cette substance est déjà en moi ! Plus le vaccin tarde à être administré, moins j'ai de chances de guérir ! Vous le savez bien !

Alors nous ferions mieux de nous dépêcher, n'est-ce pas ?

Derrière l'écran, Mareta devenait nerveuse. Comme elle était reliée à suffisamment d'explosifs pour les emporter tous avec elle, Lock pensait qu'être nerveux était mauvais signe.

De quoi parlent-ils ? demande-t-elle.

Je vais aller voir ce qu'il en est.

Lorsqu'il fut à mi-chemin de la porte, celle-ci s'ouvrit et Richard en sortit. Il enleva la partie casque de la combinaison biologique. Le visage rougi, il essuya une boucle de cheveux plaquée sur son front par la sueur. Je lui ai posé un ultimatum. Il va avouer en direct à la télévision.

Quel était l'ultimatum ? demande Lock.

Je viens de lui injecter le virus Ebola. Il respecte sa part du marché et reçoit le vaccin".

Et comment voulez-vous que l'on mette quelqu'un qui soit un transporteur vivant dans le métro ?

Votre ami est journaliste.

Aucune chance. Trop risqué. Carrie ne mettra pas les pieds ici".

Mais de cette façon, les gens connaîtront la vérité.

La vérité ? La vérité, c'est que quelqu'un qui importerait des terroristes pour les utiliser comme cobayes dans un essai de médicaments visant à neutraliser leurs capacités biologiques ferait l'objet d'un défilé de téléscripteurs dans tous les États du pays.

À l'exception peut-être du Vermont", a ajouté Ty. Ce sont des cocos. Mareta frappe ses mains l'une contre l'autre. Mareta frappa ses mains l'une contre l'autre. Je n'ai pas demandé à plaider pour ma vie. Mais cette nouvelle méthode - elle se tourna vers Richard - me plaît. Amenez le prochain sujet de test, donnez-lui aussi l'agent vivant. Ensuite, nous verrons si ce vaccin fonctionne vraiment.

81

Mareta était assise sur une chaise, sa jambe malade appuyée sur le bureau de contrôle. Les Van Straten et tous les anciens gardes qui restaient avaient reçu la variante d'Ebola et étaient retournés dans leurs cellules. Mareta avait décrété qu'une heure devait s'écouler avant qu'ils ne reçoivent le vaccin. Nicholas Van Straten, qui avait reçu à la fois le vaccin et l'agent, servirait en quelque sorte de contrôle intermédiaire, tandis que Lock et les anciens détenus se trouveraient à l'autre extrémité du spectre. Seuls Richard, Ty et Mareta n'étaient pas souillés.

J'aurais dû apporter des cartes à jouer", dit Ty, à personne en particulier, alors qu'ils regardent les écrans de sécurité s'éteindre soudainement.

Khalid, qui était assis à côté du bureau de contrôle, a tapé expérimentalement sur l'un des écrans, d'abord avec sa main, puis avec l'extrémité d'un M-16.

Hé, Fonzarelli, ça ne marche pas. Ils ont coupé le courant", dit Lock.

Mareta haussa les épaules, imperturbable. Une seconde plus

tard, les lumières s'éteignirent. L'obscurité était totale. Puis le faisceau d'une recherche Maglite éclaira tous les visages, sauf celui de Mareta.

Il y a eu un échange staccato entre Mareta et Khalid, puis la lumière s'est à nouveau éteinte et la porte a claqué.

Qui est là ? demanda Lock en faisant deux pas vers la droite.

Yo !", crie Ty.

Je le suis, dit Richard.

OK, Ty et Richard. Quelqu'un d'autre ?

Rien. Il écouta encore, l'obscurité les enveloppant de paranoïa.

Ils sont partis ? C'est Richard qui le demande.

La réponse est venue lorsqu'un autre faisceau de lampe de poche a émané du bureau de contrôle. Khalid dirigeait la lumière vers Lock.

Ecoutez, nous ne pouvons pas rester ici. Tu comprends ?

Khalid ne répondit pas. Il ne parlait probablement pas anglais, mais vu les antécédents de Mareta, Lock ne prenait aucun risque.

Si tu nous comprends, Khalid, dis quelque chose, espèce d'imbécile d'agresseur de chameaux amoureux de sa mère", dit Ty.

Non. Pas même un type qui aurait appris quelques phrases clés dans des disques de rap.

Je ne pense pas qu'il parle anglais, Ryan.

Merci de m'avoir éclairé sur ce point, Tyrone.

Bienvenue. Vous êtes toujours armé ?

'Oui'.

Moi aussi. L'homme de la rue est en infériorité numérique".

C'est ce que je pensais. Richard ?

Oui ?

Vous avez déjà joué à assassiner dans le noir quand vous étiez enfant ?

Parfois avec mes cousins. Ils gagnaient toujours. Super, pensa Lock.

OK, dans un instant, j'ai besoin que vous bougiez. Faites du bruit en le faisant. Et restez en bas.

Je ne peux pas.

Comment cela se fait-il ?

J'ai peur.

Cela vous aiderait-il si je vous disais que je le suis aussi ?

Pas vraiment.

Le bruit des armes légères retentit à l'extérieur. Puis le boum de ce que Lock devina être un coup de tonnerre. Ou du C4 en réserve. Quoi qu'il en soit, ce n'était certainement pas le son du président qui mettait un stylo sur du papier pour des garanties.

Voix de Richard : "Lock ?

'Oui?'

Je suis prêt maintenant.

D'accord, à votre rythme.

La chaise de Richard a glissé sur le sol. La poutre s'est détachée du visage de Lock et s'est déplacée vers sa droite. Là où Khalid aurait dû trouver Richard, il n'y avait que du verre.

Lock passa à l'action, se lançant à travers la pièce sur la ligne que Khalid avait établie il y a quelques instants avec le Mini-Mag. C'était un moment aussi existentiel que de se jeter du haut d'une falaise.

Lock attrape la crosse du M-16 avec son estomac, mais son élan le porte vers l'avant, faisant basculer Khalid de sa chaise. Une gerbe de lumière se brisa devant lui lorsqu'il reçut à nouveau la crosse, cette fois au visage. Il essaya de ne pas reculer, de rester aussi près que possible. Il recula sa main droite et donna un coup de poing court à Khalid, heurtant une saillie osseuse et trouvant ce qu'il devinait être la trachée d'après la respiration sifflante soudaine. Il recommença, encore et encore, jusqu'à ce que le sifflement s'arrête complètement.

Il a roulé sur le corps mou de Khalid et s'est emparé de la Maglite. Il l'utilisa pour localiser le M-16, qui avait filé sur une courte distance. Il maintint la lumière en mouvement, découvrant Ty face à lui et Richard recroquevillé en boule dans le coin de la pièce.

Richard jeta un coup d'œil entre ses doigts alors que la vague d'une explosion traversait la pièce depuis l'extérieur. Mareta ? Lock en doutait. On ne se sort pas de toutes les situations qu'elle a vécues pour s'en remettre docilement à Dieu quand il y a une chance de s'en sortir.

Lock traversa la pièce et aida Richard à se lever. Il lui donna une tape dans le dos. Tu t'es bien débrouillé. Maintenant, sortons d'ici.

Attendez. Richard se dirigea vers l'endroit où se trouvait Lock. Donnez-moi ça", dit-il en prenant la lampe de poche. Il l'éclaire sur Khalid, qui est étendu sur le sol. Il est mort ?

J'espère bien, dit Lock. Maintenant, allons-y.

82

Trop tôt. Les mots s'étaient glissés dans son esprit et refusaient de le quitter. Ce n'était pas qu'il mourrait seul. Ou qu'il agonise. Non, le pire dans la tournure des événements, l'ignominie suprême, c'était qu'il mourrait en bas de l'échelle.

Puis, dans un bruit sourd qui fit trembler les murs de part et d'autre de lui, il reçut le signe que tout n'était peut-être pas perdu. La lumière s'éteignit. Une bouffée de poussière se logea au fond de sa gorge et il toussa. De la poudre est aspirée dans ses narines.

Il se laissa tomber sur le sol et rampa jusqu'à l'endroit où il pensait que la porte se trouvait lorsqu'une nouvelle explosion secoua le sol en béton. Sa main se déroba sous lui et il tomba, la tête la première.

Il prit un moment pour se remettre d'aplomb, puis se remit en route, s'aidant du bout des doigts pour s'orienter. Le métal froid. La porte.

Il se dirigea à tâtons vers le bord. Elle était en biais. Il a pu passer sa main sur le côté. Plus que sa main. Son bras. Les deux bras.

Il se faufila dans le couloir. La poussière avait commencé à retomber au niveau du sol. La porte au fond était ouverte et la lumière y pénétrait.

Il se leva timidement. La porte à côté de sa cellule avait été endommagée elle aussi, arrachée de son cadre. Il la poussa et elle s'enfonça. Il faillit y tomber à son tour.

Il distingua un homme allongé sur le lit. Stafford Van Straten s'avança et regarda son père. Deux profondes entailles coupaient le visage du vieil homme en une croix sanglante.

Stafford ?

Son père lui tendit la main, mais Stafford choisit de ne pas la voir.

Le vaccin. Tu dois trouver le vaccin", a-t-il murmuré.

Et ensuite ?

Nicholas tente de relever la tête, mais l'effort est trop grand. Si tu ne le fais pas, tu mourras.

Mourir en prison, vous voulez dire ?

Il regarda son père essayer d'essuyer le sang qui coulait dans son œil droit. Alors, sors d'ici.

Comme un lâche ? Stafford crache. "Prouver une fois pour toutes à quel point je suis un raté ?

Qu'est-ce que tu racontes ?

Tu ne comprendras jamais, n'est-ce pas ? Ce n'est pas une question d'argent. Il n'a jamais été question d'argent. Stafford s'agenouille pour se retrouver au niveau des yeux de son père. À l'extérieur, il peut entendre les tirs d'armes légères qui résonnent encore autour de l'enceinte. Il s'agit de l'histoire et de la place de notre famille dans cette histoire, de ma place dans cette histoire. La place que j'y occupe.

83

Caffrey venait de planter une fourchette en plastique dans son burrito Holy Moly lorsqu'il vit la femme se diriger vers lui, une béquille sous un bras, une glacière dans l'autre main. Merde.

Il descendit de sa voiture de patrouille, sortit son arme, un vieux revolver Smith and Wesson 64 en acier inoxydable, et la pointa vers le centre de sa poitrine. Arrêtez-vous là.

Elle a continué à venir.

Il avait entendu parler d'une femme lors d'une réunion d'information. Il savait qu'elle était étrangère. Quelqu'un avait dit qu'elle ne parlait pas anglais. Ou était-ce parce qu'elle pouvait le parler ? Bon sang. Il aurait dû être plus attentif, au lieu d'envoyer un texto à l'un de ses patrouilleurs pour qu'il passe au Burritoville.

Madame, arrêtez-vous là.

Il regarda autour de lui pour trouver des renforts, mais tout le monde semblait se déverser, comme des mouches dans la merde, à travers les portes en direction des bâtiments.

Elle a continué à venir. Tout à fait calme. Aucun signe sur son visage n'indique qu'elle a vu son arme.

Une femme. Fraîchement débarquée du bateau. Qui ne comprenait peut-être pas ce qu'il disait.

Puis elle s'est arrêtée. Peut-être à trois mètres de lui. Peut-être moins. Sans jamais rompre le contact visuel. Sans jamais regarder son arme. Elle l'a écouté.

OK, c'est bien. Maintenant, restez là et ne bougez pas'.

Mais elle s'exécuta, posant la glacière sur le sol. Une main se tendit sur sa poitrine.

J'ai dit, ne bougez pas.

Elle portait une veste de ski matelassée pour homme, ou du moins c'est ce que Caffrey croyait. Sa main s'est crispée sur la fermeture éclair.

Il devra attendre de voir une arme. Il ne peut pas tirer sur quelqu'un qui a ouvert sa veste.

OK, c'est assez loin.

Elle a continué, dégageant la fermeture éclair au bas de la robe.

Madame, je n'ai pas le temps de jouer.

Nous non plus. Un homme sortit de l'ombre. Blanc. Un jeune homme. Couvert d'une fine couche de poussière grise qui le faisait ressembler à l'un de ces statues humaines qui traînaient dans Midtown pour se faire de l'argent sur le dos des touristes. Allez-y, dit l'homme. Montre-lui. Lentement, délibérément, la femme a tiré la veste sur le côté, et la main qui tenait l'arme de Caffrey a cessé de fonctionner. Le Smith and

Wesson tombe au sol.

Vingt-quatre ans de jumpers, de jackers, de slashers, de stoners, de violeurs, de récidivistes, de tueurs de bébés et de drogués. Vingt-quatre ans à assister à ce qui était très souvent le point le plus bas de la vie de quelqu'un. Encore et encore. Une boucle sans fin d'échecs humains, qui s'infiltrent parfois dans le mal. Caffrey était sûr d'avoir vu, senti, goûté, entendu, touché et, oui, même pressenti tout cela. Mais ça, ça allait beaucoup plus loin.

Elle a ouvert la veste d'un coup de baguette magique et Caffrey est resté là, s'attendant à ce qu'elle s'incline. Mais tout ce qui s'est passé, c'est que le type qui se tenait derrière elle s'est précipité pour récupérer le revolver de service de Caffrey.

Toujours fasciné, Caffrey n'essaie pas de l'arrêter.

Vous avez un téléphone portable ?

Quoi ? dit Caffrey.

Le type a pointé son arme sur Caffrey. Caffrey l'a à peine remarqué.

Le type lui demande à nouveau s'il a un téléphone portable.

Dans la voiture.

Va le chercher", lui dit-il. J'ai besoin du numéro.

84

De la fumée s'élève de tous les bâtiments de l'enceinte. Dans deux d'entre eux, des incendies brûlaient encore, la mousse injectée par les équipes de pompiers portant des respirateurs et des combinaisons biologiques ne parvenant apparemment pas à atténuer les flammes. Entre les bâtiments, des corps sont éparpillés. Les détenus avaient bien résisté à l'assaut, emportant avec eux au moins une demi-douzaine de membres de la JTTF et d'autres personnels.

Dans la caravane du Centre de contrôle des maladies, Lock perdait patience en attendant les résultats de ses tests. Combien de fois ? À l'heure actuelle, je suis peut-être l'une des personnes les plus sûres d'Amérique".

Ses plaidoiries n'ont pas fait long feu. Il y avait une procédure, et elle allait être suivie. À l'extérieur, il pouvait entendre les bavardages sur les radios qui s'accéléraient au lieu de diminuer. Ce n'est pas bon signe après un assaut. Puis, alors que l'une des techniciennes du CDC effectuait ses dernières vérifications, il entendit Ty s'en prendre sérieusement à quelqu'un juste derrière la porte.

Vous l'avez perdue ? Bande de cons !

C'est ce qui s'est passé. Lock s'est levé et est sorti, écartant d'une paume ouverte le crétin au cou épais qui se trouvait sur la porte.

Le type l'a suivi et a sorti son arme. Monsieur, retournez à l'intérieur.

J'ai rencontré des femmes de ménage plus intimidantes que toi, alors range ton pistolet tant que tes mains fonctionnent encore.

La confrontation est interrompue par le technicien du CDC. C'est bon, Brad, il n'y a rien à craindre.

Lock rejoint Ty. Le fantôme a recommencé ?

C'est par là qu'il faut regarder.

Lock jette un coup d'œil vers les ruines fumantes tandis qu'un bulldozer de la brigade de déminage de la police de New York passe à côté d'eux. Elle est probablement à mi-chemin de l'Amérique du Sud avec ce qui reste de la fortune familiale. Et les autres ?

Richard est sain et sauf, de retour avec son fils. Hé, on a fait ce qu'on avait prévu de faire. Il ne reste plus qu'à régler les derniers détails".

Je dirais que cette folle équipée de deux kilos de C4 est plus qu'un simple détail.

Elle est tchétchène. Je pensais qu'ils avaient un problème avec les Russes, pas avec nous".

Ils ne l'ont pas fait, jusqu'à maintenant", dit Frisk, arrivant rapidement derrière eux.

Et elle n'est pas la seule à manquer à l'appel.

Vous voulez préciser ?

Tout le stock de variantes d'Ebola a également disparu.

85

Au-dessus de la ligne d'horizon de Manhattan, la nuit et une série de nuages hivernaux rendaient invisibles quatre F-15 de l'armée de l'air qui effectuaient une large boucle autour de l'île. En bas, le ciel était vide, à l'exception de la flotte de sept hélicoptères de la police de New York qui tournaient rapidement autour de Midtown. Tous les autres avions commerciaux étaient cloués au sol, Kennedy fermé, tout comme La Guardia et Newark.

Au-dessous d'eux, les pilotes d'hélicoptère pouvaient suivre une impulsion rouge de feux de freinage serpentant sur toute la longueur des ponts de Brooklyn, Manhattan et Williamsburg. Assis à côté des pilotes, les tireurs d'élite, prêts à exercer leur vengeance depuis le ciel, vérifiaient et revérifiaient leurs armes, attendant l'appel.

Les mêmes points rouges étaient visibles au loin sur le Queensboro Bridge et à l'entrée du Queens Midtown Tunnel. De l'autre côté de l'île, le trafic qui attendait pour entrer dans le Lincoln Tunnel semblait reculer jusqu'à une lointaine bretelle de sortie du New Jersey dont même Springsteen n'avait pas entendu parler.

Du haut des dieux, la ville semblait jouir d'un soudain regain de popularité au moment même où elle avait atteint le maximum de sa capacité à contenir davantage d'êtres humains. Le ciel semblait enfin avoir une limite.

Dans le métro, la réalité est toute autre. Quatre cents passagers sont assis dans les wagons du train A et ne bougent pas. Tendus. Silencieux. Plus loin sur la voie, des gens sont évacués des quais et ramenés dans la rue. Des grilles de fer sont tirées. Les veines de la ville se referment une à une.

C'était la même chose avec le tunnel de Hollande. C'était la même chose pour tous les tunnels menant à la ville. Les moteurs des voitures s'éteignent. Des conducteurs en colère qui échangent des propos peu amènes avec des flics au visage impassible.

J'ai demandé à ma fille de venir me chercher à une fête. Elle a appelé il y a une heure. Elle pleurait.

Mais mon appartement est inondé. Le concierge m'a appelé. J'ai dû venir en voiture depuis le Maine".

Quelle différence cela fait-il de laisser passer une voiture, monsieur l'agent ?

Toutes les supplications, exhortations et pots-de-vin ont reçu la même réponse. Rien à faire. La ville est fermée. Personne n'y entre et personne n'en sort.

Manhattan est verrouillé.

86

Alors, à ton avis, qui va se vanter ? demande Ty alors que l'hélicoptère descend à basse altitude et traverse l'East River en direction de Manhattan.

Qu'est-ce que vous racontez ? Quel droit de se vanter ? demanda Lock, s'efforçant de se faire entendre au-dessus du bruit sourd des pales du rotor.

Le jour du Jugement dernier, imbécile. Les Juifs pensent qu'ils sont la tribu perdue, n'est-ce pas ? Et puis il y a les protestants. Ils sont les élus. Idem pour les catholiques. Les mormons pensent que c'est eux. Les musulmans. Bon sang, ça ne serait pas un coup de pied dans la fourmilière après toutes les conneries qu'ils ont faites récemment ? Les hindous ? Je ne vois pas. Les Témoins de Jéhovah ? Hmm, ils ont fait du lobbying. Il faut en tenir compte. Les bouddhistes pensent qu'ils reviendront sous forme de papillons ou d'autres trucs du genre. Mais il est évident qu'ils ne peuvent pas tous avoir raison. Vous voulez savoir sur qui je mise ?

Nation of Islam ?

Non, ils n'ont plus rien à se reprocher, ils n'ont jamais été les mêmes depuis qu'ils ont perdu...".

Farrakhan. Je parie sur les Irlandais".

Être Irlandais n'est pas une religion".

Essayez de leur dire ça. Non, quelque chose d'aussi important que le Jugement dernier va se résumer à de la chance. Et il n'y a pas plus bête ou plus chanceux que les Irlandais".

Ty s'est assis, apparemment satisfait d'avoir asséné d'un seul coup les principales religions du monde et la patrie d'au moins un dixième de la population du pays.

Frisk s'est retourné sur son siège. Il est toujours comme ça ? cria-t-il à Lock.

Malheureusement, oui. On s'y habitue".

Tu ne trouves pas que c'est un peu irrespectueux ?

Ty avait l'air blessé. Si tu penses à un moment plus approprié pour poser ce genre de questions, fais-le moi savoir. Oh, et avant que tu ne te sentes coupable du 11 septembre, j'ai perdu un frère dans la tour numéro deux".

Le frère de Ty était dans le service des pompiers, l'un de ceux qui montaient quand tous les autres descendaient. Ty et lui avaient été proches. Ty avait rejoint les Marines en réaction, jugeant l'action plus productive que le deuil. Maintenant, à l'arrière d'un hélico, pénétrant dans une ville que toute personne sensée aurait quittée, Lock espérait que l'histoire n'était pas sur le point de se répéter.

Pouvons-nous revenir au sujet qui nous préoccupe ? dit Frisk alors que l'hélicoptère fait son approche finale vers la piste d'atterrissage.

Le pilote leur fait signe de ne pas bouger pendant les quelques secondes qui suivent.

Si votre intuition est bonne et que nous ne l'avons pas empêchée de pénétrer dans le cordon, elle va se diriger vers l'endroit où elle peut faire le plus de dégâts collatéraux.

Laquelle, dans sa tête, sera ici ", dit Lock alors qu'ils

débouclent leur ceinture, sortent et que deux tireurs d'élite de la JTTF prennent leur place.

Lock se dirigea vers le bord du bâtiment, Ty sur son épaule, tous deux reprenant leurs rôles respectifs de chef d'équipe et de commandant en second.

Alors, combien de personnes avons-nous en bas ? demande Lock, en atteignant un socle en béton d'un mètre de haut qui sépare le toit de l'air.

Je dirais qu'il s'agit de huit cent mille.

Non, pas en ville, sur la place, s'exclama Lock.

Regardez vous-même si vous ne me croyez pas.

Lock jeta un coup d'œil par-dessus, une soudaine secousse cardiaque manquant de le faire basculer, la tête en nage, par-dessus le rebord. Ty saisit la veste de Lock, le tirant en arrière. Lock regardait toujours fixement. Frisk ne mentait pas. Times Square était envahi par une masse humaine qui s'étendait à perte de vue.

Qu'est-ce que tous ces gens font ici ?

Times Square était très fréquenté tard dans la nuit, il l'avait toujours été, même après que ses résidents les plus louches aient été chassés, mais là, c'était de la folie. Il n'y avait pas que les trottoirs, chaque centimètre était occupé.

Frisk lui jette un regard perplexe. Tu ne sais pas ?

C'est pour cela que je demande.

Vous ne savez pas quelle date nous sommes ?

Lock ne l'a pas fait. Et puis, alors qu'il regardait la gigantesque boule de cristal prête à descendre du haut de l'immeuble One Times Square, et les portiques de télévision avec leurs points bruns de présentateurs célèbres, étrangers à la masse même à cette hauteur, il s'en rendit compte. Il savait exactement quel jour on était. Ou plutôt, quelle nuit.

C'est le réveillon du Nouvel An.

Combien de personnes avez-vous répété ?

Les trois hommes sont debout sur le socle de béton, Ty ayant la main posée dans le dos de Lock pour éviter que son ami n'ait un trou de mémoire.

Dans les environs immédiats, nous estimons qu'il y en a huit cent mille".

a déclaré Frisk.

Évacuation ? demande Ty.

Pas d'option".

Pourquoi pas ?

Vous voulez dire à un peu moins d'un million de personnes que l'un des terroristes les plus célèbres du monde est en liberté avec un tas d'explosifs attachés à sa poitrine, allez-y. Nous perdrions probablement quelques milliers de personnes rien qu'à cause de la cohue".

Lock savait que Frisk avait raison. C'était le rêve humide de tout djihadiste qui se concrétisait. Parfait pour un attentat-suicide. Beaucoup de gens entassés dans un petit espace. De plus, il y avait une marge infinie pour créer la panique. Et, comme Frisk l'avait déjà souligné, la panique pourrait bien faire plus de victimes que la bombe. Mais si Mareta était ici quelque part et qu'elle faisait exploser la bombe, la panique s'avérerait un moyen secondaire idéal.

Les gens sont habitués à voir ce genre de présence des forces de l'ordre le soir du Nouvel An", a souligné M. Frisk.

Et si on fermait les ponts et les tunnels ?

Nous avons été aussi peu précis que possible et, jusqu'à présent, les journalistes nous ont aidés à respecter l'embargo.

Lock pensa soudain à Carrie. Il repensa à ce que Brand avait dit, au fait qu'elle avait été renversée par un SUV, et au soulagement qu'il avait ressenti lorsque Ty lui avait dit qu'elle était en vie et en bonne santé.

Vous pensez que Mareta est ici ? demande Frisk.

Lock redescendit du socle, puis se pencha pour jeter un dernier coup d'œil aux masses blotties en contrebas. Oui, elle est là, dit-il en se tournant vers la cage d'escalier.

88

Trempé de sueur, Stafford descendit de la voiture de police, se dirigea vers l'arrière du véhicule et fit basculer le coffre. Il recula, le revolver de Caffrey à la main, et fit signe à Mareta de sortir.

Elle se hissa avec raideur, sa veste remontant pour révéler un téléphone portable accroché comme un micro radio à l'arrière de sa ceinture. Des fils partaient du téléphone et remontaient dans son dos, à l'abri des regards.

Rendez-vous avec le destin, ma belle".

Je suis prête", lui dit-elle.

Dites-le avec un peu plus de conviction. On dirait que vous ne voulez pas cimenter votre place dans les livres d'histoire. Je croyais que c'était ce que vous vouliez, vous autres".

Lorsqu'il avait rencontré Mareta dans les ruines fumantes du complexe, après s'être débarrassé de son escorte armée, Stafford avait rapidement compris le secret de la réussite de Mareta. Elle possédait la capacité d'accepter le martyre chez les autres, sans pour autant saisir l'occasion elle-même. Le fantôme. Oui, c'est vrai. La mère de tous les lâches aurait été plus appropriée. Le choc sans l'effroi. Mais cette fois, il allait s'assurer que le Fantôme s'en aille avec fracas.

N'ayant pas pu suivre le cours "The Construction of Body Borne IEDs 101" lorsqu'il était à Dartmouth, Stafford s'est réjoui de constater que Mareta avait déjà fait le plus gros du travail pour lui. Il ne lui restait plus qu'à glacer le gâteau et à allumer les bougies.

Tu crois que tes enfants t'attendront quand tu arriveras là-haut, Mareta ?

Ne parlez pas de mes enfants", dit-elle en faisant un pas vers lui.

Il laissa tomber l'arme à son côté, recula et sortit son Blackberry de sa poche. Un numéro était déjà composé sur l'écran. Son pouce survola le bouton d'appel. Ne soyons pas prématurés, n'est-ce pas ?

Il l'a poussée vers l'avant. Derrière eux, Caffrey est affalé sur le siège arrière de la voiture de patrouille, la bouche ouverte, du sang coulant de ses yeux.

Lock n'avait jamais vu les membres du quatrième pouvoir aussi calmes. Même en pleine zone de guerre, on pouvait compter sur les médias pour agrémenter les moments les plus sombres d'un humour de potence qui ferait découvrir au soldat des opérations spéciales le plus cynique son sens profond du politiquement correct. Mais là, c'était différent.

Ils s'étaient rassemblés dans une unité de diffusion, équipée de façon à pouvoir capter toutes les images des différentes caméras. À l'antenne, les téléspectateurs visionnaient des images de la foule lors des festivités de l'année précédente, accompagnées de commentaires en couleur. Personne n'a appelé pour se plaindre. Soit l'Amérique était trop grillée, soit les chaînes devaient trouver un nouvel angle d'attaque.

Lock était assis à côté de Carrie et parcourait les écrans, l'incitant de temps à autre à demander si un caméraman pouvait regarder de plus près une zone de la foule. En dehors de cela, Lock restait silencieux, concentré. Il s'efforçait de voir plutôt que de regarder. Les hommes qui faisaient le travail de Lock, et qui le faisaient bien, savaient que la plupart des gens se promenaient les yeux ouverts, endormis. Ils savaient aussi que ce n'était pas un luxe qu'ils s'offraient.

Carrie s'est approchée de lui et lui a touché la main. Il l'a retirée en disant : "Plus tard". Puis, pour adoucir le coup, "OK ?".

Elle soupire. D'ACCORD.

Au fond de la galerie, Ty adoptait une approche plus ferme avec son producteur superviseur. Non, celui-là, connard. Celui-là !

Même un court moment avec Ty avait laissé le producteur, un homme clairement plus habitué à être un aboyeur qu'un aboyeur, les yeux larmoyants et avec un net frémissement de la lèvre inférieure.

Maintenant, vas-y. Zoom, bébé. Zoom.'

Un instant plus tard, l'objet de son intérêt s'est retourné pour révéler une épaisse barbichette perchée au-dessus d'une pomme d'Adam proéminente.

Bon sang, gémit-il.

Frisk arpente la moquette derrière eux. Un peu de chance ?

Lock secoue la tête. Au moins, quand on cherche une aiguille dans une botte de foin, la botte de foin ne bouge pas sans cesse.

Une voix provenant du fond de la galerie : "Ces connards".

Les têtes ont tourné et les yeux ont pivoté vers un moniteur à l'autre bout, qui retransmettait en direct les festivités de Times Square. Au premier plan, le correspondant de la fraternité avec lequel Carrie s'était disputée lors de la conférence de presse de Stokes/Van Straten était filmé. À hauteur de poitrine, une bannière déroulante de mauvaises nouvelles : Violation majeure de la sécurité dans un centre de bioterrorisme ... . Le virus Ebola a disparu. Times Square serait la cible d'un attentat.

La porte s'est ouverte et un mur de parfum plus puissant que n'importe quelle arme biologique a précédé Gail Reindl dans la caravane, tandis que les téléphones portables s'allumaient. OK, Carrie, le chat est sorti du sac, mettons-nous devant la caméra".

Alors que les gens de la télévision se dirigeaient vers la sortie, le regard de Lock se fixa sur les écrans, tandis que, lentement, les nouvelles commençaient à filtrer dans la foule. Téléphones portables en tête, certains se déplaçaient déjà, se dirigeant vers l'extérieur de la place, se frayant un chemin s'il le fallait. Le résultat collectif de tant d'individus essayant de se détacher de la foule a été de la canaliser dans de grands entonnoirs d'humanité. On aurait dit du plancton déferlant dans toutes les directions pour échapper à un prédateur invisible.

Frisk se tient derrière lui. Ah, merde !

C'est alors que Lock a repéré quelque chose. Un plan plus rapproché d'une petite partie de la foule. Quelques silhouettes isolées. Peut-être deux douzaines. Il se leva, le doigt de la gâchette appuyé sur l'écran. C'est là. En haut à gauche du cadre. Rapprochez-vous d'elle.

L'un des techniciens restants a chuchoté dans son microphone et l'image s'est recadrée.

Quelques secondes plus tard, la femme a été prise au centre du cadre. Elle portait une veste de ski très rembourrée. Ses cheveux sont tirés en queue de cheval.

Plus près. Le visage. Le visage.

La femme s'est à moitié retournée et, sur l'écran, Mareta Yuzik les a regardés.

90

Angle sud-est de la 41e et de Broadway", a crié Frisk alors qu'ils descendaient Broadway à toute allure, renversant tous ceux qui ne s'écartaient pas assez vite de leur chemin.

Deux blocs.

Nous avons des hommes là-bas maintenant.

OK", crie Lock, déjà à bout de souffle. Ils connaissent l'exercice ?

Le traitement de ce que l'on appelait dans le métier un BBIED (body borne improvised explosive device) était le même que celui d'un IED ordinaire ou de tout autre type de bombe. Confirmer. Dégager. Cordon. Contrôler. Sauf que dans le cas d'une bombe attachée à un être humain, une variable extrêmement imprévisible entrait en jeu : l'être humain.

Plus ils se rapprochaient de l'endroit, plus le courant de personnes se précipitant dans l'autre direction était fort. D'après les commentaires recueillis, il semblait que la plupart d'entre eux ne savaient même pas pourquoi ils couraient, si ce n'est que tous les autres le faisaient. L'instinct de troupeau fait son œuvre.

Un homme poussait sa fille de dix ans devant lui. Ty l'a vue trébucher et s'effondrer sous une avalanche de pieds. Personne ne regarda en bas pour voir sur quoi ou sur qui ils se trouvaient. Son père fut traîné devant elle. Ty, avec la détermination d'un Marine, se fraya un chemin jusqu'à elle, les coudes bien en évidence. Il la remit sur ses pieds, abîmée et meurtrie. Elle pleurait. En criant à son père de la suivre, il l'a tirée jusqu'à la porte d'un magasin où ils se sont retrouvés, puis il a continué à courir.

Lock avait perdu de vue Ty. Et Frisk. Mais il y était presque. Il n'avait pas besoin de vérifier les panneaux ou d'utiliser sa radio. Il le savait parce que la foule se clairsemait. Et puis, comme s'il avait traversé un mur de papier, il se retrouva au milieu d'une rue dégagée.

La femme lui tourne le dos. Une ligne bleue l'encerclait, armes dégainées. Quelques-uns avaient des boucliers balistiques, la plupart n'en avaient pas.

Mareta ?

La femme se retourne. C'était elle. Elle fixa Lock d'un regard qui ne trahissait rien. Pas même si elle le reconnaissait ou non.

L'un des hommes derrière les boucliers lui a crié. OK, les mains en l'air, là où on peut les voir !

Mareta s'exécuta, tendant les bras, le crucifix bien en évidence.

OK, avec votre main droite, je veux que vous ouvriez votre veste. Lentement, en prenant son temps et sans faire de mouvements brusques, son

La main est tombée sur la fermeture éclair et elle a commencé à l'abaisser.

Qu'est-ce que c'est que ça ?

Ty et Frisk l'avaient rattrapé et se tenaient à côté de Lock. Ils pouvaient voir la ceinture anti-suicide, mais à l'avant, cachées parmi les éclats d'obus, se trouvaient six fioles en acier inoxydable. Qu'ils l'aient littéralement fait ou non, Lock sentait que tout le monde autour d'elle faisait un grand pas en arrière.

Tu penses à la même chose que moi ? dit Ty.

C'est peut-être du bluff, dit Frisk, en s'agrippant.

Ce n'est pas du bluff, dit Lock. Combien de personnes Richard pensait-il pouvoir éliminer avec cette quantité de biomatériau ?

Toute la ville".

L'officier démineur poursuit ses instructions, sa voix n'étant trahie que par un craquement occasionnel. OK, continuez à baisser la fermeture éclair. D'une seule main. Pas de mouvements brusques.

Le curseur s'est accroché à l'une des dents. Mareta tira vers le bas, la libéra et tira le curseur jusqu'à la boîte du bas. La veste était entièrement ouverte.

OK, maintenant, enlevez votre veste", dit l'officier, sortant un instant de derrière son bouclier pour mimer ce qu'il voulait qu'elle fasse.

Elle le reflétait parfaitement. La veste tombe au sol.

Pourquoi coopère-t-elle ? demande Frisk.

Tout ce que Lock a pu dire, c'est "Je ne sais pas". Puis ses yeux se posèrent sur sa taille.

Ce n'est pas bon", a-t-il dit.

Quoi ? demande Frisk.

Un téléphone portable était attaché à sa taille et fixé avec du ruban adhésif, des fils partant de lui et se dirigeant vers les charges explosives.

Le téléphone. La dernière fois que je l'ai vue, elle avait des fils de contact à la main. Maintenant, c'est un téléphone portable.

Ce qui signifie que...

Lock fit taire Ty en levant la main. Frisk, qui d'autre manquait à l'appel quand tu as fait ton dernier décompte au centre de recherche ?

L'un des autres détenus n'avait pas encore été retrouvé, mais nous l'avons localisé.

Quelqu'un d'autre a disparu ? Réfléchissez.

Seulement Stafford Van Straten.

91

Stafford a sorti son Blackberry de sa poche, a fait défiler l'écran jusqu'à son carnet d'adresses, l'a ouvert d'un clic et a de nouveau fait défiler l'écran jusqu'à un seul nom : Mareta.

En dessous, il y avait une autre entrée d'un seul mot : Nicholas. Il pense à donner un dernier coup de fil à son père. Mais qu'avait-il à lui dire d'autre qu'au revoir ? La bande sombre de l'écran resta donc là où elle était, à un clic de la roue de l'histoire.

Un appel au téléphone accroché à la ceinture de Mareta et tout le monde dans un rayon d'un demi-bloc serait grillé. Ceux qui n'auraient pas été tués par l'explosion ou les éclats d'obus seraient les plus chanceux. Les fioles placées autour d'elle répandraient la variante d'Ebola loin à la ronde, les plaies ouvertes assurant un transfert efficace et mortel du virus vers les survivants. Qui savait combien de personnes allaient mourir à la fin ? Dix mille ? Cent mille ? Un bon million ? Il a souri. Assez pour qu'on se souvienne de lui.

Stafford était en train de s'armer de courage, son pouce étant à un dixième de pouce d'appuyer sur la molette du Blackberry, lorsque l'écran s'est illuminé d'un appel entrant.

Yo, Staff. C'est Tyrone.

Je peux vous raccrocher au nez, Tyrone.

Je sais que vous le pouvez, Staff. Mais il ne faudra qu'un seul tir pour que nous en finissions avec vous".

Bonne chance avec ça. Si vous saviez où je suis, vous l'auriez déjà pris".

C'est un bon point. Encore une chose, Staff. Lock et moi n'avons jamais eu l'occasion de discuter de nos indemnités de licenciement avec l'entreprise".

Ne vous inquiétez pas, je m'en occupe maintenant", dit Stafford en mettant fin à l'appel.

LOCK ÉTAIT EN MOUVEMENT, une main sur l'épaule de Mareta, la poussant dans la rue vers l'entrée du métro, à une demi-lieue de là. Une petite foule de gens était rassemblée en haut des marches. Certains bougeaient, d'autres se contentaient de regarder Lock foncer sur eux, poussant Mareta devant lui.

Certains ont supposé qu'elle était blessée et qu'il essayait de la mettre à l'abri, mais une femme a vu le gréement autour de la poitrine de Mareta et s'est mise à crier. Une femme a vu la plate-forme autour de la poitrine de Mareta et s'est mise à crier : "Oh mon Dieu ! C'est une bombe ! Elle a une bombe !

Lock les exclut tous, sa vision se brouille et se rétrécit. Il était trop fatigué pour respirer clairement. Une secousse, une chute, et la ceinture pouvait exploser. Pas besoin de la cellule pour la déclencher.

Dégagez le passage !

· · ·

STAFFORD MARCHE à vive allure parallèlement au métro, les gens le dépassent en courant dans la direction opposée, personne n'est sûr de savoir où il doit se trouver, la situation se déroulant suffisamment vite pour que la panique soit totale.

Il pouvait voir Lock se frayer un chemin parmi les gens regroupés près de l'entrée du métro. Ils étaient peut-être une centaine, le timing était parfait.

Stafford tenait le Blackberry dans la paume de sa main. Toute la ville, d'ailleurs.

'J'ARRIVE!'

Stafford a levé les yeux une seconde trop tard pour éviter d'être écarté du chemin par un Guido au cou épais, vêtu d'une veste Giants en satin et d'une casquette de baseball assortie.

Il retrouve son équilibre et appuie sur le volant. Une seconde pour que l'écran affiche *Calling Mareta*.

LOCK LEVA son SIG et poussa Mareta derrière lui. Ouvrant le volet qui bloque les tourniquets, il pousse Mareta à franchir la barrière de sécurité, les plaintes d'un employé solitaire des transports en commun étant étouffées par la vue de l'arme.

Descendez quelques marches. Vers la plate-forme. Chaque pas les emmenait plus profondément dans la terre. Plus profond et, il l'espérait, plus sûr.

L'APPELANT n'est pas dans la zone de couverture.

Stafford résiste à la tentation de jeter le Blackberry sur le trottoir. Au lieu de cela, il s'est dirigé vers la bouche de métro.

· · ·

Sur la plate-forme. Lock s'arrête pour reprendre son souffle. L'ironie du sort le frappe soudain. Il était désormais le garde du corps d'un kamikaze. Ça, c'était pour le CV. S'il vivait.

Un tunnel à chaque extrémité de la plate-forme. Plus profond dans les entrailles. Plus sûr. Pas de couverture dans les tunnels. Il prit une grande bouffée d'air et propulsa Mareta le long de la plate-forme vers ce tunnel, à l'écart des marches.

Stafford avait tout prévu. Plan B. Il n'avait pas besoin d'appeler le portable. Ils avaient besoin d'un tir clair ? Lui aussi. Une seule balle à n'importe quel endroit de la poitrine de Mareta ferait l'affaire.

Il était maintenant en haut des marches. Une femme d'âge moyen en uniforme de la Transit Authority se tenait au bas de l'escalier et devait repousser un groupe de personnes qui se dirigeaient vers le métro, le sens du droit des New-Yorkais et un portail ouvert ayant fait l'affaire. Les gens, reculez. Le métro n'est pas ouvert.

Un gros homme en costume demande : "Pourquoi la porte est-elle comme ça ?". Stafford se fraye un chemin dans la foule.

La femme passe son bras sur sa poitrine. Le métro est fermé. Stafford sort le revolver de Caffrey, lui tire une balle dans la tête à bout portant, puis saute le tourniquet. Des cris retentissent, suivis d'une course effrénée pour regagner la rue. En se retournant, Stafford a vu Ty emprunter les marches de l'entrée principale trois par trois, arme au poing, semblant prêt à distribuer ses propres indemnités de licenciement. Stafford

a continué à courir.

Le bout du quai de Lock et Mareta. Une odeur d'urine fétide et un seul rat mort entre les rails.

Que se passe-t-il si je vis ? demande Mareta.

Vous mourrez en prison. Lock n'a pas l'énergie de mentir.

La main de Mareta s'est levée et elle s'est libérée en sautant sur la voie. Le rail électrifié était à quelques centimètres de ses pieds. Le cœur de Lock frissonna presque jusqu'à s'arrêter lorsqu'elle tendit la main, souleva à moitié sa jambe blessée et continua à avancer.

Lock sauta à sa suite, perdant pied dans une flaque d'eau brune et glissante. Mareta se hissait maintenant de l'autre côté en grognant. Bloqué entre les voies du centre-ville et celles de la ville, Lock entendit un claquement de pieds sur les marches à l'autre bout du quai. Puis Stafford Van Straten apparut.

Caché par Ty mais visible par Lock, Stafford s'est abrité derrière l'un des piliers aux carreaux blancs et crasseux.

Stafford aperçoit Mareta de l'autre côté de la plate-forme et lève son revolver en acier inoxydable. Meilleur tireur du ROTC. Quatre ans d'affilée.

Lock a levé son SIG et l'a pointé de la main droite en direction de Stafford. Il n'a pas suivi. Il n'en avait pas besoin. Tout ce qu'il avait à faire, c'était d'appuyer sur la gâchette.

La balle a atteint Stafford en plein visage, remontant à travers sa joue droite avant de poursuivre son chemin à travers ses dents postérieures, faisant éclater l'émail et la racine, puis remontant à travers sa pommette et ressortant.

Avant que Stafford ne touche le sol, avant que le revolver ne s'écrase sur la plate-forme, Lock lui annonça encore deux fois la bonne nouvelle.

Tapez. Un dans la gorge - un soupçon de chance pour ce tir. Verrouillage dans la zone.

Tap. Un dernier coup dans le sternum.

Au moment où les bottes de Ty touchent la plate-forme, le corps de Stafford Van Straten rencontre le béton.

Mareta avait pris la fuite, courant vers les marches. Lock la suivit, faisant signe à Ty d'aller dans l'autre sens et de la rattraper de l'autre côté.

Alors que Lock s'efforce de se hisser hors des rails, une centaine de mètres de plate-forme les sépare soudain, Mareta boitant tout au long du trajet mais trouvant tout de même de la vitesse. L'air devant eux se déchaînait en noir dans les yeux de Lock. Son corps réclame du temps. Trop de temps passé en alerte rouge.

Ty criant son nom à un million de kilomètres de là. La confusion. Son esprit voulait que son corps fonctionne. Il voulait s'expliquer sur ce qui lui arrivait. Le vaccin. La bombe. Un flip book de possibilités.

Puis, un changement soudain de direction de la part de Mareta. Loin des marches. Loin de la lumière. Vers le tunnel à l'autre bout de la plate-forme. Lock rentra en lui-même, à l'intérieur de la zone, tandis que Mareta disparaissait dans la gueule des ténèbres.

Déterminé à empêcher le fantôme de se volatiliser une dernière fois, Lock se précipite sur la piste.

92

Une main s'agrippe à l'épaule de Lock. Il se retourna.

Calme-toi, dit Ty. C'est moi.

Vous l'avez vue ?

On ne voit rien ici. Mais j'ai de bonnes nouvelles.

Ah oui ?

Ils ont coupé l'alimentation du troisième rail et l'équipe JTTF est en train de remonter la 34e rue. Elle n'a nulle part où aller".

N'oubliez pas à qui nous avons affaire. Vous avez une lampe de poche ?

Oui, attendez.

Ty sortit un Mini-Mag de sa ceinture et fit tourner l'anneau d'extrémité. Il l'a projeté dans le tunnel, mais le faisceau s'est éteint dix mètres plus loin.

Il faut le faire", dit Lock avec un manque total de conviction.

Ty abaissa le faisceau pour que la lumière s'accumule à leurs pieds, juste assez pour qu'ils puissent se frayer un chemin sur les rails et les débris divers.

Lock jeta un coup d'œil par-dessus son épaule lorsque des voix résonnèrent derrière eux. Des renforts. Quatre flics de la régie des transports. Pas de combinaison biologique. Leur courage n'était pas en cause, leur jugement l'était moins.

Le faisceau d'une de leurs lampes de poche a surpris Lock en plein dans les yeux. Il lève la main. Le policier en poste a fait signe à son collègue de la baisser. Bon sang, posez ce putain de truc.

Ty revint en trottinant vers Liaise. Vous devriez porter des combinaisons biologiques si vous devez rester ici.

Le vôtre doit être invisible", dit le policier à la lampe de poche.

Notre situation est un peu différente.

Comment cela ?

Nous avons déjà été exposés tous les deux", leur a dit Ty.

Deux des policiers reculent d'un pas. Le policier à la lampe de poche a tenu à rester sur ses positions. Nous avons eu un collègue policier tué ce soir", dit-il, la voix fêlée.

Raison de plus pour nous laisser faire les choses correctement", a répondu Ty.

L'un des collègues du policier à la lampe torche a commencé à l'éloigner.

Allons-y.

Le flic à la lampe torche l'ignora, leva lentement le faisceau de lumière et l'orienta vers Lock. Si tout le monde ici devrait porter des combinaisons biologiques, peut-être que toi et ton pote devriez le dire à tous ces gens.

Ty se retourna et suivit la lumière jusqu'à l'endroit où elle se terminait en cul-de-sac, éclairant une rame de métro remplie de gens.

93

Six voitures. Chacune d'une capacité totale de deux cent quarante-six personnes. Plus un chauffeur. Même si l'on considère que le train est rempli aux deux tiers, ce qui est peu probable la veille du Nouvel An, cela fait un millier de personnes. Le tout sous terre, dans l'obscurité, avec Mareta tapi dans l'ombre, donnant un tout nouveau sens à l'expression "train fantôme".

Lock se dirigea vers le côté de la première voiture. Elle était bondée. Les visages se déformaient contre la vitre du wagon, certains terrifiés, d'autres dans l'expectative, la plupart stoïques. Lock pensa que les plus stoïques étaient des New-Yorkais de souche. Les quatre flics à qui Lock avait demandé de rester en arrière et d'établir un cordon au cas où Mareta essaierait de se faufiler entre eux remontèrent au moment où Lock atteignait le wagon de queue.

L'un d'entre eux a déclaré : "Nous devons faire sortir ces gens d'ici.

Sans déconner, Sherlock", marmonne Lock en faisant signe à Ty de le rejoindre depuis l'autre côté de la dernière voiture.

Elle est profondément enfoncée dans l'entaille, si tant est qu'elle y soit, dit Ty.

Lock a regardé les voitures et les flics du Transit. On a d'autres trains sur ce tronçon ?

Juste celle-ci.

Il ferma les yeux un instant, repensa à ce que Mareta lui avait dit dans la cellule lorsqu'il l'avait interrogée sur sa capacité à échapper à la détection, même lorsque les chances semblaient impossibles. Elle ne pouvait pas traverser les murs, il le savait. Mais d'une manière ou d'une autre, elle y parvenait.

Lorsqu'ils regardent vers le bas, je reste en haut.

Elle ne l'avait pas dit au pied de la lettre, il en était sûr. Elle avait compris une chose simple : l'art de la fuite consistait à comprendre d'abord où l'ennemi chercherait.

Tu vas bien ?

La voix de Ty ramena Lock dans le présent. Les flics du Transit étaient en train d'inspecter le train. Il les laissa faire et tira Ty sur le côté. Il baissa la voix pour que personne ne l'entende. Un instant plus tard, ils rompirent leur réunion à deux.

Lock est retourné vers les policiers. Je peux vous emprunter votre lampe de poche un instant ? Le nazi de la Maglite la tendit comme s'il s'agissait de son premier né, et Lock se tourna vers l'officier responsable. Lorsqu'il prit la parole, il s'assura que son ton était suffisamment fort pour que tout le monde puisse l'entendre. Vous avez raison, remettons de l'huile dans les rouages et déplaçons ce chiot jusqu'à la plate-forme. Mais dites au chauffeur d'y aller doucement. Elle est là quelque part. Il faut qu'elle soit là.

Tandis que le premier policier descendait en trottinant pour parler au conducteur, Lock restait près de Ty. Dès qu'il sera arrêté sur la 42e rue, coupez à nouveau l'électricité.

Bien reçu.

Lock demanda à Ty de marcher le long du wagon de tête tandis qu'il s'accroupissait à côté des voies en direction du sud. De là, il aurait une bonne vue sur le dessous des voitures lorsqu'elles passeraient.

Quelques minutes plus tard, un courant continu de six cents volts traverse à nouveau le troisième rail avec un pétillement, et les lumières à l'intérieur des wagons s'allument.

Dès que le dernier wagon fut lentement passé, Lock s'efforça de le suivre en direction du quai, le rattrapant de manière à être parallèle au troisième wagon. Deux cents mètres plus loin, il éteignit la Maglite. Cent mètres plus loin, il s'engagea dans une alcôve de service adossée à la paroi du tunnel, à l'abri des regards. Puis il attendit.

Des heures d'ennui, des moments de terreur. Tel était le travail. Mais là où les mauvais gardes du corps se concentraient uniquement sur ce qu'il fallait faire pendant les moments de terreur, un bon garde du corps se rendait compte que le vrai travail se faisait pendant les heures d'ennui. Lock cultivait la capacité de rester branché. Regarder et voir. Ne pas se contenter d'écouter, mais aussi d'entendre.

En remontant les voies, il entend les passagers qui débarquent du train et les ordres d'une nuée d'agents du JTTF qui ont rejoint la régie des transports.

Restez où vous êtes.

Placez vos mains au-dessus de vos têtes.

OK, maintenant vous pouvez aller de l'avant.

C'est ce qu'il entendait. Mais ce n'était pas ce qu'il écoutait. Dix minutes passèrent. Ses yeux commencèrent à s'adapter à l'obscurité, tandis que les molécules de rhodopsine dans les bâtonnets de ses yeux se métamorphosaient,

lui permettant de discerner l'espace qui l'entoure.

Puis vint la voix de Ty. Bien fort pour que Lock puisse l'entendre : "Hé, Frisk, le jus de fruit est éteint maintenant ?

Frisk s'exaspère : Je viens de vous dire que c'était le cas.

Je n'ai pas entendu.

La main droite de Lock se resserre autour de la crosse de sa SIG. Bientôt, elle passerait à l'action. Il le fallait. Une fois que toutes les voitures auraient été fouillées et qu'ils auraient réalisé qu'elle n'était pas là, ils débouleraient dans le tunnel. D'autres hommes. Des dizaines. Des centaines, peut-être.

Lock se déplace prudemment, croise sa main gauche sur son corps de manière à ce que la Maglite repose sur le canon de sa SIG. Il repoussa les pensées de ce qui était en jeu. Les vies qui pourraient être perdues. Des centaines de milliers, potentiellement. Chasser ces pensées de son esprit s'avéra bien plus facile qu'il ne l'aurait cru.

Un homme sautant à mort d'un gratté-ciel en flammes horrifie. Un million de personnes mourant de faim semble être ce qu'il est, un chiffre.

Le seul chiffre qui comptait maintenant était deux. Lui. Et elle.

Il calme sa respiration. Il a filtré le bruit de la plate-forme. Cesse d'écouter. Tenta d'entendre.

Et c'est alors qu'il est arrivé. Un bruit de raclement. Un rat, peut-être. Encore une fois, cette fois plus fort, plus distinct, plus comme quelqu'un qui tire un sac à ordures à travers un tas de feuilles mouillées. Mareta. Il ferma les yeux, se concentra sur la direction.

Le son était proche. Il pouvait l'entendre respirer. Elle n'a pas dû être à plus de quinze mètres de lui pendant tout ce temps.

Il se retourna d'un seul mouvement. Le bruit se répéta. D'après ce qu'il pouvait voir, elle s'enfonçait dans le tunnel, s'éloignant de la 42e rue.

Il se recentra et alluma la torche, accrochant un mur humide et gris-noir. Il abaissa le faisceau à la hauteur de sa tête et balaya vers la gauche.

Mareta lui a répondu en clignant des yeux.

C'est fini, Mareta, dit Lock.

Ses pupilles s'effacent pour laisser place à des points. Elle a réussi à sourire. Faible et peu convaincant. Ce n'est jamais fini.

Cette fois, c'est la bonne", dit-il en s'avançant vers elle, le cône de lumière s'étendant jusqu'au bord de son visage au fur et à mesure qu'il se rapprochait.

Tu ne te souviens pas de ce que j'ai dit ?

Tout cela.

Et à propos de la mort comme échappatoire ?

Un bruissement de tissu. Il n'avait pas besoin d'abaisser le faisceau sur les mains de la jeune femme pour savoir qu'elle tendait les mains vers les contacts métalliques qui déclencheraient l'explosif autour de son torse. Elle avait mis à profit le temps passé dans le tunnel pour réajuster le détonateur relié au téléphone portable de manière à ce qu'il soit à nouveau relié aux contacts portatifs.

Il n'y a pas d'échappatoire cette fois, Mareta.

Il abaisse le faisceau de la torche sur son ventre. Sa main gauche était rigide à côté d'elle, le fil de contact pincé entre l'index et le pouce. Sa main droite était serrée en un poing, se déplaçant vers le bas pour récupérer l'autre fil de contact qui pendait à sa taille.

Stop", dit Lock, le SIG braqué sur elle. Elle s'exécuta.

OK, cette main-là - il a pointé le centre de la poutre sur la main droite de la jeune femme - "remonte-la".

Elle commença à la lever, loin du fil, le poing toujours serré, assez fort pour que ses jointures soient blanches. Puis, alors que sa main droite arrivait au niveau de son épaule, elle a brusquement ramené son bras en arrière et l'a levé. Elle lança le couteau caché dans sa main vers Lock, dans un éclair d'acier.

L'éclat de lumière qui se reflétait sur la lame tourbillonnante suffit à le décontenancer et il se mit à viser. La lame trouva sa cible et s'enfonça dans sa poitrine, à quelques centimètres de son épaule gauche.

Lock trébucha en avant et tomba, le couteau s'enfonçant un peu plus profondément lorsqu'il heurta les rails, la Maglite lui échappant.

Il sent sa prise sur la SIG faiblir. La douleur dans sa poitrine était intense. Chaque pulsation d'agonie était plus forte que la précédente.

Le coup de feu a provoqué des cris aux deux extrémités du tunnel. Il choisit Ty en premier.

Ryan ?

Il pouvait entendre la peur dans la voix de Ty lorsque l'écho de la question ne trouva pas de réponse.

Ryan !

La cavalerie était en route. Lock le sentait. Mais elle était loin d'être assez proche pour le sauver maintenant.

Il entendit Mareta faire un pas vers lui et leva les yeux juste à temps pour se prendre son pied droit en pleine figure. Sa nuque se mit à trembler.

Pourquoi ne pas s'échapper ensemble ? dit-elle, sa main droite cherchant à tâtons l'autre fil de contact métallique.

Ryan !

Encore la voix de Ty, une parmi tant d'autres. Lock se demanda pourquoi elle semblait plus lointaine alors que Ty devait se rapprocher.

Lock resserra sa prise autour de la crosse du SIG tandis que la main de Mareta descendait, puis réapparut soudain avec l'autre fil de contact. Il y a maintenant quelques centimètres entre les deux fils. Le circuit était presque complet.

Il prend une inspiration et incline le poignet de son arme vers le haut jusqu'à ce que l'articulation le permette.

Son doigt appuie sur la gâchette.

Le recul de l'arme lui a donné un tel coup dans le bras que des larmes ont jailli dans ses yeux à cause de la douleur qui s'est répandue dans sa poitrine.

La balle frappa Mareta en plein visage, lui oblitérant le nez, le cartilage se brisant sur ses joues. Elle bascula en arrière sur la pointe des pieds, ses bras s'écartant sur le côté pour tenter de retrouver son équilibre.

Elle est tombée sur le dos et est restée allongée. Pas d'agitation. Pas d'agonie. Les bras tendus et les jambes jointes, dans une pose curieusement semblable à celle du Christ.

Ty fut le premier à l'atteindre. Il ne prit aucun risque, tirant une fois dans son front puis une fois dans le fond de sa gorge, l'angle de la balle étant suffisant pour sectionner le haut de sa colonne vertébrale, mais sans toucher aux explosifs. Avec une satisfaction macabre, il se tourna vers Lock.

Lock se mit lentement debout. Ty fait de son mieux pour le repousser vers le bas.

Aide-moi à me relever, connard, grogna Lock.

Tu es blessé.

Oui, et tu es moche.

Ty ramena Lock en position debout alors que les agents du JTTF fourmillaient dans toutes les directions.

Reculez, bon sang ! Laissez passer les gars de l'unité de bombardement ! hurle Frisk.

Ty regarda le cadavre de Mareta sans la moindre émotion. Un travail de mouilleur en douceur. Puis il vit les couleurs disparaître du visage de Lock. 'Mec, tu as besoin d'attention. Je peux vivre avec la laideur, mais tu vas avoir du mal avec ce couteau qui te sort de la gorge.

Lock s'accroche à son ami pour le soutenir. Encore une chose à faire.

Ils sont tous les deux morts", dit Ty, exaspéré. Nous en avons terminé.

Lock fixa son regard vers le bas du tunnel, vers la lumière.

Une dernière chose.

Tu n'as pas fait tout ce chemin le soir du Nouvel An pour rater ça, n'est-ce pas ? demanda Lock à Ty alors que les deux hommes se tenaient au centre du triangle qui formait Times Square.

Deux ambulanciers se tenaient à proximité. Leurs tentatives répétées de donner à Lock les soins les plus élémentaires ne leur avaient valu qu'un grognement et une demande de morphine pour l'aider à tenir le coup. Et pas cette merde de faible que j'avais avant.

La boule est descendue en silence d'un mât monté sur l'immeuble One Times Square. À l'exception des forces de l'ordre et du personnel d'urgence, l'endroit était vide. Tout le monde s'est arrêté pour observer la progression de la boule. Lorsque la masse de cristal atteignit la fin de son voyage, signalant le passage d'une année et la naissance d'une autre, Lock s'affaissa contre l'épaule de Ty, à peine capable de se maintenir debout.

Bonne année, mon frère.

ÉPILOGUE

À la limite du groupe de personnes en deuil qui s'étaient rassemblées pour les funérailles de Janice Stokes, Lock aperçoit Carrie. Pas de micro, pas de caméra, elle n'est là que pour témoigner d'une vie vécue et perdue. Non loin de là se tenaient John Frisk et quelques autres agents de la JTTF.

Alors que le cercueil de Janice était descendu dans le sol à côté de ses parents, il a tendu la main à Carrie.

Elle se retourna à moitié et lui sourit. Ils t'ont finalement laissé sortir.

Lock l'a rassurée : "J'ai eu le feu vert ce matin".

En réalité, il a passé le plus clair de son temps, depuis que tout cela s'est produit, à être briefé et débriefé par toute une série d'agences gouvernementales. Il avait rapidement compris la raison pour laquelle cela prenait autant de temps : ils voulaient s'assurer de son silence sur certaines questions.

Ils n'avaient pas à s'inquiéter. Le bioterrorisme visait autant à susciter la peur que la mort, et de l'avis de Lock, la peur n'était pas quelque chose dont les gens manquaient. Pas de nos jours, en tout cas.

Carrie se penche vers lui. 'Est-ce que ça va si je... ?'

La sécurité est assurée à 100 %.

Elle nicha sa tête entre son cou et ses épaules, respira son odeur, puis l'embrassa doucement sur les lèvres. Son cœur battait la chamade dans sa poitrine. Sa main tomba dans la sienne.

Il la presse un peu et se penche encore plus près d'elle. Je ne suis pas sûr que les gens soient censés s'embrasser aux enterrements. Cela peut être considéré comme inapproprié.

Ils firent demi-tour pour faire face à la tombe, se tenant toujours par la main. De l'autre côté de la tombe, Lock aperçoit Don Stokes, pris en sandwich entre deux agents pénitentiaires costauds. Don salue Lock d'un signe de tête, les menottes l'empêchant de faire un signe de la main.

Don avait plaidé coupable pour son rôle dans l'exhumation d'Eleanor Van Straten et risquait deux ans. Cody Parker en prenait pour cinq ans et s'assurait le statut de martyr.

Nicholas Van Straten n'avait pas survécu, mais l'ensemble du conseil d'administration de Meditech faisait l'objet d'une enquête fédérale et risquait vingt ans de prison.

L'utilisation des détenus a suscité l'indignation du monde entier. Les pays du Moyen-Orient, en particulier, s'en sont donné à cœur joie, même si la Russie est restée étrangement silencieuse. La Chine n'est pas intervenue non plus, estimant, avec une efficacité typiquement néo-communiste, qu'il y avait enfin une utilisation productive des dissidents. Le Congrès et le président ont présenté cette affaire comme une preuve irréfutable de la nécessité d'une réglementation fédérale sur les entreprises privées, et personne à Wall Street n'a osé les contredire, de peur que les projecteurs ne soient braqués sur d'autres domaines.

Je dois aller saluer quelques personnes. Attendez-moi", dit Lock en s'excusant.

J'ai attendu tout ce temps, n'est-ce pas ? dit Carrie en écartant une mèche de cheveux blonds de son visage.

Lock s'est approché de Frisk et lui a tendu la main. Frisk avait l'air de ne pas savoir s'il devait remercier Lock ou l'étrangler, alors ils ont été brefs.

Don Stokes était reconduit vers un camion de l'administration pénitentiaire lorsque Lock l'a rattrapé.

Lock jette un coup d'œil vers la tombe. Je suis désolé pour votre sœur.

Elle est restée fidèle à ses convictions.

Lock n'avait rien à répondre qui ne déclencherait pas une dispute. Il en avait fini avec les gens. Et de leurs croyances.

Comment tu t'en sors avec la prison ? demanda-t-il.

Ce n'est pas aussi grave que vous l'avez dépeint.

Ah oui ?

C'est pire.

Lock était en train de regarder Don se faire remettre dans le fourgon du DOC quand

Carrie le rejoint en bas de la colline.

Et maintenant, qu'est-ce qui se passe ? lui demande-t-elle.

Il s'est retourné pour la regarder. Tu me le diras.

Son appartement lui semblait encore être une maison. Lorsque Carrie est entrée dans la cuisine et a fermé la porte derrière elle, il a parcouru les photos du salon. Paul n'était pas réapparu. C'était à peu près la seule chose qui l'avait vraiment préoccupé lorsqu'il était isolé.

Carrie l'appelle depuis la cuisine. Tu as manqué à quelqu'un d'autre ici".

Je t'ai manqué ? demanda Lock, incapable d'empêcher le sourire de se dessiner sur son visage.

Peut-être juste un peu.

Il passa dans la cuisine. Angel l'accueillit à la porte, la queue dans le vague. Lock lui gratta l'oreille. Elle frappa l'une de ses pattes arrière contre le sol en guise de remerciement.

Qu'est-ce que tu lui as donné à manger ? Elle a pris du poids", dit-il en se reculant pour mieux voir.

Carrie rit. Elle est enceinte.

Lock étudia le chien. Je suppose que tu n'es pas un ange après tout.

J'ai parlé à Richard Hulme. Je lui ai demandé si Josh voulait choisir la litière".

Qu'a-t-il dit ?

Il a dit qu'il aimerait bien en avoir un. Ils déménagent à Washington et il retourne travailler pour le CDC.

Ça ne marchera jamais. Richard a un sens moral bien trop développé pour travailler pour le gouvernement".

Je pense que ce sera bon pour lui. Et pour Josh. Il y a trop de mauvais souvenirs dans leur appartement".

Quelques bons souvenirs dans celui-ci", dit Lock en regardant autour de lui.

A quoi penses-tu, cow-boy ?

Ah, rien, laissez tomber.

Elle lui tend une tasse de café fumante.

Merci.

J'ai aussi réfléchi", a déclaré Carrie.

Il sent son cœur remonter dans sa gorge. Ah oui ?

Je me disais que vous aimeriez peut-être rester ici quelque temps. Occupez-vous des nouveaux arrivants lorsqu'ils seront là".

Vous me demandez d'assurer la protection rapprochée d'une bande de cabots ?

Alors, qu'en dites-vous ?

Lock passa ses bras autour de sa taille et fronça les sourcils. J'imagine que cela me permettra d'éviter les ennuis.

SOUS HAUTE SÉCURITÉ (RYAN LOCK # 2)

« Les trois mille cinq cents détenus de la prison d'État de Californie, à Pelican Bay, comptent parmi les criminels les plus violents des États-Unis. Et l'un d'entre eux est la cible des trois mille quatre cent quatre-vingt-dix-neuf autres. Votre mission est de garantir sa survie jusqu'à ce qu'il témoigne devant la cour... »

Sous haute sécurité, le deuxième tome de la série *Ryan Lock*, est une course contre la montre effrénée, une lecture parfaite pour les fans de Lee Child, Robert Crais et James Patterson.

Ryan Lock, garde du corps d'élite, a été jugé comme criminel et envoyé croupir pendant vingt ans à Pelican Bay, la célèbre prison californienne de haute sécurité. Ou du moins, c'est ce que le département de la Justice américain cherche à faire croire.

En réalité, il s'est mêlé aux détenus pour protéger un homme. Frank Hays, surnommé le Faucheur, suprématiste blanc fondateur de la Fraternité aryenne, s'apprête à fournir des preuves contre les membres de son propre gang dans le cadre d'une enquête sur le meurtre brutal d'un agent des forces de l'ordre sous couverture et de sa famille.

Comme si cette mission épineuse n'était pas déjà quasiment impossible, le Faucheur refuse d'être placé en détention protectrice.

Dans un monde où les hommes violents font régner leur loi, où les alliances ne sont jamais très fiables et où l'on ne peut faire confiance à personne, Lock doit assurer la mission la plus ardue de toute sa carrière : rester en vie...

DU MÊME AUTEUR

Joyeuses Fêtes (Ryan Lock #1)

Sous haute sécurité (Ryan Lock #2)

À fleur de peau (Ryan Lock #3)

L'Impasse mexicaine (Ryan Lock #4)

Trompeuses apparences (Ryan Lock #5)

À point nommé (Ryan Lock #6)

À PROPOS DE L'AUTEUR

Toujours au plus près de ses personnages et de ses intrigues, Sean Black a suivi un entraînement de garde du corps au Royaume-Uni et en Europe de l'Est, passé du temps à Pelican Bay, la prison californienne de haute sécurité la plus dangereuse des États-Unis, réalisé un stage de survie dans le désert d'Arizona et arpenté les tunnels sous la ville de Las Vegas.

Diplômé de l'Université d'Oxford, en Angleterre, et de l'Université de Columbia, à New York, Sean Black vit désormais à Dublin, en Irlande.

En 2018, il a remporté l'International Writers' Award à New York, récompense qui compte parmi ses lauréats des grands noms tels que Jeffery Deaver, Joseph Finder, Gregg Hurwitz et Stephen King.

Quand il n'écrit pas, Sean pratique le Jiu-Jitsu brésilien. En 2023, il est devenu le seul amputé de l'histoire de ce sport à remporter les championnats européen et pan-américain en concourant contre des athlètes valides.

Ses thrillers Ryan Lock et Byron Tibor ont été traduits en allemand, espagnol, français, hollandais, italien, portugais, russe et turc.